何怡 著

幻相收藏家

A COLLECTOR OF
ILLUSIONS

上海文艺出版社
Shanghai Literature & Art Publishing House

幻相永存　爱情永存

文/李静睿

何怡是我的同龄人。

她是最让人绝望的那种同龄人。跟她比成绩吧,她在北大读完生物系本科,又拿到了耶鲁大学心理学博士。跟她比人生吧,她和老公在几年两地分居后终有 HE①,生了一个总是穿蝴蝶结公主裙的漂亮女儿。跟她比文化吧,我们第一次见面(其实也是唯一一次见面),我问她网名"离同学"是什么意思,她轻描淡写地说:"哦,那个啊,就是《易经》里的离卦。"我完全呆掉了,只能拨弄着面前那道木桶菜,讪讪地说:"这个菜叫毕加索土豆,你知道为啥叫毕加索土豆吗,因为木桶壁上加了一把锁啊。"(有没有见过比我更不会说冷笑话的人?)回家后我搜索了"离卦",发现连百度百科都看不懂,出于一种可以想见的自尊心,我从此放弃了和她交流中国传统文化。

还好我们可以讨论文学,其实主要是讨论爱情小说。她是朋

---

① Happy Ending 的缩写。

友中少见的和我一样看了这么多爱情小说的人,从张爱玲到亦舒再到晋江起点,我们都是情感生活过于稳定的文艺女青年,灵魂中充满指向不明的柔情蜜意心潮澎湃,身边却多年来就那么一个男人,于是只能寄情于文字。读了可能上千万字爱情小说后,我一直希望自己也能写出一部这样的长篇,但何怡比我更早完成了这个工作。(到底这是为什么,明明我才是那个每天在家对着电脑作出创作状的人啊,何怡,她不是要上班带孩子的吗?)

《幻相收藏家》写一个叫迟雨眠的男人,因为自身的暧昧不明,失去了心爱的姑娘小叶(失去时他并没有意识到是自己这样心爱的姑娘),他从此开始收集那些有怪癖的人,所谓收集,就是倾听他们的故事。选择性失忆的近乎完美男人、只能爱上死去的事情的标本制作师、惧光而只能在夜间拍摄照片的摄影师,喜欢收集无常故事而获得完全感的孤儿,善于观察别人的工程师、总是谎话连篇似真似幻的美丽女人,海边反复记录潮汐留下砂线的灯塔看守人……这些人兜兜转转,你认识我,我思念他,他呢,又爱着她,他们圆圆绕圆圈,让命运在最为细微的地方发生重叠,最终重叠出了迟雨眠的奇迹。(此处略有剧透)

大概因为前段时间重读亦舒,《幻相收藏家》很多细节让我有一种会心之感,比如写到问两个人是不是还在一起,用的句子是"你们现在可还一路走?"。比如"我是一个最坏的学生,上到大学二年级,尚且分不清黑格尔和维特根斯坦。不过我不认为海德格尔是一种皮鞋牌子也就是了",让人想到《玫瑰的故事》里说周士辉,"他会以为鲍蒂昔里是一种新出的名牌鳄鱼皮鞋"。亦舒的文字有那么一种魔力,她写的男男女女,看起来都是现实得不能现实的人,早上得呻吟着起床上班,谈那种大家都不怎么说清楚的恋爱,逛服装店感慨一条白蒙蒙的裙子要几千块。但其实呢,我们在现实世界里从来遇不到这样的人,没有人真的把白衬衫卡其裤穿得那样好看,没有人像黄玫瑰,可以让男人说"她并不是我梦中的女郎,因为我从来没有梦到过这么可爱的女郎",没有人恋爱分手都彬彬有礼你谦我让,连长着海藻一样长发的女孩子,我也从来没有遇到过,我认识的大部分女孩子,都做了离子烫啊。

《幻相收藏家》就是这样。里面的北京还叫北平,耶鲁叫雅礼,北京大学是汴京大学,连廉价的燕京啤酒,在更名为"汴京啤酒"后,也无端端生出美感。每个人的名字都好听得要命(迟雨眠,叶阑珊,顾良夜,久安,徐意迟,沈千山,方静流,乔女萝,塞帛,秦雪晨),书里的少年学的是天体力学,除了学业上十项全能,"他人也并非如何英俊,但是想来任何一个人见到他,都好像在雪地里见了一树梅花,像在盛夏里一场快雨打在荷叶上。他的人就是如此恰如其分"。天,我大学时候也认识学物理的男生,他们大部分都还在长青春痘呢,略微平头正脸的那几个,也不过打打篮球,能拨几下吉他,到底哪里才有盛夏时的快雨、雪地里的梅花?

但正是应该如此。我也想写一个爱情故事,和窗外的青天白日没有太大关系,类似于张爱玲在《半生缘》中让世钧说:"不知道为什么,别人那些事情从来不使他联想到他和曼桢。他相信他和曼桢的事情跟别人的都不一样。跟他自己一生中发生过的一切事情也都不一样"。何怡让她笔下男男女女的话题仅仅围绕艺术、人心以及爱情,好像每个人都无需应付十万件人生琐事和时间的滚滚流逝,书里写了一个故事,一个女孩与一个男孩分手,男孩激动地将送给女孩的手表扔到了湖里,一边喊着,就让时间停留在这一刻吧,而女孩冷冷地说,其实那块表早就停了。我就想写这么一个故事,在爱情的国度里,那块表早就停了。

《幻相收藏家》的结尾引用了《圣经》,"过去的世代现在的人不纪念,现在的世代将来的人也不纪念,已有之事,后必再有,已行之事,后必再行,日光之下,并无新事。"真的,人类并无新事,唯有幻相永存,爱情永生。

.目录

0.序 .001
1.前事 .001
2.收藏 .011
3.意迟 .015
4.苏瑾 .029
5.女萝 .030
6.塞帛 .039
7.久安 .052
8.良人 .064
9.考古 .069
10.潮汐 .076
11.静流 .090
12.惧光 .095
13.幻觉永生 .097
14.有约 .108
15.千山 .116
16.错位 .124
17.凝止 .130

18. 宣传栏 .137

19. 无常 .142

20. 小动作 .150

21. 六朝繁华三日散 .153

22. 小叶 .163

23. 假想肢体症 .169

24. 静流 .171

25. 如意 .174

26. 戏剧 .183

27. 雪意 .187

28. 乔木 .190

29. 失忆 .199

30. 乡愁 .204

31. 夜别 .206

32. 崩坏 .210

33. 别后 .214

34. 收藏 .224

35. 转机 .227

36. 苏瑾 .234

37. 奇迹 .239

38. 相遇 .242

39. 收藏 .244

40. 映象 .245

41. .246

故事总要有一个开头的,比如"如果是冬夜,有一个旅人",或者"在最好的年纪,我遇到了你"。

在这一个冬夜,我回头一看,却不知道从何说起。

那么让我讲一个故事,在某个冬日,天气清朗如水晶,我从公寓出来,在台阶上看见有人做了大大小小很多的冰人。

它们大概是用模子做出来的,每一个都有长长细瘦的身躯与手脚,一个个坐在台阶上,又有细微差异,看起来神态各异,却都以一个茫然的姿态仰望着天空。

中午阳光明媚,我从系里回到家,便看到那些大大小小的冰人在缓缓融化,它们坐在那里,大小不一,在没人知道的情况下,缓缓融化了。

我抬起头,忽然觉得阳光刺眼,那些冰人默默地,哀伤地融化了,没有人被记取,就像曾有的千万人一样,默默地消失了。他们每一个都姿态不同,但是都疏离而冰冷,茫然坐在那里看着天色变得明亮又变暗,然后慢慢消失。

就像我们一样。

开始我们留下一摊水迹,再也分不出彼此,一切前事一笔勾销,后来连水迹也不存,再也没有人记得我们存在过。

于是我决定开始记述,我遇到过的那些人与那些事,他们与其他消失的人并无不同,他们各有各的执迷,各有各的疑惑,他们最终都消失了。

1. 前　事

最开始那时候,我刚上大学,大约是 2000 年的 10 月初。

天气还未冷下来,讲堂后面一排树发出簌簌的声音。

我从图书馆走过来,篮球场上传来球触地的沉闷声音,从那声音我能体会到橡胶的质地,还有篮球上一颗颗突起的胶粒,以及打完球后,双手新鲜干燥的尘土与胶皮味。

一切都是那么熟悉,妥帖。午后刚过,空气里满是懒洋洋的气息。从燕南传来了混杂的食物气味,热腾腾地正在冷却下去。路上三三两两的学生,抱着书本聊天,走到某个自习教室去。

有穿了双拖鞋骑在二八男车上的男生,晃晃荡荡向图书馆而去。

就在那时我看到了她。

她是从三角地方向拐过来,向宿舍区走去,正走在我前面。

她穿了一件宽松的紫色上衣,长长的丝绸裙子拖到脚踝,上面是复杂的几何图案,阿拉伯风格。她穿一双短靴,沙皮狗色,没有装饰。她的头发高高盘了一个髻,用一柄小号藏刀当作簪子固定住。

其实我当时并没有注意到这些。

这些细节,是在很久以后我再遇到她时回到我脑子里的。

我具有惊人的记忆力,用我女友小叶的说法,我有大象的记忆。

当时让我注意她的,是她手里捧了一只花瓶。

那是一只透明的水晶瓶,一个成年人手掌那样长,里面插了几只新鲜的姜花。

一缕缕的香气沿着她走过的轨迹传到我的鼻端。

空气里热腾腾的气息被这清冷的香气割开一道水晶般的裂隙。

也许是我走得离她太近,她听到我的脚步声,忽然回头看了我一眼。

我看见她微皱着眉,看见我,漫不经心地笑了一下,表示友善,然后转回头去。

她有一双浓眉,漂亮的眼睛,我敢保证她连我长什么样都未曾看清。

我第二次见到顾良夜,是在非常不同的一个场合下。

那时我还没有养成收集癖者的怪癖。

那天是2002年的情人节,小叶回家去过年,我一个人留在北平。

晚上我很无聊,打了几个电话,问我几个损友有什么好玩的。

他们介绍说,当天东城某处一家酒吧有个主题派对,每个人都要作哥特扮相,喝红番茄汁做的血腥玛丽。

我一听非常有兴趣,于是把我那件古董绉领白衬衫找出来,正好有件黑色小西装外套颇有哥特风,配合一些马耳他十字架,以及我长年不见天日的脸色,看起来很符合标准。

打车去东城,跨越整个城市。四处是温暖的灯光,情人们在路上走,女孩子捧着大捧的花,有小孩子在街上叫卖最后的玫瑰。

不管是有情也罢,无情也罢,情侣们都要在这一天一起庆祝。

我想起一个故事,说是有两个人,在2月13日分手,终于没能一起过一个情人节。

于是故事里那个女生,在钱柜唱歌的时候,总要点王菲那一首《夜会》,只为唱那一句"2月13号,到此为止"。

其实情人节这个节日,最初也并非为了庆祝两个男女之间的爱。

而感情这种事,庆祝与不庆祝,也不能令它长一点或短一点,我们只是找个机会找点儿乐子而已。

商家顺便赚一笔,于是某些店推出几百九十九元情侣套餐,首饰店提前两个月接受订单,为了在那一天拿出式样独特镶法精致的项链或戒指,花店从早忙到晚,玫瑰的价格忽然涨得离谱,最普通的玫瑰涨到以色列玫瑰或阿尔卑斯玫瑰的几倍,而又有一种发明叫蓝色妖姬,把白玫瑰染作蓝色加金粉,卖到数百元一枝,我看了就起鸡皮疙瘩,觉得肉麻,我女友小叶有言,如果我敢送她这种花,立刻分手。

呵,出租车里广播忽然放起一首老歌,*My funny valentine*(中文译作《我可爱的情人》),有深厚女声慢慢地唱:"留下吧,我滑稽的小情人,每一天都是情人节。"老声音好似古旧留声机放出,让我想跟人在木地板上光脚跳贴面舞。

在路上堵了半天,终于到达那个酒吧,不起眼的外观。

我被守门的检查了装扮,符合主题,放了进去。

一进门我就笑,这情人派对颇有万圣节风格,黑色与红色的心形贴在工业化风格的水泥墙上,黑色蕾丝与半透明的纱作为装饰,有几支臂粗的红色蜡烛在墙角处慢慢燃烧,枝形吊灯上有璎珞状水晶,也是黑色,累累地垂下来。到处是黑色沙发,小桌上有枝状烛台,点燃黑色细蜡烛,吧台也是纯黑色,没有丝毫装饰,只在各处放了几瓶黑玫瑰,瓶子上有鲜红丝带和碎钻,偶尔在射灯下一闪。各种酒很齐全,最多的还是红番茄汁,血腥玛丽,还有人喝杜松子酒与很少见的苦艾酒。

酒吧里放着 Lacrimosa 和 Nightwish 的歌,你知道哥特女高音的,我有个朋友说,哥特女高音总让他想起女人在高潮的时候发出的叫声。男低音配哥特女高音,有种带着死感的性感。

哥特风格装束的人来来去去,有女人穿着束胸衣,短裙,系带长靴到达膝盖,涂着烟熏黑眼圈和黑色唇膏,手指上戴着夸张的戒指,夹着一支摩尔走过去,还有穿得更正式的,蕾丝的几层纱长裙,戴着吸血鬼新娘式的头纱,有穿着维多利亚风格的男人,也有穿着更朋克风格一些的,黑色皮裤,在脖子上系了黑色银扣皮带,我还见到一个女孩子,穿着洛莉塔风格的黑色花边小裙子。

我真爱束胸衣,女孩子的胸被它一托,格外诱惑,冷静而带有死感的黑色蕾丝层层叠叠,黑色嘴唇好像凋谢的花瓣,脸涂得好似《剪刀手爱德华》里面的强尼·德普,五官漂亮的女孩子这样打扮出来还是美丽,而不好看的则更为难看,可见是装扮也挑人。

我要了一杯血腥玛丽,坐在吧台旁边欣赏走过去的美女。

后来我看到她,她有一双美丽的腿,我先看到她的腿,她并非穿着短裙,而是一条下摆撕碎的纱裙,烟灰色的薄纱,层层叠叠地散碎落下来,质地太轻薄乃至那么多层也能看到她的腿,她一走动,美好的双腿就从撕碎的下摆里露出来,非常诱惑,她穿一双黑色系带凉鞋,绑到脚踝以上,这种鞋最挑人,她穿起来却清秀好看。

我先看到她的腿,她正与人说话,背对着我,背上用羽毛缀出一双翅膀,然后她转过来,穿一件小小的紫色蕾丝上衣,脖子上用黑色缎带与水晶绕出一圈,垂着黑色十字架与红色血泪般璎珞,她有松散的长黑发,略带卷,脸上苍白无妆,只用了深色唇膏。她的发里隐约有黑水晶闪烁,像蛛网上的露珠一样,细看有几朵暗红色玫瑰藏在发间。

我暗叫一声好,这才去注意她五官。我这人别的优点没有,记人面孔倒是一等一,看过一次,就不能忘记,小叶曾笑我可卖去美国当面孔识别软件,整天在海关检查可有恐怖分子入境,绝对比现下市面上的软件都好用。

这时她已走到我旁边,在吧台坐下要一杯琴酒。

她有一双浓眉,和漂亮细长眼睛,眼睫上不知涂了什么,好像刚哭完一样挂住几颗泪水,脸色十分苍白。

我立刻想起2000年那个下午,在讲堂后面有一个女子抱了一瓶花,她回头看了我一眼,就是眼前这张脸。

那是我第二次见她,那天晚上我们聊了很多,从她向我要一支烟开始。

后来我们一起吸烟,我知道她的名字叫顾良夜。她说,本来要叫"莲夜"的,取自"谁教岁岁红莲夜,两处沉吟各自知",因为当时她父母两处分居,后来她父亲觉得太肉麻,就改成良夜,我说,怎么不叫"良人"呢,听起来就像《雅歌》了,"我的良人在……就像百合花在山谷里一样。"

顾良夜就笑——她笑起来非常妩媚,眼角轻轻飞起来,眼睛似看非看人,总好像在抛眼风——说:"你怎么知道我没有一个哥哥,叫顾良人呢?他是女人杀手,老少通吃。"我愣一下,分不清她是开玩笑还是真有这么一个人。

跟顾良夜说话永远是这样,你分不清她什么时候真,什么时候假,有时候她在开玩笑,却非常正经,她正经的时候,你也不知道是不是在开玩笑。

可见看一个人看外表什么也看不出来,我开初见到顾良夜,在讲堂后面,她捧一束姜兰,我以为她是那种少言的女子,情绪内敛,喜怒不形于色,后来看她大笑,微怒,才知道她是什么感情也表露在外,从来不肯藏一些声色,做人要做到淋漓的人。

后来我们又谈到学校,她原来学的是广告科,少年时学画,现在却多用软件作图,偶尔熬夜,她就敷一张面膜在脸上,喝很多柠檬水,且买了一具人体工学设计键盘,和圆球鼠标,保护手腕。她目前大三,已经接了很多散活,帮人做些平面设计,她笑说,钱很好,就是累得像狗,一边从鼻中呼出一串烟雾。

我学的是哲学,我是一个最坏的学生,上到大学二年级,尚且分不清黑格尔和维特根斯坦。不过我不认为海德格尔是一种皮鞋牌子也就是了。

琴酒和血玛丽都是好的,我总疑心琴酒里怎能有那样大松枝味道,后来才知道 Gin 就是杜松子酒,才释怀。

我们聊久了,忽然静下来,不知道为什么放一曲探戈,非常不合时宜,有人在舞池里跳,她就伸手给我,我看见她手上有藤蔓状文身,从无名指纠纠缠缠,蔓延到手腕上。我们跳一支探戈,探戈是危险的舞曲,她技巧非常好,总在悬崖处停住,好像一场战争,看似一触即发,却又被她轻描淡写地敷衍过去。曲子的名字叫 *Por Una Cabeza*,"只差一步",喜欢看老片的人应该知道,在《闻香识女人》里,盛年已过的盲眼少校与不知名女郎共舞一曲,危险而惊心动魄,好像爱情。

那晚上我带顾良夜回家,我独居,父母从我小时候就常年在国外工作。

我们在玄关处接吻,我情不自禁地揽住她的腰。

她的嘴唇非常冰凉,带有薄荷烟味,与玫瑰柔香,我把头埋在她发间,黑水晶与玫瑰的发网掉落,奇怪的是,那一刻,我竟然没有一点欲望,我竟然觉得有一点伤感。

最终我们也没有睡在一起,早晨起来她已走了,穿走我一件干净白衬衫,我坐在窗台上吸一支七星,我忽然莫名其妙地想起她脚腕上有一双小小翅膀,好像赫尔墨斯一样,脚生双翅,不知道是文身还是贴纸。

空气里还有顾良夜气味,薄荷混合玫瑰,我打一个电话把小叶叫起来,说,昨天我吻了一个女孩子。

小叶真名叫作叶阑珊,她从小为她名字苦恼,说听起来像三十年代大上海舞女,或者鸳鸯蝴蝶派小说家,她的名字可以唱出来,"夜阑珊,人未眠,夜雨愁城人不寐,多情人在哪边流连",你看,随随便便就一首怨词。

所以她一直要求别人叫她小叶,她说,这名字让她想起仗剑的白衣少年。

她这人不是不恶趣味的,我们在一起以后,她不止一次想把我打扮成白衣少年形象,我一度怀疑她其实做我女友是想把我发展成同性恋,然后帮我找一个男人,看我们两个发展耽美剧情。小叶就是彻头彻尾一个同人女,是那种梦想要去王尔德的墓碑上留下唇印的女人,最大乐趣就是调戏美少年,整天幻想耽美剧情。

说起来,我是爱她的,如果你非要定义爱的话。

我这人,感情相当淡薄,找到小叶这样一个人,也是不容易的。

她在电话里听到我这样说,哦一声,说,我还以为你终于开窍了,什么时候你吻了一个男孩子再告诉我。

我们两人对彼此都没有什么约束,小叶曾说,留得住你的人,留不住你的心,你在外面与什么人好都可以,但是我必须是第一位,哪一天我不是了,请拜托告诉我,我也好有心理准备。

说这话时,我们正在浴缸里。

我从后抱住她,小叶有一双非常美丽的小小蝴蝶骨,我经常想,有这样一双蝴蝶骨的人,会不会某天毫无前兆地就飞起来。

她黑色短发打湿,贴在脖子上,小叶有非常白皙细腻的皮肤,可以看到皮肤下青色血脉里,血液缓缓流动,我有时会疑心她是否真的,还是某件精致的艺术品,被科学怪人造出来,造得精巧无比,血液会在人造的琉璃血管里缓缓流动。

小叶一直短发,喜欢作美少年打扮,她最喜欢穿露出锁骨的大领子白衬衫,脖子上系一条细领带或者银扣子皮带,穿破烂牛仔裤或者黑色皮裤,皮靴子。你大概可以猜到,她最喜欢的牌子是 Vivienne Westwood,她的耳朵上常年戴着她家的小土星加十字架。

我曾送她限量版香水,她最爱的一支却是 Le petit prince 的小星球,小王子的小星球,还有一种是小王子的玫瑰,我们都爱圣埃克苏佩里的《小王子》。

小叶非常迷恋声音,她说第一次注意到我,是因为我声音柔软地说出安东圣埃克苏佩里的名字,那是什么场合她早已忘了,只记得我说那个名字时语音悦耳。

呵是,我那学期修法语文学,强迫症一样地记着各个作者的全名,我中学就修第二外语,发音自然准确悦耳。

后来有段时间她听哥特乐队,又强迫我去学德语,因为她觉得男人用德语唱歌非常性感。我得说那是真的,德语是年轻男子的语言,说起来有强硬味道,但是又可以有温柔处。后来我终于学会一首简单的德文歌,唱给她听,瓦格纳的歌剧里,年轻的罗恩格林与《尼伯龙根的指环》里年轻的齐格非用的也是同一种语言。我希望她不要喜欢瓦格纳歌剧,否则我可唱不来。

小叶有非常修长的四肢,少年一样纤细,她眉眼又长得疏朗清秀,有时我用手指抚过她的五官,觉得好像用手抚摸一个瓷人,我对她狞笑,说你勾起我的虐恋欲望,她的精致让人有打碎一个偶人的邪恶冲动。她听了这话,就从床上翻起,说,你什么时候感兴趣,我去买些丝带、蜡烛和皮鞭如何?

所以说不能跟她开玩笑,她比我玩得过,你怎么吓她?小叶是那种能把大灰狼都吓跑的小红帽。

我与她待久了,看她成日穿着白衬衫,留短发,且她身材单薄,也就是平胸,很少化妆,怎么看都是美少年一名,我感觉我的性取向都要被她改变了,尤其我最近对女人的兴趣越来越少,这样下去十分危险。与小叶走在街上,回头率顿时变高,大家都带着暧昧笑容看着我们,那时候还没有《断背山》,感觉一定更加新奇。最可怕的是有女孩子拉着同伴小声要对方看我们俩,说,快看快看,多像谁谁谁与谁谁谁,好吧,虽然我不看耽美漫画,我也知道你们在说什么……

很久以后我想起小叶,总是耽于她偶尔的温柔。

偶尔她低下声气,在我耳边轻轻说,迟雨眠,我爱你。

虽然感情单薄如我,也一刹那心底柔软如绵,四肢如通电般,希望那一刻天荒地老下去。小叶小叶,我抱住她好像抱住一个婴孩,把脸埋在她耳后,她耳后有一个十字架文身,上面纠缠两个字母,YM,是我的名字。

文身之难以去除,如同旧爱的气息。

小叶小叶,如果你现在还在德国,你的耳后可还有那两个字母?

2. 收　藏

我第一次遇到迟雨眠的时候,他已二十六岁。

陌生人见面,谈谈天气,自然聊到职业,我于是问他是做什么的。

他说:"我是一个幻觉收藏者,我收集各种有怪癖的人的故事。"

呵,这可是我第一次得到这样一个回答。

我自己是一个软件工程师,软件工程师也有有趣的,我属于比较无趣的那种,上次我有趣的时候,还是为我的外甥编了一个屏幕万花筒程序。

其时我和他坐在从新港到华盛顿特区的火车上。

秋也深,新英格兰的秋色十分著名,窗外一片片疏林呈现从红到黄的色谱渐变,层林霜染,火车轻快地越过纽约,费城,巴尔的摩。

巴尔的摩有一间被烟熏黑一样的老教堂,纽约有桥,我们经过一片片水,偶尔水边有阿尔萨斯或是巴伐利亚风格的木屋,框架在外墙呈米字格那种。

火车很满,我从纽约上车,说声抱歉在他身边坐下,因为都是中国人,自然聊了起来。

我说我是从纽约到华盛顿开一个会,非常无聊,但是火车上数小时可以休息一下,我故意没有带笔记本。

他说他去华盛顿见一个故人。那时候他在雅礼大学当一年的交换学生。

迟雨眠是一个好看的男人,略微有一点神经质。他穿一件工整的白衬衫,深色牛仔裤,一件休闲西服外套是黑色丝绒的,皮鞋也是妥帖的好牌子。看起来好像 CK 或者 Banana republic 的模特。而我,我是一个只喜欢穿体恤仔裤毛衣的人,永远穿帆布鞋,而这次开会我好歹把多年不穿的藏青西服拿了出来送去熨好,发现在不经意处毛料已被虫子蛀出小洞,shit。

我跟他说我的小外甥,他是我们一家的心肝宝贝,长得一团粉一样。

我说我早些天为了逗他开心,在 Matlab 里写一个万花筒程序,他立刻就爱上我,我真是心花怒放,任何一个项目的回报率都不可能比这一个小程序更高。

他说他在汴京大学读博士,然后去雅礼当一学期交换生,本科读的是哲学,后来改学明清文学,现在在东亚系读书。

然后他说:"我收藏幻觉。"

"你看这火车上的人,"他指指旁边一名戴帽子的中年白人,"比如那一个,从他穿的衣服可以看出他是一个中产阶级收入的人,这种天气戴帽子,说明内心传统保守,他的神情拘谨但是焦虑不安,不停看表,似乎有约会。但是你知道,火车是绝不会提早到站的……"

这时那人又看表,迟雨眠便又说,"你看他手指上有一道戒痕,颜色比其他部分浅很多,似乎是新近才摘下戒指,否则以现在这个季节的日照,不该那么白,大概是新近离婚,以一个他那个年纪比较保守的中产阶级的平均结婚年龄,大概离婚前结婚已经很久了,这大概是他焦虑不安的原因,因为一直坚守的习惯被被迫改变了。"

"所以你看,"他总结,"我在无聊的时候就喜欢观察人,有时候我跟人聊天,我就想知道,这个看上去正常平凡的人,这个跟我没有什么不同的人,他内心深处有什么不可抑制的欲望,有什么不能对自己掩盖的过去,他又有什么怪癖。

"而恰好,我感兴趣的人多半都有倾诉的欲望,他们会告诉我一些平时不会告诉别人的小事情,以及那些小事情后隐藏的,不可告人的创伤。毕竟,告诉一个陌生人对他们又有什么损失呢?那些事情如果找不到一个倾诉的出口,也就会越埋越深,那些对最亲密的人反而无法出口的故事,反而可以告诉一个陌生人,这是多么有趣的一件事。"

迟雨眠说这些的时候,表情非常平静,正好那时火车进入一个山洞,光线一下子变成车内昏暗的灯光。他一只手握住另一只手,作出一个很轻微的环抱自己的姿态,那也是一个保护的姿态。其实,我也是一个喜欢观察别人的人,大抵因为我的生活是这样的平静无波。

我会注意与人谈话之间的距离,以及别人是否将身体倾向我,有些人,似乎对你们之间的话题很感兴趣,他们远离的脚尖却说明了内心兴趣的缺失,也有些人,在心不在焉地说话之时,会用上什么模糊不清的助词和形容词,而也有些人,在疲劳之时,原先努力掩饰的口音就会暴露出来,我曾见过波士顿毕业的律师于疲劳之时带出阿拉巴马口音。

而迟雨眠当时的姿态,让我知道,他也不过是一个寂寞的人,在这些他收集的人与故事之中,他有急于遗忘但是无法遗忘的事,在那些故事的海洋里,他想要埋葬的是什么人的身影,是他自己的徒劳,在那些人的倾诉中,他看到的是他自己,一直在诉说同一个不能出口的故事。

我之所以知道这些,因为我是这样一个人,我在我平静无波的生活里好像一个人站在雪地的中央,因此这周遭细小的变化,我都清楚,我所努力渴望的事情,却好像遥不可及。

火车出山洞后,迟雨眠给我讲了一个他遇到的人。

下面就是他讲的故事。

3. 意 迟

我要说的第一个故事是关于一个叫徐意迟的人。

第一次对他有印象,大约是因为我们的名字里都有一个迟字。

那时候我还在汴大读书,读哲学,整天看我现在都没看懂的书。他比我高一级,我入学之时就听过他的大名。

他就是那种玩什么都玩得转的人,有些人天赋异禀,好像达·芬奇,你知道他除了是文艺复兴时期绘画大师,简直是一个完美的人,在机械设计方面也是天才,现在还有人依据他的手稿复原一些他设计的机器之类的,据说还善于唱歌,运动,长相也是英俊魁梧,且在生前得到了世人的承认,而不像某些倒霉的天才比如梵高,要等到死后作品才卖出天价。啊,说远了,总之我想说的是,徐意迟就是那种各方面都挑不出来毛病的人。

据说他学的是天体力学,但是写哲学论文可以得哲学系的奖,写小说可以得写小说的奖。没有人敢找他操刀代写论文,因为写得太好了,容易被人认出是他的手笔,而他做这些事,也都不花太大力气。

一般像他这种人,一定会招人嫉恨,因为学校里大多是有天分又勤劳的人,这下子看到一个比自己有天分实在太多的人,自己要努力多少年才得来的一点成就,对他根本不算什么,而自己任何一方面似乎都不能超出他,来获得一点精神上的安慰,对很多人是非常大的打击。但是徐意迟的人缘却非常好,这一点也是相当难得。我想主要是因为无论他得到什么,他也不在意,愿意与人分享,所以他身边的人也就慢慢习惯——他对人没有威胁性。你看,经过了这么多年文明的洗礼,我们最关心的不过是个人利益有没有受到侵犯,与公狗到处撒尿占领地盘如果有它狗入侵就互相吠一吠没什么区别。不好意思,扯远了,我说话经常这么不注意。

那天我回宿舍的时候已经是夜里,快熄灯了,男生宿舍向来不锁门,链子锁栏上,不胖的男生都可以挤进去,据说原先也是锁门的,但是出去喝酒回来的人都太牛逼了,上来就拍门,不给开就一直拍,一边拍一边叫楼长,声音嘶哑如鬼哭,鸡鸣犬吠,楼上也开始骂,楼长实在受不了,就象征性地锁一锁,随他们去了。说到喝酒这回事,我们宿舍有几个哥们出去喝酒,期末后喝大酒,喝高了,出去四个,回来三个,第二天宿舍老大一点人头,发现丢了一个,正着急呢,保卫处打电话叫去领人,原来他们翻小南门进来的时候,那兄弟落在最后,爬了一半在门上睡着了,其他人也没发现。第二天门卫去开门吓了一跳,还以为有人挑了个新奇地方自杀,把那兄弟从门上架下来,都快冻僵了,那兄弟睁开眼睛说了一句牛的,他说,老板,结账!八折啊!不打折的都是奸商!

总之那天我回去时已经很晚了,夜里我看见我们楼下远远有一片火光,吓我一跳,以为着火了,走近看才发现是一片蜡烛,或者说是一片玻璃小风灯,排成一个"迟"字。

旁边有很多人围观,倒让人找不出那个制造这场面的人了。我再向楼上一看,绝对壮观,所有的宿舍都伸出来大概三到五个头不等,在向楼下起哄。我穿过人群,听到他们讲,是一个女生摆的,为了她喜欢但是不喜欢她的一个人,这个人大约是名字里有一个"迟"字。

当时我就背上一凉,心想我还没这么大魅力让不认识的女生在我楼下风露立中宵吧,你知道我名字里是有一个"迟"字的,我当时就开始盘点认识的所有女生,如果你能看到我的脑子,大概就会看见如幻灯片一样一张张过人,高矮胖瘦,美丑姝妍……这时候分开人群才看见有一小圈女生站在人群里,中间的看来是事主,周围站着一圈大约是她的姐妹,忽然有人带头喊,徐意迟,快下来!一群起哄的男生也跟着喊,还挺抑扬顿挫地,我才知道她们找的是徐意迟。

我站在一边,看见人群中间那个姑娘一言不发,正在默默流泪。我忽然想到,她大概也知道这样做毫无用处,如果他喜欢她,那自然不用她如此,如果他不喜欢她,如此兴师动众他也不会高兴。这样没有希望的事情,她做了,大抵是因为她的感情深到自己无法担负,所以要拼命向人剖白,向所有无关的人剖白,你看,我如此爱他,但是他并不爱我。这样无望的事情做起来格外有悲壮感,好像古代有男子在桥下等他的爱人,等不来,水一点点漫上来,他也不走,她还是不来,水一点点漫上来,漫过胸口。那时候我还不知道绝望的感觉就是那样。

是那一夜我才知道一支蜡烛居然能烧那么久。

那天的蜡烛烧了一晚,我半夜睡不着起来,推窗看见一个巨大的"迟"字在夜幕里,星星点点的好像谁的眼泪,好像怎么也来不及了,春意来迟,人生一早一晚,都有定数。阴影里那个姑娘还站在那里,我很矫情地想起《诗经》里说,式微式微,胡不归,微君之故,胡为乎中露,微君之躬,胡为乎泥中。中学课本说这诗写的是农民被地主阶级剥削,大晚上还在干活,扯淡啊,我一直都不信,因为怎么看都是一首情诗。不是为了你,谁在露水中等待。

她等了一个晚上,也没有等到。不过很多人等了一辈子,也没有等到。所以说这事大概也公平得很。

第二天早上,街道上只有燃尽的蜡烛芯,清洁工人把它们扫走,从此又多了一个校园奇谈。

后来宿舍里有人议论,说,那天徐意迟根本没有回宿舍,你看,有时候就是这样,你好不容易决定要做一件事,说一番话,却发现事主不在那里,没有人听你倾诉,听了也不会怎么样。

之后我在楼道里碰见一回徐意迟,他住四楼,我住三楼,有人在楼梯间喊他,似乎是一起去上课还是踢球,他答应一声。那时候他背一个大包,急匆匆从楼梯上跑下去,最后单手一撑楼梯扶手,从最后几级台阶上跳了下去,非常孩子气。我以前也喜欢跳楼梯,却没有他动作那样潇洒自然。后来我每次见到他,总是觉得自然妥帖异常,他人也并非如何英俊,但是想来任何一个人见到他,都好像在雪地里见到了一树梅花,像在盛夏里一场快雨打在荷叶上。他的人就是如此恰如其分。

大二时有次去酒吧喝酒,我们学校南门附近原先有一片小酒吧,小巷街道里到处都是小门脸,有的是便宜好吃的小馆子,还有上演各种前卫小剧场戏剧的小酒吧,10块钱理一个头的小发廊,等等。我们去的地方是我当时的女友喜欢的一个小酒吧或者咖啡馆,总之我也分不清楚,叫什么我都忘记了,似乎与玫瑰有关,那里有一个小园子,种满了玫瑰,夏末的时候花都开好了,于暖热的黄昏坐在被太阳晒得发暖的椅子上,空气里充满馥郁的玫瑰芬芳,有种白玫瑰我最喜欢,带一点微微的绿色,像清碧的水。我的女友小叶非常喜欢那个地方,那天我们在那里吃晚饭喝酒,酒其实是她自己带的,因为跟老板熟得很,所以也没人干预。她当时带了一坛桂花酒,据说是托同学从乡下带来的,家人自己酿的,拍开泥封倒在青花碗里喝,果然清冽异常,清甜可口,小叶偷偷去摘了几片玫瑰花瓣,放在酒里,玫瑰的颜色在酒中显得更加清碧。桂花与玫瑰气味在空气里连成一片,夕阳西下,天边满是金紫色晚霞,一边的公路上人来人往,酒吧里正放一支曲子,听仔细了,是那一支 *La vie en rose*(中文译作《玫瑰人生》),现在想起来,那真是一生里的好时光。

徐意迟就是因为这坛酒跟我们认识的。他坐下来与我们喝酒,称赞桂花的香味与黄昏的天色。我还记得他低声哼着歌:

Quand il me prend dans ses bras
Il me parle tout bas
Je vois la vie en rose

"当他将我纳入怀抱,当他柔声对我说话,我看到玫瑰色的人生。"

后来我们聊了很久。

我记得他那天穿件浅绿色衬衫,整个人让人有薄荷一样清凉的感觉,他有略微长的头发,说起话来喜欢做手势,好像他的语言并不能表达他想说的十分之一。

他转过头看着天空的样子很寂寞,但是说话的样子又很尽兴。有时候我发现他说话前后矛盾,于是觉得他心不在焉。我总有种感觉,他很想投入,但是又投入不了,不仅是一场对话,也包括其他很多东西。

当时我想,大约他是因为一切都得来太轻易了,所以没办法感觉到成就感吧。就好像有人走了很远的路,看到了大海,于是觉得很美丽,而天天出门便见到海的人便不觉得多么美丽。又好像是有个人努力了很久得到了某个奖或者职位,感到很快乐,但是一个才能更高的人,轻易便得到了那个职位,并不觉得多么快意。

我总想起小时候在外面疯玩,夏天的午后,满身汗回到家里的院子,在水龙头下冲凉,冰凉的水从头发间衣服间流下去,穿过脚趾到达水泥的池子里,在阳光下水分很快从身体上蒸发掉,并不需要毛巾,带走了热量,整个人有飘飘欲仙之感。然后去冰箱拿一瓶白瓷罐蒙着纸盖的酸奶,酸奶好像羊脂白玉一样盛在瓷瓶里,一股脑儿喝将下去,整个食道从上凉到下,都是酸甜的好滋味,那时刻脑袋会短暂地空白下,意识游离到某种未知的境界,快意得有点痴了。那真是简单直接的快乐。之后很少流汗了,整日坐在空调房间里面对电脑,没有汗也没有口燥唇干,喝一杯多好的铁观音,也没有感到人生多美好。

那天我们点了一种煎三文鱼,做得很好,表面有一种琥珀般的酱汁。徐意迟说,这鱼要如何如何做才能鲜嫩,酱汁要如何如何调制,结果老板也过来与他探讨。我不知道为什么记得他手指修长,一直在玩一串钥匙,他的钥匙坠上有一只竹制的小猴子,竹子已经是黄褐色,看起来有很多年了。我注意到这个,是因为这个小东西与他实在很不相称。

之后遇到他,是在小西门外的一家酒吧。当时那家酒吧正在演一出学生排的剧,剧本是王小波的《东宫西宫》,里面有一段是衙役与女贼,白衣的女贼被高大的衙役带走,在初春的雪地里被奸污,她感到她的美丽被践踏,白衣也被污雪染得一片狼藉,在这样的境地里她感到被侮辱与损害的美丽里生发出爱来,于是便跟着衙役回家,做他的妻子。

女贼在月光下跳一支舞,是那样婉转曲折,似乎她的美在被践躏之后才能体现出价值。剧中同性恋作家阿兰对抓住他的警察小史说:“女贼爱上衙役,我爱上你,这都是不可阻挡的事。”

我记得当时人很多,我起身去拿一杯酒,就看到了徐意迟,他的脸在幽暗的灯光里看不清楚表情,眉头却是紧的,好像在努力回想什么事一样。

剧终时,阿兰抱住了小史。爱在幽凉的恐惧之中滋长,像世间一切无法阻挡的事一样,太阳要落,花草要生长,人要死。爱在惊慌与被摧毁之中,在低贱与被嘲笑被侮辱之间滋长,而无论它长成什么样的形态,它的本质并不因此而改变。

演员谢幕之后剧组的人闹哄哄开始收拾舞台,我上前与认识的一人打招呼,他是今天的舞美,背景里的水墨画作者,他正与徐意迟说话,我听到几句,似乎是,“她没有来么?”“她去西部了,说要到敦煌去看飞天,周五就坐硬座车走了,估计自然会有人帮到她吧,这一去两个星期估计回不来。”

徐意迟看到我便与我打招呼,我也不知道他们说的是谁。舞美跑去与剧组的人商量之后去哪里腐败,因着那一天是最后一场,大家都很放松,说着去何处喝大酒。

我那天正闲得无聊,便跟他们一起去,徐意迟也一起。我注意到他走在后面,一个人在打电话。他说话很低声,声线缠绵,有些人即使同是男人你也知道他们为什么会被爱。

我记得那天天气真好,暮春的夜晚,远处工地传来嗡嗡的声响,大吊车在忙碌地吊起建筑材料,一派欢腾的工作景象,而近处有汽车呼啸着开过西门外的道路,大家纷纷赶赴热闹的夜生活,天空不是深蓝或者黑,竟是紫色的,闪着近处与远处城市里的光,路边的树坑里植物在偷偷地生长,好像要趁着晚上多长一点儿,第二天便可以吓人一跳,空气幽凉得好像深山里的池水一样,滑腻妩媚的风贴在身上,好像情人拥抱着跳舞,想要近一点,再近一点。

那么缠绵而又惊心动魄。

我们找到一家隐藏在巷子里的小馆子,大家一团闹哄哄进去了,填满了唯一的小包间,开始用简陋的卡拉 OK 机唱 Zombie,简陋的唱碟一般只有重复播放的几个画面,最有趣是看人唱革命歌曲的时候屏幕上泳装"美女"(一般都很难看)对着镜头搔首弄姿。有人用抑扬顿挫的声音叫一个鱼香茄子,话说那是我听过最具朗诵意味的"鱼——香——茄——子",还有人叫老板娘要金银小馒头,其余众人有的在查菜单,有的在起哄,有的在卸妆卸隐形眼镜,还有的在对着小电视里的泳装美女嘶吼。后来又轰然上了好些燕京啤酒,大家就一人拿了个酒瓶子开始吹,这时节大盆装不知道什么的乱炖也已经上来,虽然里面杂七杂八什么都有,居然味道不错。不一时就吃了个杯盘狼藉。

我对面的哥们正在给我吹他的宏伟计划,丫是一学术男,自行创造了很多术语,欺负我隔行如隔山听不懂,拿大词儿压人不倦。后来又有人要了小二,红星小二锅头一上场,气氛更加热烈,我这人不能喝酒,两下就有些晕了,从此就开始不知道时间地点人物。

后来,我去小饭馆外面吹风。小饭馆外面正是四环路,那时候刚修好不久,夜深人静之时,漆黑的图书城在望,四环上呼啸而过很多大型卡车。那一夜月光很亮,照得人心胆俱裂,就要无处遁形。我忽然有点理解以前神话里的照妖镜什么的,估计就跟那时候的月光一样,照得你只想说实话,而且自惭形秽。

那时节剧组及周边人员大家都已出来,几乎每人提一个酒瓶子,或者啤酒或者小二,火星一闪,大家分一包中南海抽。

大家东一群西一群坐在地上或者马路牙子上,我找了半截砖墙坐上去,吹了点夜风,又清醒一点,抱着酒瓶好像熊猫抱着竹子一样慢慢喝。那时候三三两两的人都在谈心,也许是那天的气氛,让人特别想说心里话。

不知道什么时候徐意迟爬上那半截砖墙,坐在我旁边。那段时间那一片正在拆老房子,整个胡同几乎被拆完,似乎是要建设成什么绿地还是公园。到处破败的墙上用红油漆写一个大大的拆,匡在圆圈里。

多年后,我在新港,雅礼老校园后面一条街的一家小书店,看到一本某摄影师拍的北平胡同作品,铅灰色天空下,破败的院墙,斜靠墙边的自行车,冬天晒在外面的自制煤垛子,悠闲的老人,还有墙上触目惊心的"拆"。哈,又扯远了。

那天夜里我们闲扯了很多,我得知他有一个女友,性子很跳脱,前一天忽然来了兴致,买了张硬座票带着几百块钱就跑到西部去了,说要去敦煌看壁画里的紧那罗。他说她生存能力很强,钱不够会在人多处拉小提琴卖唱。

后来他忽然说:"你知道么,我有个奇怪的地方。有时候我会失忆。"

我吃惊地看着他。那时他抬头看着夜空,风吹起他的额发,他侧面的样子有一点伤感。他穿一件米色的风衣,手畏冷似的缩在袖子里。他酒喝得也差不多了,身上却没有难闻的味道,有极淡一种青草味。看见他就会明白世界上确实有晓风白莲一样的人,无论在什么时候,无论是憔悴还是落魄,都有一张干净的灵魂。

其时天空是极深沉的紫色,月光好似匹练,把四下里照得雪亮,他并不看我,继续说下去。

"有时候我会发现我想不起来某段时间我做了什么,我就会旁敲侧击地问我周围的人,有时候能问出来,但是问出来之后才发现关于那件事,我一点儿记忆都没有。

"那些事情都是一些我很讨厌的事情,也许我的精神力量太强大,我不能容忍的事情我就都忘记了。我心里一定有一种强大的力量想要让自己变得更好,更强大,所以一切阻碍这个目的的事件与人,都会被那种强大的力量逼到墙角,然后强制销毁掉。"徐意迟这样说。

"我逐渐发现我会不记得我讨厌的人,即使见了几次面,还像第一次见一样,不是不记得面孔,而是整个与他们接触的过程都被系统删除了。"

"这么说,还真有点像电脑。"我说,"好像杀毒软件,任何威胁到系统整体健康的木马或者恶意软件都被隔离或者删除掉。"

"是啊,也许这也是比较好的方式。这样我的生活里我只记得愉快的时候,不记得令人难过的瞬间,令人不快的人。但是我很害怕,如果有一天遇到太大的不快,我就会像系统崩溃然后重装的电脑一样,把一切都忘记。"他说。

"就好像,不慎按了一键恢复,然后把一段时间,甚至整个回忆,不管快乐的还是悲伤的,全部删除。"

"那大概你可以作为人生可以重来的代表了。"我开他的玩笑。

"我第一次发现我是这样的体质,已经上中学了。那时候是刚上初中的时候,我在开学典礼上作为新生代表讲话,无非是些好好学习天天向上之类的。开学典礼之后,大家在操场上自行解散,那时候有一个脸上有一块疤的男孩子过来找我,对我说:"徐意迟,你还记得我吗?小时候我们经常在一起玩,我就住在你们那个院子,我叫秦乔木,我们一起爬假山捉虫子,无恶不作,院子里所有小孩都怕我们,叫我们两大金刚,我们刚学写字的时候就认识了,那时候我刚学会写我自己的名字,你还说我名字里为什么都是木头,整个人木头木脑。'

"我当时就看着他的脸发呆,因为我怎么也想不起来有这么一回事了。从小我记性就十分好,几乎是摄影机记忆,什么都不会忘,实在没道理那么大一个人都记不住。

"秦乔木有一张非常白净秀气的脸,眼睛稍微有点吊,几乎可以算美少年的典型,可惜眼睛下面有一块疤,是一块除号的样子,可以看出时间很久了,并不是很明显,但是也难以忽略。那块疤让他的脸看上去不那么女性化,更加符合他的性格一些,因为看起来他是个很活泼很大大咧咧的男孩子。

"他看我想不起来,就继续说:'你真的不记得我啦?我们有一次一起玩双杠,窜上窜下的,那个双杠的有一根杆子不稳,就要掉下来了,你跟我说不要挂在那根杆上晃荡,我就是不听,还把手抓住那根杆子把脚吊在另外一根杆子上准备翻身而上,结果没玩好,杆子掉下来砸到我的脸了,正好砸在眼睛下面,那时候我满脸都是血,你一下子就吓呆了,我也疼哭了,满脸都是眼泪和血,又咸又腥,后来还是你把我送回家,我去医院缝了几针,留下了这个疤。那以后你再也没找我玩了,我还以为你害怕了,后来我们很快就搬家了,一直都没再见过你,真想不到到中学还能在一个学校啊。'

"我当时在记忆里努力搜索,你知道好像童话里面王子向山里射了一箭射出一个裂缝来,后面大量的回忆像裂缝里的珠宝一样抵挡不住地流出光芒来。我忽然就想起来,好像电影的慢动作一样的,我们是怎样在一起玩,他又是怎样被砸到满脸是血,我的手上全是血,机械化一样,梦游一样的,送他回了家,然后……然后记忆就断裂了,心里好像一下子空了,再也想不起来这个人的存在。

"童年时很多疑点一下子澄清,好像后来院子里的小孩见到我问我你们两大金刚怎么不一起出现了,我一头雾水,好像上体育课的时候,我莫名其妙很讨厌做双杠动作,好像上语文课的时候,老师讲古诗,有'女萝托乔木'一句,我忽然对同桌说,木头木脑,他一脸困惑的样子……

"我终于明白,因为我太过害怕,或者觉得心里愧疚,觉得没有及时阻止他,我把有关秦乔木的一切事情埋葬于记忆深处隐暗的角落,不再想起也不再追溯,我把他整个人忘记了。

"后来我跟秦乔木又成了很好的朋友,他没有再出什么事,所以我也一直没有再忘记他。"

"是啊,"我说,"如果他再出什么事,你今天也没法对我讲这个故事了。"

徐意迟沉吟了一下,脸上出现了一种非常困惑的表情,说,"但是我不确定我的人生是否真的是我记得的样子,我不确定我是否还忘记了什么人,也许甚至是很重要的人或事,如果他们太令我伤心或者害怕,我一样都会忘记。这样断裂的感觉令我很害怕。你知道,如果单单是讨厌的人不喜欢的东西忘记也就算了,可是有时候即使是很重要的人也可能令你非常伤心,如果把他们整个忘掉,不仅是伤心的,快乐的回忆也都没有了。

"我时常觉得,有什么地方像是空了一块,有很重要的事情想不起来。"他说。

"所以你经常心不在焉吧,"我说,"看出来了。那这个猴子呢?"我指指他钥匙扣上那个竹子做的颜色已经发黄的猴子,"有什么故事么?"

"不记得了。我有一天在收拾小时候玩具的时候发现的,我拿着它就觉得有熟悉的感觉,但是怎么都想不起来了。其他的玩具,我看到就可以想起来何时得到它们,怎么跟它们一起玩,又是怎样渐渐失去了兴趣,唯独这个小猴子,我既想不起来谁把它给了我,也想不起来跟它有关的一切事情,所以我觉得,它一定很重要,跟我遗失的某一段记忆有关,我就把它绑在钥匙上,说不定有一天我忽然就想起来了,也说不定有一天,我遇到了认识它的人。"

后来这个话题就不了了之。我现在想起来,觉得说不定哪一天我在世界的某个角落,会忽然遇到徐意迟遗落的某一段回忆,但是我即使遇到了,那个被遗忘的人也未必还记得徐意迟这个人。

遗忘就是这么可怕的一回事。

如果你忘记了这一回事,对方也忘记了这一回事,甚至连模糊的痕迹都不留,连"我忘记了某件事,似乎很重要,似乎曾经存在这么一个人,这么一段时间"都忘记了,那到底怎样才可以证明那件事曾经存在过呢?

再往广阔一点说,你怎么能证明这一刻是我们正在经历,而不是幻想出来的,不是梦,而是现实。而这一刻过去之后,你怎么能证明,我们在火车上相遇这回事,不是你或我想象出来的,不是记忆开的一个玩笑呢?

说不定,过了一段时间,你再想起我来,会想不起来你是否真的见过我,还是听别人说起有一次,曾经在火车上遇到迟雨眠这样一个人,他对那个别人讲了一个故事,关于一个叫做徐意迟的男人和他的间歇性的失忆?

你是否会将别人的经历当作你自己的?或者将自己的经历以为是别人讲的一个故事?你会不会把这件事忘得一干二净,或者怀疑那是自己的臆想,是梦境里一段奇诡的经历?

在时刻流逝的时间里,你说,到底要怎么捉住我们存在的证明呢?要怎样证明我们所在的,所记住的"现实"是真正发生过的呢?

无论如何,后来我并不曾再见过徐意迟,听说他没毕业便出国了,原因不详。

我总记得那个夜里,他跳上矮墙,他腿很长,用手一撑的样子跃上墙的姿态因此很好看,他整个是一个好看的男子,这样的事情连一个不喜欢男人的男人都能看得出来。我总觉得他并不快乐,是在酣畅淋漓之时还会有所保留的人,说句不好听的,是在高潮之时都无法全然享受的人……

后来我倒是意外地遇到了他那个当时去了敦煌看飞天的女朋友,也许是前女友,不过那是另外一个故事了。

4. 苏　瑾

"是啊,"我对迟雨眠说,"你怎样可以证明你现在正在跟我谈话这件事是真的呢?说句实在的,这么看你还真有点像学哲学或者心理学的人了。"

这时候,火车已经到了华盛顿特区,车厢里传来广播,一名兴致勃勃的大叔在说,你们已经到了美国的核心。

迟雨眠与我握手告别,我们留了一个联系方式,大抵会变成电话簿里永远不会拨出的一个号码。

呵是,到那时候我才知道他的名字,而我,我叫苏瑾,很女性化的一个名字。我并没有想到命运会将我们再度带到一起,也没有想到我会变成他收藏的一个人。不过,这些都是后来的事了。

5. 女 萝

在去华盛顿的火车上,我遇到了苏瑾,我对他讲了一个故事,关于徐意迟,我收藏的第一个人。在当时,我想不到苏瑾将在我的生命里扮演什么样的角色,当然,那些都是后来的事情了。

去华盛顿,是因为我小时候的一个好朋友从国内去那里工作。她在一家很大的咨询公司,过着朝九晚不定的生涯。她说,工作忙起来,从街上叫一份寿司吃,经常是吃了两口,做一会儿工,再抬起头,发现已经两个小时过去,寿司已经硬掉了。

她叫乔女萝。

要说我们怎么认识的,呵是,在我小时候住的大院里,有那么一个女孩子,总是在大家玩闹的游戏场旁边坐在一角,大树荫下的长凳上,拿一本书看。

现在想起来,我所认识的人,我总能清晰地记得第一次见他们的时刻,第一次,然后是某些重要的时刻,比如一些与情绪波动关联的时刻,我能清晰地记得他们对我讲述自己的经历时候的表情,甚至那一天的日期,天气,是否有人在路边叫卖报纸,我们一起吃了什么,他们穿着什么样的衣服……然后,就是最近一次的见面。当然,由于时间不断把我们推远,这个最近一次也不断被新的最近一次所取代,埋没。记忆就好像一连串被高光的断点,埋没在一片暧昧不清的阴影之中。我想起女萝曾经说过,她小时候学素描,有一次整整画了七个小时,拉着窗帘在卧室里,画一组石膏体,用射灯打光。从天亮画到天黑,窗帘外的世界有了微妙的变化,而她懵然不知,最后手指都僵硬了,猛抬头才发现世界已经悄然归入静寂。她说,那时候回头看她所画的石膏体和真正的石膏体,忽然有了一种新的感觉,她忽然感觉这一切都不真实,或者说,绘画的石膏体的真实程度忽然超越了真正的石膏体,而纸上那一片的阴影与明亮,高光与暧昧不清的灰,就好像她的生活一样,太过逼真,太过接近,以至于贴近看去,忽然觉得认不出是什么来。

这样说来,女萝其实是一个有点强迫症的人,不管是做什么,都很专心,一旦投入,就会忘记其他的事情,甚至身外的人。我第一次见到她的时候,她穿一条小裙子,浅粉色小格子的连衣裙,说实话,真的跟那时候的她太不相称,我看到几乎要笑出来。

那时候的她扎两支羊角辫,头发很多很硬,拼命地想从皮筋之中挣扎出来,整个面孔被一副巨大的眼镜遮挡住,巨大而丑陋的酒瓶底塑料框眼镜,我不说你也可以想到八十年代的眼镜什么样子,大而简陋,完全是面孔杀手……她就顶着那样一头头发,整个脸埋葬在眼镜里,只露出一只小尖下巴,穿着一条可爱得与她完全不相称的粉色小裙子,坐在游戏场旁边的长凳上看一本书。

我注意她很久,因为她从来也不跟人说话,但是又喜欢坐在热闹的游戏场旁边,偶尔从书里面抬起头,看顽皮的小孩子飞速穿过她的身边,打打闹闹。她真的是与那样的场景格格不入,因此特别有趣。我发现我从小就对不同寻常的人有着特殊的兴趣,渴望接近他们,探究他们的不合群或者卓尔不群之下,隐藏的是怎样的热望与期待……从这方面来讲,我对秘密的热望与人的特性,有着特殊的灵敏度与爱好。

偶尔我也跑到她附近,假装玩耍,偷偷看她。我发现她看的书很陈旧,似乎还是繁体竖版。那一次我把篮球故意滚到她脚下,碰到她穿着栗子色小皮鞋的脚,她抬起头,饶有兴味地看了我一眼,我立刻就脸红了,因为我立时就明白过来,她知道我是故意的,也知道我是为了想跟她说话。

于是我索性过去,大方与她说话。她看的居然是一本《论语》,后来我自然知道那是一本《论语集注》。女萝是一个早熟到有一点可怕的人,那时,她大概刚上小学五年级,关心的事情早已不是粉红色小裙子与明星贴纸。由于早熟,有时候她说出一些尖刻的话,倒也一针见血。比如有一次我们一起出去玩,我看到一个老人,很缓慢地在街上走,我们超过了缓慢移动的老人,他身上有一种黏稠的老人所特有的味道。我忍不住皱眉,然后说了一句:"天知道老成那样是什么感觉。"女萝立时便说:"如果你有幸活到了八十岁,自然就知道了,如果不幸夭折了,那就难说了。"

女萝到车站接我。她驾一辆小小的甲壳虫车子,蛋青色,敞篷,她自嘲说这车子就是一个人开的,放一个男友还刚刚好,再来一个人,后座就可以挤死了。她穿一件黑色套装,缎子的领口别致地开出一朵绸缎的玫瑰来,她身材纤细,穿套装特别好看,踏一双三寸的高跟鞋,鞋子是很经典式样的尖头,但是闷骚之处在于鞋子底是红色蔻丹样的大红,你知道那是那个名牌的经典特色。我看看她,一把头发用一支裁纸刀绾在脑后,淡淡扫了一下眉,就显得浓眉长睫,五官清晰。我拥抱她,学法国人那样在她脸颊轻轻一碰,表示好久不见。她身上有清晰的玫瑰香,但是不是妩媚的玫瑰,是复杂的,有一点脏脏的诱惑的,大抵是夹杂着灵猫香。我对气味特别敏感,立时知道是她惯用的香水。

她现在这样子,简直与我第一次见她判若两人,大概从大学开始,她就丑小鸭变天鹅了。我以前看谋杀脑细胞的连续剧,经常有女演员故意扮丑,就是戴一副巨大的酒瓶底眼镜,然后弄一个很难看的发型,也许还戴个牙套什么的,然后无论五官多清秀,大家都叫她丑女。之后某一天该丑女由于种种原因——多半是爱上男主角之类的——忽然决心改造型了,然后脱了牙套摘了眼镜换了发型,立刻变大美女。这个"摘眼镜变美女"大法,与漫画阿拉蕾里面的博士的"吸气变英俊"大法(就是一般是邋遢男,吸气收腹忽然变成肌肉型男)有异曲同工之妙,本来我不相信现实中会有的,不过女萝倒是一个很好的例子。她说当初要把一头头发洗顺,不知道花了多少工夫,后来做了近视手术,不戴眼镜了,大家终于看清楚她五官,原来是一个美人,立刻有不少男生借机搭讪。女萝说:"我当时真觉得幻灭,人生太没有意思。"我则说:"幸亏我是在你酒瓶底眼镜的时候搭讪你的。"

女萝那一天请了半天的假,我们一起去逛博物馆。华盛顿特区的好处就是,博物馆美术馆均属免费。我们在 National mall 消磨半天,去看巨大的几百克拉非洲之星。女萝说:"哇,钻石真的有疗伤功效,看完了立刻觉得超时工作啊,老板不够赏识我啊,同事钩心斗角啊,都属于无物。"

我说:"你还真的从无物晋升成有物的境界了啊,什么时候物欲变得如此旺盛了?"她说:"自从我发现一双好看得让人心碎的鞋子起码要四百块开始。"我们相视大笑。

之后我们去美术馆,美术馆有小小中庭,有喷泉与植物,做成殖民式样的小温室样子,十分可爱。她说:"我有段时间在美术馆临摹名作,他们提供那样带一个颜料盒子的木头画架,十分可爱,我带了大把颜料与松节油,把那间屋弄得臭不堪言,你知道油画颜料那种味道的……不过后来我发现,很多人停下来看我画画,好像我才是那个展品……还有无聊的男人上来搭讪之类,实在受不了啊,就不画了。"

我说:"那也不能怪人家啊,你也算东方美女了,在这种地方临摹本来就属于装逼行为,别人能不凑上来么。"——我们之间的正常对话基本就是这样的。

晚上我们去一家小馆子吃饭,要一瓶 Asti,气泡酒送估计是缅因运来的龙虾。她说:"做饭这件事,西方国家还是意大利人最牛逼。不过我相信马可·波罗一定在中国待过,要不然意大利食物怎么能跟中国食物那么像,spaghetti 是面条,revioli 是饺子,pizza 是馅全在面上的大馅饼。"笑得我。

"然后还有甜品,法国人善于做面包点心,各种小点心把人吃得连舌头都要吞下去。美国人就不行,一款糖霜蛋糕都可以做得死甜,等闲超市里买不到任何一款能吃的甜品,我看着他们的点心都想替他们哭一场,你说放那么多糖,难怪街上 oversize 的人那么多,还得怪一怪吃下去的食物,不能全数赖上基因了事。"女萝很少说话如此刻薄,看来是被美国点心甜惨了。

"意大利点心里最出名一款还要数提拉米苏,先前小叶做过一次,她跑遍北京各路小食品店搜集材料,"我扳手指数一数,"从手指饼干到那个什么马士卡彭奶酪,然后是甜酒,非说要马萨拉不肯用其他的,然后为了煮浓缩咖啡买了一只摩卡壶,又买了半斤豆子,你知道我们俩都不爱喝咖啡的……啊,总之最后呢,就是买了几百块钱的东西,做出了两人份的点心,然后她嫌太麻烦了,之后也没有再做过。"

女萝也笑得要死,笑完说:"小叶最重形式感,这才是她会做的事情吧。不过,做出来好吃么?"

"这个,"我沉吟一下,心里忽然缓慢涌上一阵温柔的鼻酸,"好吃得不得了,之后我再也没吃过那么好的提拉米苏。你知道小叶的,她做什么都要做得最好,天知道她最后做出来给我吃的是第几次的尝试。"

也正因为如此,我在心里说,做过一次之后,就不能再做了,因为已经失去了兴味。

我低下头,正好看见气泡在酒里缓缓上升,是金色的,然后扑地一下破裂了。芬芳的酒其实是由一个个气泡悄无声息的死亡造就的,是不是正因为如此它才可以那么芬芳?

那时候正餐已经吃完,女萝打手势要一杯浓缩咖啡。餐桌上忽然静下来,她说:"小叶现在可好?"

我知道这个问句的,长久不见的两个人,因为不好意思问对方,你的女友/男友是否还是那个?你们还在一起否?有没有反目成仇?或者你们终于结婚了?总有这样一句话准备着,轻描淡写地问,某某可好,其实是问,你们现在可还一路走?

我不知道怎么回答。"她去了德国,应该还好。她总归不是一个有自毁倾向的人。你呢?"

女萝见我这么答,也不追问,说:"也还好,最近跟隔壁公司一个人走,他是作会计师的,祖上大约有北欧血统,长得高大有淡金色头发,会读勃朗宁夫人的《葡萄牙人十四行诗》给我听,闲时一起打壁球,看老片子。上星期我们看一部库布里克的《太空奥德塞2001》,他算是半个他的迷吧。"

她沉吟一会儿:"你知道我还是喜欢好色相的,如果要拥抱,挑有V字背脊,肌肉坚实有长腿的男人,总比挑皮肤松弛有啤酒肚的男人好。怎么说呢,他也算是看了以后让人心动上两动的人,有时候他不说话从侧面看他,也是可以想起那些荡气回肠故事,好比夏洛特少女为了只见过一眼的骑士兰斯洛而相思成疾,死去了也要坐在船上去看他,好比塞勒涅爱上恩底弥翁的美,于是在他睡眠时常常去看他,近一点说,只有《威尼斯之死》里那样的美少年,你才可以理解为什么音乐家要一直留在瘟疫蔓延的威尼斯,而终于死亡。如果不是好色相,他到底爱上他什么呢?或者是青春无畏的诱惑,但是我觉得,美是强大而摧毁一切的力量,不需要找什么原因。但是……还是不是没有遗憾的……总觉得跟他再近,也近不到比肉身相亲更接近,自然我可与他抵死缠绵,但是有时候在夜深之际,想要讲一句荡气回肠的情话,也只有夜深之际最软弱时才讲得出来,可我想起的却是,岂有豪情似旧时……"

"呵是呀,你怎么跟他解释,'若有人兮山之阿,被薜荔兮戴女萝'是什么?"我取笑她,"说你的名字并不是一个女人带着一筐萝卜在路上走。"说完我们便一起笑,话题变得没那么沉重。

转天我见到了她的那位兰斯洛,这次他开车带我们去近郊他的公寓,做简单食物给我们吃。食物虽然简单但美味,大抵懂得选好的橄榄油配好的面包,自己懂得种小番茄的人,总差不到哪里去。他的酒却是上好的,某年某产区的赤霞珠,我虽然不留意也能尝出分别。这位北欧血统男人端的是好看的,穿一件松垮体恤,麻布长裤,越发显得腰线颀长,淡金色头发的人也有难看好看之分,难看的就好像洋娃娃脏了,好看的就好像画上的天使头上有一圈小光晕,他属于后一类,头发好像文艺复兴时期的壁画里人物,脸长得却像拉斐尔前派画家画的古希腊美少年。

趁他没注意,我偷偷戳女萝一记,说:"你倒是挺会享受。"

"啧啧,古代皇帝后宫三千,我虽然不至于搞三千面首,找一个总得占一样,要不好看,要不我爱,要不爱我,要不有趣。"

"那你这位占上几样?"

"可以用来看,我也不是不爱他,我想他是爱我的,有时候也不是不有趣的。"

一旦人在语句中用上转折,用上双重否定,内心的秘密便再也无处躲藏。"不是不爱他的""可是,纵使如此"这样的话,大抵是说,真的,我也不知道。

我看进女萝眼睛里去,忽然说,"是否你还忘不了他?"

"你问我是否忘不了他,是的,你说你记性也那么好,可以记得我用哪一款香水买来送我,我们是朋友尚且如此,哪一天我们可能把曾经爱过的人整个忘却呢,那一天大约就要举世升平了吧。倒也不是说要整天细数曾受过的伤,但是假装自己是新的,从未体会到在夜深之际想要找到那个人,殷殷问一句你可爱我,如果得不到肯定的回答,就觉得生无可恋,如果得到肯定的答案,欢喜就要让心都跳出来。如果你爱了对方,就恨不得要捧出整个心放在对方手里,如果对方不要,你就恨不得这么挖空了这一颗心流血死去……"

这时她的那位好色相男子抹净了切火腿的手,过来从后揽住她的腰,在她发顶吻上一记。她微笑,然后静静看着我的眼睛,用中文说:"我的心早就已经空了。"

那天晚上我住在女萝家客房,半夜里听到她在梦中叫一个人名字。我疑心我听错了,她叫的却分明是"乔木"。举世间千丝万缕的人与人之间的相遇,我想我不会就这样碰见了吧。

女萝也曾对我细诉心事,如此我知道,她小时候就爱上一个人,并因为爱上这个人太过早远,早到自己都记不起来是何时,所以没有长大过就苍老了。由是,她之后再遇见任何人,也没有当时那样的情怀。

第二天一早我要走。女萝起来煮咖啡。

那一个清晨相当清冷,我光脚走在地板上,感到一阵凉意。从女萝家长窗望出,红橙黄色的叶子飘飘摇摇从树梢落下。

她倚在厨房的窗边,畏冷似的用手指环紧一杯咖啡,看着窗外发怔。她穿一件长长白色亚麻睡袍,头发在脑后挽高,露出雪白后颈。

人的身体是可以露出寂寞的神色的。那时刻女萝的整个背影都在诉说她是何等的寂寞,而这寂寞是无法被填满的,她心里有一处无底深渊,有一样东西怎样也得不到。

她卧室里音箱传出乐声,有几句我听真了,是"原来我非不快乐,只我一人未发觉,如能忘掉渴望,岁月长,衣裳薄"。

她听到我走近便回过头来,日光如此清淡高远,她的头发松松漏过光影,她的眉目背着光沉在黑暗中,我不知为何心生恻隐。

"起来了?你几点火车,我送你。"她边说边倒一杯咖啡给我,加多牛奶,是 latte。我们都莫名讨厌黑咖啡。

"那个人叫秦乔木么?"我忽然没头没脑地问一句。

她身体忽然一震。

"就是你小时候就喜欢上的人,他叫秦乔木么?"

6. 塞　帛

回到新港之后,我认识了一个人。

他有一个怪癖,在冬天,他喜欢用手指去触摸铁锈。

他说,在铁丝网,或者铁栏杆上,掉落的红漆下生了斑驳的铁锈。在冬天,一切金属的物体摸起来都那么凉,用温热的肉体去碰触,就油然生出一分莫名其妙的喜悦。

他说那个味道有一种淡淡的腥味,铁锈的味道染到手指,令人想起一生中所有又遗憾又惆怅的事,但又不是不快乐的。

他告诉我这些时,我们正在图书馆的小讨论室讨论一个课题。那时候我刚到新港,选了一门比较尼采的超人理论与道教思想的课,这门课对我来说真是艰深无比。虽然我自小背过《道德经》,但是我觉得我选了那课就是一个错误。

那个人是个有深蓝眼睛的德国人,英语异常流利,但是德语说惯,还是在转折处听出些硬朗的调子来。他名字叫塞巴斯蒂安·埃尔夫,我通常叫他塞帛,这么写下来有西域塞外交通的玉帛的感觉,很是好看。塞帛有很高的身量,一张面孔线条也跟他说话一样硬朗,浅棕色头发带些小卷。他手指格外细长,骨节突出,身体语言非常少,做事井井有条,是计划性非常强的人。

塞帛喜欢的作曲家包括舒曼和德彪西,同时他又喜欢拉赫玛尼诺夫,他喜欢的作品包括歌德的《浮士德》和托马斯·曼的《浮士德博士》,交相辉映的有陀思妥耶夫斯基的《白痴》与奥威尔的《1984》,纳博科夫的《洛丽塔》。他喜欢的电影是维姆文德斯的

《柏林苍穹下》。

你说我为什么知道的这么清楚呢,因为我研究过他的facebook主页,他在上面以一个德国人特有的严谨将自己的爱好一条条陈列分明。

"柏林,"他曾对我说,"我在柏林长大。我出生的时候柏林还不是首都,那时候首都是科恩,确切地说,我出生在西柏林。

"我记得我小时候听过很多关于翻越柏林墙的传说,包括有人背着降落伞从东柏林的大楼顶上跳伞过来,也有过去是工程师的人自己制造了一艘简易潜艇,偷偷泅渡到西方世界。"

从他口中听到"西方世界"这个说法是很有趣的。

"后来1989年柏林墙拆了,我们这半边一时间人满为患。再之后首都从科恩那个乏味的城市迁回柏林。原先满是地雷的波茨坦广场也重新成为市中心。"他说。

"我有一张老唱盘是Elly Ameling唱的Hugo Wolf写的歌,我最记得其中一首,说如果你的房子是玻璃的,我便能无阻碍地看到你……"我说道。

"Wie blickt' ich dann nach dir mit ganzer Seele,"他飞快地说,"'我将怎样用整个灵魂凝视你'……小时候我家也有这张唱盘。"

他的思绪似乎忽然遁去很远,"我母亲经常跟着唱这首歌,她的嗓子极美。她是一个很年轻的寡妇。那时候我经常看见她叠洗干净的衣服,一件一件叠成方块,很整齐,有干净的香味。她是有略微洁癖的,喜欢把所有的东西都放在特定的位置,我要是弄乱了,她会很生气。

"有一次我把一件旧夹克拿出来穿,自以为很帅,她看见脸色就变了,我才知道那是我父亲的旧衣。

"我父亲是一个医生,由于在医院里接触病人,感染了莫名其妙的病毒,就那么死了。后来我想起母亲的洁癖,觉得一方面她大概是想到父亲的死因,而害怕接触任何可疑的带菌物体。另一方面,我想她大概是想将一切保持原样,这样父亲回来就不会认不出家里的样子。

"洁癖的人,大概也是因为没有安全感吧。所以要将一切都保持在自己触手可得的状态,完美地控制在自己的手下,知道任何东西在何处,知道一切完好如新。这样就不害怕了。"他这么说。

讨论课程的时候是初冬。新港有着漫长寒冷好像过也过不完的冬天,从前一年十月一直可绵延至后一年的三月。图书馆前面的女人桌喷泉只在夏日放水,那时尚可看到一应风景倒影在平滑如镜的水面,下面刻着一圈圈曲线上升的每年入校的女生数字,而冬日里却露出萧条的神态。校园里到处是行色匆匆的孩子们,即使是天气依然寒冷,也要坐在草坪上晒太阳,看书,聊天,膝盖上放着笔记本讨论报告。明明已经冷下去,也要穿上短裙露出一双长腿,穿上T恤露出好容易锻炼出来的肌肉。年轻就是这一点好,露出肉体也不觉得肉麻。

我们坐在斯特林图书馆的小阅读室里。小阅读室在进门靠右。斯特林是一个阴森森的哥特式建筑,里面好似一个教堂,借书处上有壁龛绘画,看着好似一个神龛。小阅读室靠着中庭的小花园,里面有小喷泉,春日里草长莺飞,十分美貌,里面像一切喷泉里有着很多硬币,冬天就只露出冷硬的底来。在小阅读室里有若干小图书室房间,四壁都是些谁都不看的旧书,书脊上烫金字沉沉地黯淡下去,有幻想出来的旧樟脑丸气味。

图书室里有几张很古老的皮沙发,笨重但是舒适,还钉着铜钉。暖气开得十分足,铸铁窗外是森森寒意,室内却温暖如春。

我把脚架在小桌上,与塞帛从哲学谈到旧事,再谈到小时候物资缺乏时,一颗水果软糖分成几次吃——其实我也未曾经历过真正的匮乏,这么想,分明是悲壮的仪式感成分多一些——就好像五十年代出生的人说到苦难必然要提到"文革","三年灾害",八十年代出生的人实在不知道说什么好了,只好说小时候洗澡水总是不够热,还有住在胡同里要去公共厕所。

后来我说:"你看这个场景,小图书室,旧得不知道何许年代的书,皮沙发,我们俩在这里座谈尼采和老子,如果我们再人手一只烟斗,就可以进入二十年代的牛津剑桥了……"

"咱们这间学校本来就很学习英国啊,你看本科生的住宿采取学院制,完全就是跟牛津剑桥学过来的,每个学院还有自己的徽章,都是盾牌状,另外的医学院徽章上还有象征着救治的杖蛇,加上建筑物都是新哥特式,这里一个塔楼那里一个以为是教堂其实是体育馆的东西,在这里演个中世纪骑士剧都不需要背景了。"他说道,难得地挥舞了一下指关节突出的手,看来是真的有点高兴了。

有些人高兴时候反而喜欢说一些尖酸的话,我知道的,因为想要掩饰自己其实是有些高兴的。似乎只是因为天气或者是谈话的对象就高兴起来,有些难为情。

后来我们就收拾起笔记本电脑和想象中的烟斗,跑到约克街的小咖啡馆喝咖啡。那一只小咖啡馆也直接,就叫做咖啡,还有一家叫 Coffee 2,第二家的"咖啡",或者翻译成"也咖啡"。咖啡馆的落地玻璃窗上有大幅彩绘,流连开过的洋水仙和紫鸢尾,明明不是一起开放的花朵。

咖啡也并不如何好,是小杯 Macchiato。但是凡是加多糖奶的咖啡我便喜欢,似乎隐隐可以感觉到里面的热量,我简直像一个挨过饿受过冻的人,时时能吃的时候就没命地摄入高热量。

塞帛倒是一杯规矩的 espresso,我觉得也很像他的风格。快,直接,浓,有效,简单。

"我总疑心喜欢多加糖奶的咖啡的人没有安全感……"我说。

"为什么这么说?"

"因为我就时时没安全感,经常体温低于正常,经常感觉冷。所以我春天还穿得很多,喜欢热饮,也喜欢热量高的食物。因为内心觉得匮乏,似乎要不断补充热量才能保持身体的起码温度。总是感觉冷,冷和饿又会加重不安全感……"

"你知道有一个心理学研究表明,人握着一杯热咖啡的时候,会对陌生人的信任感高一些,如果握着冷咖啡就不会?"他说,不愧是哲学系心理学系双学位的人。

我们因为讨论课题的关系,经常泡在一起。后来也渐渐培养出点情谊来。某次一起去看一个电影,又某次一起去喝一回酒。走多了,他也没有女友,我也没有女友,感觉倒像一对 gay 一样。

有一次去喝酒是在晚上。小意大利伍斯特广场有樱花树,到了晚春也是一片樱吹雪的景象,纷纷开且落,说的就是这种时刻。记得苏州郊外有漫山遍野梅花,叫做"香雪海",樱花气味淡,却开得更壮烈一些,一边开一边落,好像削发为尼了却尘心,纷纷飘落的青丝。

我每次行经过樱花,就想起诗里说"垂杨紫陌洛城东,总是当时携手处,游遍芳丛"。

有一年,我也跟小叶去过玉渊潭看樱花。那一天早春,北平的樱花开得早,早樱纷纷都要谢了,晚樱正在开。风大得好像成心要把枝头的残红都吹落。虽然天气不算冷,风却吹得刻骨,在树下穿着租借来简陋和服浴袍照相的游人都被刮跑了,公园里倒有些萧瑟的美景。

那时候小叶一如既往地短发,在凉风里她转过头来拉我的手。她的头发被风吹乱了,又吹到脑后,露出一张皎洁的脸。她的手很凉,贪漂亮穿一件白衬衣,冻得瑟瑟发抖,风吹得衬衣贴在她身上,越发觉得她单薄得好像一阵风就要吹去。

我嘲笑她说她是楚王好细腰,宫中多饿死。她转头来笑盈盈地看着我,说,你可要想好了呀,楚王好细腰,饿死的那些说的可是朝臣,都是男人,难道你终于开窍了喜欢男人了?我支持你!

我脱下大衣裹住她,抱住她的时刻,手忽然变得很温暖,好像抱住她就什么都不怕了。

我一直不明白我的匮乏从何处而来,后来我明白我大概是缺少爱,因此也拒绝给出太鲜艳明确的爱。这样一来,我就不怕受到伤害。

但是这样一来,我也永远不能饱足。

那一回我叫塞帛喝酒,正是伍斯特广场樱花开得正好的晚上。

且有月光,我们买了两瓶清酒,藏在纸袋里带去樱花树下,在草地上铺一张毯子,一边喝清酒,一边看月光之下樱花像飘浮在空气中的梦境一样慢慢降落。

我记得那时候他喝着喝着忽然笑了——那时候我正在把落在头上的樱花瓣摘下来放进酒里——说,"Fxxx,如果对面不是你,是一个美女就好了。"

我也笑,觉得我们这情景太暧昧。

"这样的时刻,格外容易让人想起一生中的恨事,所有未能得到的人与事。"我说。

我记得小叶有一回念诗给我听,是在什么时候呢?

记忆好像中药铺那种一格格的药橱,我经常觉得自己走进满是灰尘的中药店,天窗投下来懒懒的一束光,照得空气里灰尘乱舞。墙壁上是通到顶的壁橱,满满的全是小抽屉,上面有褪色的纸片,写着田七,麦冬,玉竹,白芷,桔梗,女贞……我在里面茫茫地开了一个小抽屉又一个,接着我找到那个小抽屉,上面写着"六月雪"的。

那大约是某年的六月,夏日里的北平是仓皇的,忽然从春寒中不期地热了起来,就热到得意忘形。

我们在静园找了一处阴凉躺下来,小叶靠着树,我把头枕在她的腿上,一边抱怨她太瘦,一边看着天空。天空是难得的好似一大块琉璃,浅淡的蓝里带着青,以前的宋瓷里,有说是"雨过天青云破色",现在将天色又比回釉色,大概就是那种颜色。

四周的草长起来,扎得我手臂发痒,角度的缘故,侧头只能看到一片迷茫的绿。人是很少以这个角度看到大地以及地上的一切的。仰躺的姿势将耳朵折起来,听到的声音只有近处的一圈,远处朦胧地传来踢球笑闹的人声。那感觉有一点像在游泳池游泳时听到的声音。

小叶拿了本书翻看,然后忽然很兴奋地说:"快听这一句:只要想起一生中后悔的事,梅花便落了下来。"

我听得微微一震。

只看得她将一张皎洁的脸伸到我视野范围之内,其实小叶也并非多么好看,但是她一举一动都带着天然的态度,整个人洁净好似莲花,她是不分性别地美,是永远的无瑕的少年。

后来我想,也许她来这世上一遭,便是要懂得去爱并受到伤害。她就好像无忧无虑的赤子或者谪贬凡间的仙童,原先是什么也不知道的,因此快乐得无边无际,正因为从未尝过痛苦的滋味,所以心里反而好像缺了一点什么。只有她爱上人,才忽然觉得痛苦。我永远忘不了她的表情,她离开我时,双肩忽然畏冷似的缩了起来,受到重创之际,人都会本能地将身体收缩起来。当时她的背影就是不胜创痛地向内收缩。

只要想起一生中后悔的事。

我对塞帛说,我以前读过这样一首诗。其实是在我以前的女朋友读给我听那一句之后很久了。那时候我一直不知道那句诗出自何处。不过有一天我在斯特林里闲翻书,在开架的二层有许多中文书,我在架子下面随手拿起来一本,随手翻到一页,居然就是那一首诗。

樱花那一天落得好快。我们先是喝了一瓶白鹿,然后又开始喝一瓶月桂冠。偶尔有牵着狗散步的人快步走过我们身边,我们便把纸袋装的酒瓶放低一些。

塞帛说:"有一年冬天,我上高中的时候。那时候我很喜欢一个女人。

"她是我们的数学老师,总是穿一丝不苟的套装,硬朗的竖条子女装,衬衫的领口永远浆洗得发硬,头发梳成一个小包在脑后。

"那一年她应该是三十岁了。我至今记得她的脸,很清晰,苍白而禁欲的脸孔,几乎像清教徒,唇线很薄。看到她,我不知道为什么想起来那些曾经谈过禁忌之恋的女人,她们被唾弃鄙夷,被剃光头发,但是在心里很坚定地只是爱过一个人。她其实是一个非常硬净的人,几乎是不苟言笑的,不知道为什么,我却从她偶尔穿的薄薄黑色丝袜上看出性感来。她露出的小腿有优美的弧线,让人想要触摸。

"我从她身边经过时,经常闻到淡淡的香皂气味,带着一点药香。我想她在家里一定是像我母亲那样的女人,要将各处都擦洗干净,一遍一遍,几乎是强迫症一样。我曾经见过她在办公室,将所有的学生作业一遍一遍堆齐,直到纸页划破了她的手,她便放下那些纸,用嘴去吮那割破的伤口。

"那时候我离她好远,可是我却好似闻到她伤口的血腥气,我便头脑一热,几乎想冲上去握着她的手,把嘴唇凑到她的伤口上去。

"不过那时候周围都是别的教师,我也只能在想象中握住她的手。而且那时候我正是一个在发育的少年,长得只一味的高,因为长得太快,瘦得好像一枝芦苇,手大脚大整天觉得无处可放。少年时代就是那么尴尬,我想她怎么会喜欢上我呢。

"有一天是冬日,有萧条的日光,放学路上我看到她。在打公共电话,她情绪很激动,声音很大似乎在说什么,伴着激烈的手势,不过当我走到离她近些的地方,她已经把电话挂了。我偷偷贴在铁丝网上看着她。她没有发现我。

"她靠在铁丝网上——我那时候在铁丝网另外一边,离她很近,偷偷看她——她脸上的疲惫的线条忽然加深,整个人有一种被摧毁的废墟一样端然的美。我不知道为什么忽然想起刚上的德语文学课上学里尔克的诗,教师说,他是嚣然尘世一个孤独者。我忽然觉得她离我那么近,那么近我却不能触摸。她点起了一支烟,在冬天火石很生硬,她擦了好几下才打着,然后好像上瘾一样狠狠吸了几口。她把头发散开,脸上忽然流露出一丝妩媚,那时候她整个人有一种哀伤的性感,我忽然很想抱住她。但是我们隔着一张铁丝网,或者说我们隔着的除了年龄身份,还有我的怯懦与自卑。

"有时候气味的记忆比视觉和听觉都更为久远。后来每次我闻到冬日里铁锈的气味,我就想起那一日里我们之间曾有的最接近一刻,那时候她吐出的烟雾被我吸进去,是仅有的一点有据可查的联系,而烟雾也是如此不切实际,不留痕迹。

"我不知道她在与什么人争论,但是我总觉得她也曾不顾一切地爱过,不惜将整个心变成废墟地爱过。但是我却无法那么彻底。后来我偷偷给她写信,用规矩的字体抄写里尔克的诗:

> 夜晚的灯,我宁静的知己,
> 我的心并没有被你揭起帷幕
> (也许我们终将迷失)
> 但它南边的斜坡已被温柔地照亮。

"她一定不知道是我写的,事实上我从未跟她面对面私下里说过一句话。她知道在某处有一个暗地里的仰慕者,却不知道他是谁。

"后来我每次在冬日里闻到铁锈的气味,我就想吸一支烟,想到她在萧然的日光里陡然委顿下去的面容,时过境迁,我感到后悔,一直未能给她一个拥抱,即使她不需要也一样。"

这时候那瓶月桂冠也喝完了,月光依旧很好,适合说过去的事,怀恋得不到的人。

"总有些时候,觉得一生中所有得不到的东西都在你面前列队走过,嘲笑你的愚蠢。"我说,"你后来还见过她么?"

"啊,是的,我见过她。"塞帛说,"前一年我回去,在柏林的某间酒吧见过她。她一个人在玩撞球。她老了,但是面孔却有一种艳光,她头发放下来原来是大波浪一样卷曲着,穿一件白色衬衣,却不是领口浆洗坚硬的那种了。她把袖子挽起来,正在很专心地将一个球打向中袋。我正想上去与她说话,她的男伴来了,递给她一杯威士忌。那是一个相当年轻的男人,金发,身材瘦高,把手绕在她的腰上。她有点漫不经心,但是面容里的萧条却没有了。我忽然想,那个人也可能是我的。但是隔了那么多岁月,心境早已不一样了。我更爱当年那个在硬净之中散发着被摧毁的美的她。"

我忽然有点明白为什么塞帛喜欢冬天里用手指去触摸铁丝网上剥落的铁锈。那是惆怅的少年时期的爱的味道,是他没有握住她的手,帮她吮吸手指上伤口的血腥味。惆怅,不可得,所以永远洁白。

还有一夜我们在学校走了很久,不知道为什么心情很好。那时候正是期末的阅读周,所有本科生焦头烂额地在熬夜啃书中。我们在斯特林的读书室最后润色学期报告。塞帛有一最新款macbook,俗称熊猫机的黑白相间,乱七八糟的功能多到不得了,诸如拍打一下换一个屏幕,不同屏幕可以开不同程序,切换起来很容易,虽然已经是老功能了,但是用来耍帅还是很要得的。他在电脑上敲下最后一个字符,我们拍拍手准备走人。这时候事情就那么发生了,裸奔开始了!

只见一群没穿衣服的年轻小孩——有的脸上有涂鸦的——跑进了阅读室,我瞪大眼睛看他们,感觉有点像在雪地里看到非洲象,在沙漠中央看到企鹅,就是那么超现实。虽然久闻阅读周最后本科生们要疯狂一下会组织裸奔,不过亲眼目睹还是很有震撼力的,好在小孩们身材都还不错,看着只觉突兀不觉碍眼。

裸奔的人群很快散了。我跟塞帛面面相觑,还未反应过来,大概心里都在想,果然老了。我们收拾东西,走到温柔的夜色中去。

那一天不知道为什么心情那么好,在咖啡店买了杯口味最重的热巧克力,黑夜好像温暖的水一样浮在周围,通体都是恰到好处的感觉。我们在校园里走来走去,穿过本科生聚集的百老汇街,走向建筑学院和美术馆,美术馆是路易斯康的设计,那一晚不知道在举行什么活动,开得灯火通明的一面玻璃墙,好看得让人惊叹。曾有一张美术馆的海报,上面是光线迷离的夜晚中庭,加上玻璃结构的墙体,一棵大树在苍白的光线里,几乎是虚幻的,我把它贴在走廊里很长时间。我们去开得晚的小面馆叫了几碟中式点心吃,之后意犹未尽地穿过老校园,回到斯特林,在女人桌的喷泉旁闲坐着聊天。

那一天偶然聊到希区柯克,我说我印象最深刻的是那个群鸟飞扑电话亭的场景,因为现实生活中庸常的事物忽然超现实地成为灾难,是非常惊怖的恐慌,塞帛则说,他觉得希区柯克一生用他的镜头去爱同一类型的女人,每个人的人生都要有一个主题,有些人是生不逢时,总是在错误的时间出现在错误的地点,也有些人是尝试不同的苦难,还有些人是终身爱不可得的人,或者终其一生循规蹈矩,也有些人终身快乐,因其把所有不快乐全部发酵成了啤酒肚。

后来塞帛说,我带你去一个地方,便拉着我跑到 Woolsey Hall 对面的墓园。那一片老墓地我从来未进去过,只在外面看见过墓碑上的天使,和许多高高的方尖碑,那时候我还纳闷,为什么要搞方尖碑当墓碑。墓园在晚上不开,他轻巧地翻过了栏杆,我也不甘示弱,三两下爬了过去,要知道我小时候也是爬墙上树的主儿啊。

没有路灯,夜色却还明亮。我们在墓园里走着,远处传来救火车还是救护车的笛声,从远到近再到远,然后寂静就像黑幕一样压下来。墓园里开了巨大的花树,看不清是什么,似乎是桃花梨花一类的花,重重累累地叠在头顶,风一吹就落下少许,一片乱云似锦。死去的人都很宁静,永远的安宁。塞帛说,我希望有一天能静静地腐朽下去,然后变成土地的养料,在我的身上生长出各类植物,然后植物又被动物吃掉,动物又被动物吃掉,循环往复,直到每一片曾经的有自我意识的我都消散在这个世界上的各个地方。

那时候他的手机忽然响了,在寂静的墓园里吓了我们一跳。他接起来,迅速说了几句德语。然后对我说:"我要走了。"

那时候我不知道他在跟什么人通话。不过过些日子,我在街上看到他,他与一个铁灰色头发,瘦得很有风度的女人一起走。她年纪不轻了,大约要比他大上十岁,即使面孔有岁月痕迹,却浑然不在意也不加掩饰,轮廓还是一个美人,而且是年少时做过风流事的美人,并且看样子到七十岁也一样可以再谈感情。她穿一件贴身灰色套装戴着 Paisley 花纹的浅蓝色丝巾,短裙下露出线条美好的小腿,是有人可以穿高跟鞋也走得如此潇洒的。他们两人快速地用德语说着什么,谈得高兴,大笑起来,塞帛熟络地帮她点一支烟,握一握她的肩膀,看上去妥帖得很。我在记忆里搜寻下,想起来她似乎是海德堡大学来的客座教授,在某个宣传栏曾看到有她相片的演讲告示。

我忽然想起塞帛的那位数学老师,就像他所说的,有些人一生中爱的是同一类型的人,我希望他能对她讲希区柯克和他摄影机的故事。我没有跟他们打招呼。

7. 久 安

当我还在北平的时候,有些夜晚怎么也睡不着,我换一件黑衬衫,加一条围巾,到某某与某某酒吧要一杯波旁威士忌加薄荷叶,看在光线的劈杀下,胸脯美好的女孩子疯狂地摆动身体。这样一直到酒吧打烊,人都走得差不多,酒保也不来赶我,自己用液晶电视放半个香港早期古装鬼片。我也半梦半醒地跟着看,看里面的小娘子也曾有一张红红白白的脸,也曾经是二八好年华,后来怎样遭了冤屈变作一只鬼,遥遥地要索什么人的命。剧终响起粤语旧歌。酒保调两杯龙舌兰杯沿放一圈盐,我们碰碰杯,他放旧歌来听,有些歌词写得好缠绵,说是"沿路一起走半里长街",又说"就算你壮阔胸膛,不敌天气,两鬓斑白都可认得你"。就这样一直到天明。

白天我又好像正常人一样,洗一把脸去上课,听老师讲当代文学,英语阅读,后现代主义哲学和军事理论。我走在校园里的时候常常感觉自己是一只鬼,披了人的皮,如果有人敲一敲我,会发出皮鼓一样的声响。一直没有睡眠,却正常地走着,感觉与思维都迟钝,却看起来完好无缺。其实很多时候都这样,大多数人看起来都完好无缺,你不知道他们背后发生了什么事,是否一夜未睡,是否新近失恋,是否考试不及格要重修,是否失去了父母,是否刚刚丢掉工作……这样看,简直满街是看上去完好无缺的行尸走肉嘛。

有一次我又晚上失眠,那时候好似是夏天。我又走去那间酒吧。当值的又是那个酒保。我们之间话一向很少,他见我来,就帮我倒一杯波旁威士忌,加一块圆圆的冰,北极熊一样的可爱。我的夜晚向来以波旁开始,龙舌兰结束,中间我还间或会喝床笫之间这种闷骚饮料。

酒保是一个好看的男人,有很多女人坐在吧台,分明是醉翁之意不在酒。她们向他要一杯酒,有的故意要床笫之间,有的诱惑地叼着调酒棒有意无意地向他飞眼风,有的俯低身子展示乳沟,也有的不停说话吸引注意力。酒保倒是眼观鼻,鼻观心,一点不为之所动。我在一边看得好笑。他有一副好身材,在薄薄白衬衫下可以看到肌肉的轮廓,我可以想象女人们在夜深之际多渴望一具类似的拥抱,除了获得安全感,也是最直接的诱惑,你看动物之间都要选择强壮美丽的雄性,而雄性也要吸引越多的看起来可以繁殖更多后代的雌性。

后来去得多了,我也知道他的名字,他叫做久安,其实是英文名字,而且是比较女性化的名字。

有时候半梦半醒之际,我看他工作,他调酒姿势煞是好看,调一杯 margarita 会将 shaker 单手从背后抛过用另一手接住,调一杯皇家咖啡又会将 zippo 在仔裤上划着,点燃白兰地和焦糖。他做这些事自有一种宝相庄严,倒不像在卖弄,倒像他是认真在表演一般。

他总穿不同式样的白衬衫仔裤,袖子卷起来,脖子上用皮带系着一只陶制的环状小物件,也不知道是什么。他做事之时非常专注,会稍抿住下唇,眼睛垂下去有长长睫毛,并有鼻梁如削,这时吧台上的女人们就会增多,我暗暗统计着,从老到小,四十岁之上的成功女性下班后松了领口跑到酒吧,二十多的年轻女人经常是呼朋引伴,到十几岁的少女穿了露大腿的短裙戴着不切实际的假睫毛假发与假指甲,久安的易感人群几乎铺陈了整个年龄段,端的是老少通吃。

有时候他也跟我说话,有一次又接近打烊,他做一杯皇家咖啡给我,忽然说:"这咖啡原先是拿破仑的士兵攻打俄国时,在冰天雪地的严寒里发明出来的,将随身的廉价白兰地倒在咖啡里取暖。到现在倒成为流行饮料,说起来也很好玩。"他随身有一款经典式样 zippo,总喜欢在仔裤上擦着火石,样子非常流畅好看,由他做出来又不显招摇。

"历来打俄国都没什么好下场,法国人如此,德国人也如此。人家那个冬天一般人受不了。也因为如此,俄国出来的作家都有他们国家特有的深沉的寒意,有一段我看多了他们的小说,几乎要得深度头疼病,每天早晨起来都觉得特深沉。"我笑说,其实我是很喜欢那几位俄国作家的。我们就此讨论起俄国小说,屠格涅夫的短篇又是如何的清新委婉,白银时代的小说,陀思妥耶夫斯基的剧本怎样充满了怀疑与愤怒,讨论起俄国的漫长白夜,光明如昼的夜晚对人造成什么样的影响。

我很惊讶久安知道之多,后来我才知道他的工作是兼职,原本是附近某男性为主的大学学建筑专业。他与我一样,是夜行动物,做一晚上工,吸一支烟解乏,洗一把脸继续去上早晨的课。他说,经常走在街上,好像一具空心人,砰砰要发出敲击蛀空树干的声响。我大笑,深以为然。接着我们又聊到艾略特那首《空心人》,他说:"诚然,世界结束的方式不是轰然巨响,而是悄声叹息。"

人在有点醉的时候才能谈这种形而上的话题而不觉得矫情。那一夜酒吧又是空无一人,久安放一支歌来听,是那首《再见二丁目》,歌者缠绵地唱:"原来过得很快乐,只我一人未发觉,如能忘掉渴望,岁月长,衣裳薄。"

听到那里,我们两人都有点发怔。如果能写一首歌,让自己喜欢的人来唱,让他知道"我即使离开你也可过得快乐",其实却是在说"我离开你并不快乐",是多么缠绵又伤感的事。但是岁月漫长,爱念菲薄,总得有些许快乐来支撑。

久安把一个柠檬小心地切成薄薄的片,然后在吧台的灯光下凝视他的手指,他的手指长而苍白,在光线下他的侧影非常固执,有些不真实。他将手指凑近鼻端,柠檬的气味穿过夜晚留下的酒精与烟雾的气味,像细细的一条金线,将空气划开。

他转过头来对我说,不要看我现在这种样子,其实我也是爱过人的,不过我爱的偏偏是不爱我的那个人。你看没有哪个故事不能用三句话说完的。

他又说,你看似乎很多人喜欢我,但是她们喜欢的到底是我这个人,还是她们眼中的我?如果她们知道真正的我是多么乏味的人,内里是多么千疮百孔,又是怎样冷酷无情,她们还会喜欢我么?还是皮相真的重于一切?

"我也曾遇到过完全明白我是什么样的人的人,不过那个人并不爱我。这样我便犹疑,是否因为看清了我所以不爱我,这两件事之间有否因果关系,哪一个在前哪一个在后?

"我喜欢什么都好像小学数学课,或者单位换算,一英尺等于多少厘米,一公斤等于多少磅,一分钟等于多少秒,如果一切都有确切答案就好了。好像如果画出图纸便可预见到房屋的形状,如果写出程序便可得到运算结果,没有混沌,没有其他的诱因和可能,如果可以那样就好了。"

久安是一个喜欢换算单位的人,我曾注意到他会随口将酒瓶上的毫升换算成盎司,或者说出诸如,现在到早上 6:00 还有 182 分钟 34 秒。我原先以为他喜欢用这些换算维持清醒的脑筋,就好像锻炼身体的练习一般,那时我才明白,他是一直在用换算来求证自然世界里人为制定的规则的确定性。那些规则因为是人为制定的,所以不会改变,恒久地在那里,是人类企图量化这个世界的证明,在我们的有生之年,应该是不会变更的。

当然,即使度量衡也会被废除,好像秦始皇废除旧制,使用新的度量,好像月亮历法被太阳历所取代,好像过去在布店里扯一尺布,现在已经不存在。

如今想来,在这个连冥王星都不再算行星的世界里,没有什么是恒久不变的,即使是人类所制定的规则,也有被废除的一天。久安是一个非常徒劳的人,后来我不经意间知道了他的故事,这种感觉便更加强烈。他让我想起王尔德的《蔷薇与夜莺》里那只夜莺。故事里大学生想要得到一枝血红的蔷薇来献给美丽的姑娘,夜莺便用心血将白蔷薇染红,整个夜里,他的心里插住一根蔷薇刺,蔷薇慢慢变红,而他歌唱爱的声音渐渐变弱,而第二天早晨,大学生带着红蔷薇去给美丽的姑娘,她却更爱华服与珠宝,夜莺用心血染红的蔷薇就沦落到沟渠中去,而大学生也回到他厚厚的经典里去了。所谓徒劳,大概就是这样的意思。

当时他说完那些话,我怔一会儿,无言以对,唱片却正好放完了,久安去换衣服上学,我跟他道别,正好那一天上午没有课,我便回家去睡。

睡起来好像是另一个世界。手机上十数个未接来电,是小叶。

说起来我遇到小叶,那好像是多年之前的事了,但是一转身,我就可以看到当时的她。

第一次见到小叶,是我刚入学的时候。呵那时候可真是年轻,现在想起来,年轻到让人有点脸红。

那时候我很寂寞,因为刚进学校,除了图书馆教室宿舍什么都不认识,夜晚走在校园里,黑漆漆的,看见大家似乎都知道自己的目的地,都有地方可以去,有事情可以做,有各自娱乐各自辛劳。而我,我陷落在高考结束后的巨大迷茫之中,整天裹着件黑衣服想要把自己的空虚与不安隐藏在夜色中。那时候我会迷糊地穿上不同颜色的袜子,总是穿运动鞋,头发长了也不去剪,感觉像流浪青年。

那一天是社团招新日,我下了早上的课走到三角地附近就发现特别热闹,到处都是条幅和宣传板,还没走过讲堂,就有人以"迅雷不及掩耳盗铃之势"往我手里塞了三张传单,我惊吓之际才发现一张是禅学社,一张是爱心社,一张是旅游协会。我还没细看传单,已经有大喇叭响起来,有人站在桌子上开始宣传他们的社团。也有正儿八经好似团委这种组织在那里努力显得自己很专业很官方,不屑于与其他社团为伍。

这时候我就看见几个穿着很奇怪衣服的人。有的是类似日式高中制服的水手服,有的是很哥特风的浓重眼线和黑皮靴子加羽毛,还有人居然拿了一把很大的不知道是什么的奇形兵刃。我揉了揉眼睛,看了看四周,有社团的年长男生正围住了长相可爱的小师妹明显醉翁之意不在酒,也有戏剧社的人正在齐声念他们过去排的戏的台词,也有某协会在现场跳起街舞来,有男生当街展示几个高难动作,一群群人便围上去,还有的协会居然架起了幻灯机,街另外一头有学校电视台在采访,主持人声嘶力竭地在问一个扎两只小辫子的女生话,我依稀听到,问是当鸡头还是凤尾好,意思说是在好学校当吊车尾的好还是在一般学校当牛人好,哦卖糕的,这什么问题啊。

我再揉了揉眼睛,穿着奇怪衣服的人还在,其中一个还向我奔过来。他们后面有个牌子,我只看清楚"漫画"两字。

其实也不能怪我孤陋寡闻,那年代 cosplay 还不盛行,我们学校的漫画协会算超前了。

向我奔过来的是一个面孔清秀的少年,个子不高,身形很单薄,短发在鬓角垂下来两缕,额发很凌乱,穿着类似制服的蓝白相间的衣服,手臂上有白色的臂章,戴着一顶蓝色的帽子,帽子上俏皮地有一对白色翅膀。

他跑到我面前站住,近到我有点尴尬。他瞪大眼睛看我,我避开他目光的时候只觉得他太过清秀,皮肤很苍白,低下视线之时正好看见他衬衫领子下有一双小小锁骨。这时他忽然做了件很奇怪的事,他用双手把我的脸扳正,上下看着我,然后说,"这个还不错。喂,同学,参加我们社团吧!我觉得你可以 cos 牙晓!"

他一出声我才发现有错,原来是女生。

这就是小叶了。当时她在漫画社,他们初初弄了一个 cosplay,那年代流行正是 Clamp,小叶扮的是《东京巴比伦》里的皇昂流,后来我被她普及漫画,《东京》时代的昂流正是不辨男女的少年,小叶扮起来正合适。那时候他们还想找人扮 Clamp 另一部漫画《X》里面的人物,所以小叶就整天穿着她的 costume 站在三角地左顾右盼,火眼金睛地观察往来客船,呃,不对,是往来学生。

后来我也没有 cos 牙晓。玖月牙晓是《X》里面的梦见,在床上长睡不醒,在梦里预见所有人的命运,是长发而苍白瘦弱的少年,我实在不好意思扮虚弱。

不过认识小叶之后，我便不再寂寞了。

小叶是那种知道哪里的酒最好最便宜，哪条街巷的小店最好吃，哪间书店折扣最好书最多，哪间超市的蛋糕新出炉是几点钟，什么活动最有趣好玩，哪里的近郊有青山绿水适合远足，以及学校里拐弯抹角藏着什么幽静的所在的人。她交往的人大多趣怪无比，我大抵算是最乏味的一个了。

跟小叶初识的时候，我们正好一起选了一门法语文学课。认识她之后，我经常看见她在前排睡觉，她睡起来会头一顿一顿，努力挣扎着想要醒，一会儿头又低下去了，可爱得不得了。可惜她又没有自知之明，那门课明明是在暑热的下午午饭过后来上，半个教室的人都在打瞌睡，她偏偏坐到第一排打瞌睡，大概以为可以撑住不睡的吧。可怜的教授，就一直看她睡意蒙眬地听讲，还要努力假装不注意另半个班的睡意。

长夏的北平酷热难当，到了秋天，又有短暂的好时光，那时候长空一碧如洗，天高云淡，那些满蓄风雷的时刻似乎都退至很远，一切都退至遥远，街巷里市声遥远，夹道的白杨树在风里簌簌地不知道要诉说什么，和暖的风好似情人的手，十分妥帖舒适地抚在脸上，不等待什么，也不期盼什么，就只是如此。人的思绪也格外容易游离，好似在暖洋洋的温水里，不要去向何处也不问自什么地方而来，就是懒洋洋地游离着。

有时候听教授讲到一半课，讲的是梅里美笔下的卡门，她开始要何塞做她的情人也是斩钉截铁，后来不要他也是如此，真是掷地作金石声的一个女子。又一天教授在讲那时代蒙马特高地上画家与作家、诗人的八卦。我的思维忽然飘出好远，熟暖的阳光里，窗外有一排白杨树，巴掌一样的叶子在缓缓飘落，我知道宿舍前的银杏正在分分秒秒地变黄,时间忽然慢得不能置信,像糨糊一样黏稠,久到如果我在后面追赶什么人,在我伸出手臂的时刻,我的话语从我的嘴里一片片落下,会凝固在空气里。在那种时刻是很难想象现在在一起这班人,在四年内会各奔东西,甚至在更短的时间内,我们这些看似差不多的学生就要走上不同的道路。后来,A出车祸被撞出很远死掉了,也有B因为遗传性的精神分裂症休学了,C在与D分手后,一怒之下发奋苦读,跑到美利坚去读一门八竿子打不着的专业,E退学去写了一款后来很出名的游戏,也有F在回家路上被抢劫的人杀死,在夜里血流了很久也没人发现,直到很久之后人行道还有一块洗不掉的红。当然大部分人安然活了下来,变老,变钝,曾有的渴望逐渐稀疏,梦想变得黯淡,大部分人按照生老病死的顺序按部就班的活着,只有少部分人直接跳跃到最后一步。我们这班人,大部分是不出意料地,毕业或者读研或者工作,不出所料地结婚生子,不出所料地烦恼着类似的问题。

那时候我们哪里知道这些,E还在课上玩着游戏,C在与D传纸条,A在写短信约着人出去玩,F在看一本翻烂的小说,B拿出一把小梳子来梳头发,一切都还没发生,一切都迢迢地在路上。而那时候我看见小叶,她的后颈雪白,有一缕头发服帖地在突起的脊骨上,短发随着她的呼吸颤动,她的头一低一低,一会儿在努力听着教授讲到《小王子》里面一天有多少次日落,一会儿又在听波德莱尔的《恶之花》时低到最低,她单薄的背影让我心里一软。有一次她回过头来跟人说什么,看到我似乎吃了一惊,脸上表情忽然生动起来,也不见她挤眉弄眼,整张脸却好像在说,你也在这里啊,亮了一亮。

下课她就来找我,很重地拍在我肩上——后来我逐渐习惯她过于浓烈的打招呼方式——拉我去一家酒吧看演出。

那一晚的演出我记不十分清楚,因为我一直在喝酒。小叶酒量十分之好,喝起酒来就很兴奋,到处拉着人干杯,喝完了几乎要豪迈地把酒杯从肩膀后扔出去,说来也奇怪,她认识的人真是多,且都是些趣怪的人。当日大约是她朋友的演出,女孩子穿了哥特风的衣服,黑眼圈,眼睛底下一滴黑色的泪水,黑色芭蕾短裙下穿着黑白菱形格子的长袜,让我想起哈拉昆小丑。曲风是摇滚带着歌特风,到最后,我只听得鼓点在震人心魄地跳动,跟我心脏的频率一样,越来越快越来越快,光线在舞台上集中成惨白的一道,照亮鼓手的挥动的手,照亮歌手的嘴唇,照亮吉他手的长发,在巨大的声响中我忽然觉得寂静,一切声音都很遥远,台上的人好似孤岛一样歌唱,台下的人在节奏中摇动身体,而身体的寂寞无处诉说,因此要喝更多的酒,挥更多的汗,用更强烈的光线与声音来声嘶力竭地表达,要更用力地接吻,要大声地哭笑,要赤裸裸地渴望,要恶狠狠地摧毁——在不知道摧毁什么的情况下,至少我们可以摧毁理智。当然,后来我短暂失忆了,喝太多酒的结果。

醒来时我如同脚踩云雾,整个人好似在棉花堆里。

我发现我在家里床上——我一个人住,从小我的父母因为工作关系,常年在国外,我开始被亲戚照顾,后来照顾自己,照顾得还算不错,好歹长大了没一个人病死在家里——我很惊讶地发现我居然记得脱鞋再上床,包之类的杂七杂八也好好在床边摆好。

然后我才看见床边留了张纸条,上面写:迟雨眠你真没警戒心啊,问你家在哪里你就说了,我要是坏人你就惨了,还喝到不省人事,你知不知道你死沉死沉的啊?宿舍关门了,借你家客厅沙发眠一晚。坏人上。

我忍不住笑出声,走出客厅才看见坏人睡在沙发上。小叶拿一床毯子裹住自己,在睡梦里自然地蜷成一个婴儿在子宫里的形状,她侧着头,短发柔软地盖住脖颈和额头,嘴唇无辜地微微张开着,睡得很无忧无虑。我心里想,叶阑珊你真没警戒心啊,这样睡在男人家里,我要是坏人你就惨了,还睡到不省人事。我轻轻把她的头发拢到耳后,她在梦中微微皱着眉头,好像要醒却醒不来,我忍不住在她嘴唇上吻上一记,她好似一件瓷器,鼻尖是微微凉的。就这样她也并不醒,只在睡梦里皱了皱鼻子,把脸埋深一些。我把脸埋在她身边,看着她长长睫毛颤动着,眼睛似乎在转着,我想她是在做梦吧,梦到什么呢,爱丽丝在梦境里醒不来了,她有没有遇到黑桃或者红心皇后?还有五月兔的疯狂茶会,如果是小叶的话,大概没有什么事是不可能的吧?我就那样想着,就又靠着沙发睡着了。

后来我经常去那间酒吧,就是在那里我认识了久安。

酒吧经常有各式乐队,有些是歌特风,有时候是英式,有些是重金属,也偶尔是民谣,更多时候放着节奏激烈的舞曲,大家就跟着不管什么音乐晃动身体,其实到了最后,也就是沉重的鼓点,一锤锤的重低音敲在被酒精浸泡得迟钝的神经上。说到底,无论什么风格的音乐,只要你想沉醉就醉得了,就好比无论喝什么酒,无论是波旁威士忌、二锅头、汴京啤酒,还是看似无害实则很方便灌醉姑娘的长岛冰茶,只要喝足够多都是可以醉的。这些乐队里我记得某一个吉他手特别有趣,那个乐队唱什么歌我都忘了,就记得每次他都是背对观众的,从来不转过身来。看来说到底人还是得有点坚持,不管坚持什么,这样比较容易被人记住,即使是喝到失忆了也能记住。

后来我在新港也喝酒,大多数时候是在家里喝,买一瓶清酒,隔水热上一小壶,伴着黄昏暮色喝下去。东北地区,在冬季天黑得好早,到下午四点就无一点天光,一天短到可怕,偏偏我又讨厌早起,于是总觉得是穴居动物,每次出门就要天黑。在夏天白日又过分漫长,到了八点才看到太阳缓缓西沉——几乎是留恋的。我从图书馆回到家就一杯热过的酒看日落,有时候我不知道是我们标记了时间,还是时间标记了我们,在电力发展之后,我们早已不用日出日落来标记时间,我们是另外一种动物,不再遵守丛林守则和日落后外出捕食的天性。

偶尔我也去酒吧,如果夜里实在太寂寞想听到人声。周末的夜里有几条街是不夜城,到处有穿着高跟鞋吊带裙子的女孩子,西人身材特别好,丰胸长腿,浓妆之下个个眉目可人。说实在的,有时候我常想,《画皮》这个故事是否讲多年后的浓妆的?是说卸了妆的女人千疮百孔,而上了妆便美丽可迷惑人,偏偏男人都还吃这一套。无论男女,年轻的脸上都有一种嘹亮的神色,不满足,总是想要又不知道要什么,欢乐?肉体之欢?对爱的热望?还是他人的认同?我极少看到什么也不想要的人。

于是我也想起久安,想起在某个夜晚,我遇到他的妹妹,她对我说,我的哥哥是个万人迷,但是他一点都不快乐,因为他得到的都不是他想要的。

呵,是的,久安在酒吧之外是叫做顾良人的,他是顾良夜的哥哥。

8. 良 人

我每次看见顾良夜的时候,她总是在路上。

或许是她给我匆匆赶去哪里的感觉,第一次她手里拿着一束姜花,第二次是她在那个歌特派对,我还记得她身上有玫瑰与薄荷气味。

我一直觉得气味的记忆比别的什么感觉都强烈,好像至今我记得小学时代我从家附近的食堂出来空气里有泔水车的微微酸味,那时候我父母第一次出国工作,我被一个人留下,之后闻到那个气味我就想起那一天,因而很想吐;还有好像在某个夜晚我吻过顾良夜,玫瑰和薄荷烟的气味就让我感到一点点不安,好像什么要发生了又终于没有发生,好像不明白自己到底在想什么却因为这不确定性有一点兴奋。

声音的记忆也是强烈的,好像在某年与什么人听了首歌,之后听到那首歌就想到那个人,好像是在看恐怖小说时听了某首提琴曲,后来听到那首曲子就背上有凉意。

那一次看到顾良夜,她正抱着一堆图纸样的东西走在清华里。我当时正找了朋友吃饭回来,要知道清华的食堂比汴大强很多,很多时候在附近办完事,就会跑去清华,从宿舍里拎出来一个高中同学,让他请我吃饭。我正在无所事事,听广播里在说什么,就看见顾良夜穿一件宽大的黑色衣服裹住了整个身体,抱了一堆东西快步走在黄昏里。

我正踌躇是否要叫住她,她看到我就走过来。我便问她拿着那么多东西去哪里,她说,去哥哥的宿舍帮他送东西。

那时候我才想起她说过自己有一个哥哥,我之前还以为她是开玩笑。顾良夜说谎好似说真话,说真话又好似说谎,她总以那样语气说话,让人搞不清真假。

我便帮她拿东西,我们一起走到她哥哥的宿舍去。顾良夜身材颇高,到宿舍前她把头发挽一挽,戴上一顶棒球帽,看着好像个男生样子,也无人盘问我们便进了门去。向来大学宿舍里女生宿舍才是禁地,门口要写"男士止步"的,个个宿管大妈都恨不得把你祖宗八代盘查清楚才让进,或者拽得二五八万地把某某女生叫下楼来,男生宿舍向来是可以长驱直入的。

到宿舍门口,她敲敲门无人应,就自己掏出来一柄钥匙来进了屋。

她边开门边笑,说:"上次来忘记敲门,结果一开门,一双男女在被子里露出头来,我立刻道歉出去。说实在的我哥那几个室友我都未认全,也不知道是哪一个被我吓得将来听到钥匙声要不举……"她这么说我也不觉得突兀,两个人仔细看了房间无人才相对笑起来。

我便把东西放在她哥哥的桌子上。

"你哥哥是学什么的?"

"建筑。我们这两人也有趣,前仆后继地上了类似的贼船,有时候连用软件也类似,他也帮我干一些活。不过他这人也有趣,晚上会在酒吧打工,简直跟个表演职业一样,会把 shaker 甩到半空中,女人们都爱他,我有时去他打工的地方看他,简直好笑,吧台上从老到少,一溜儿的女人,环肥燕瘦,什么风格的都有,看到这里我就为她们悲哀,我哥哥他根本就不喜欢女人。"

说到这里她拖一张椅子出来让我坐下,自己轻车熟路去水房洗两个茶杯,从架子上翻出来薄荷茶,水瓶里的水半热,薄荷茶入口却凉,味道是奇异的。

说着她就坐在床上:"等下我哥哥回来,介绍你认识吧,他也是很有趣一个人。他们宿舍这个点钟基本上不会有人。"

我坐下来后环顾四周,她哥哥的床上铺着深色床单,东西很整齐地放着,桌上堆着很多书本纸张,还有一个笔记本电脑,是艺术类学生最爱之苹果机,黑色的ibook,我一直也想弄一台。

"我小时候就知道我哥哥并不喜欢女人,我觉得他甚至有点恐女症,真可惜他从小就很受欢迎,他长得好,又专喜欢玩受欢迎的东西——我倒不是说他为了受欢迎而去喜欢那些,只不过很不巧他就是喜欢。你知道最受中学女生欢迎的类型?"

我侧头想想,说:"玩篮球?搞乐队?学习好还会玩的?我从小就不喜欢运动,因此对学校篮球队的男生每次进球总是收获一群女生尖叫总是心存芥蒂。"我说着就笑起来。

"是啊,差不多就那样,总之那时候我受影响,经常有女生来找我交朋友,开头我很高兴,后来才搞清楚是为了让我给我哥递情书,唉,那以后我就好幻灭,我发育晚,初中的时候整个一个豆芽菜,那时候也矮,整天读书一副呆样,根本没人看我,好不容易交个朋友还是因为哥哥。我要是性格怪都怪他。"她说着这样的话却是满心欢喜的样子,"有时候我也使坏,把情书递给班上最讨厌的男生,那男生因此去纠缠那个找我的女生。有一天她在晚自习的时候哭得很伤心,我却一点儿都不难过,那时候我就想,我真的是个坏人了。"

对于不在乎的人,顾良夜是完全没有道德观的,后来我明白到,在她的世界里,分为两类人,重要的人和不重要的人,重要的人是为他们赴汤蹈火都可以,不重要的人,怎么伤害都不要紧。她根本看不到他们。

其实最开始她也在乎过别人的眼光,后来在自己的世界里活得久了,她并不被一般人所认同的戒律所限制,在她的世界里,黑白是分明的,为了达到目的,牺牲是在所难免的。

"我哥哥就是这样的人。有时候我想我居然没有发展出恋兄情结真是奇怪。从小他就是受关注那一个我就是受忽略那一个,不过我很爱他,也许也是一种平衡吧,他从来不为他所有的骄傲,而他所得的也并非总是他想要的。当时我并不明白,但是后来我才明白过来,中学时代那么多女生喜欢他,他喜欢的其实是他的同桌。那个人其实我连脸都想不起来,非常不起眼的一个人,可是现在想起来,我哥是喜欢他的,他看他的样子是不同的,直到后来他对我说他不喜欢女人,我才想起来他看他同桌的样子。"然后她握住我的手,看着我,说,"就是这样的。"

那一刻我有些震动,看见她在棒球帽下一双细长的眼睛忽然亮了,也不是如何含情脉脉,却让我几乎动不了的眼神。那时我想起小叶,呵,那时她也是这样看着我,眼神忽然亮起来,好像在兵荒马乱的世界上忽然看见了可以托付的人,是这样的暗红尘霎时雪亮。想到那里我便把手抽出来。

顾良夜大笑起来:"虽然他从来没握住他的手,但是他的眼神真的是这样的,想起来我顿时就明白了。"

说到这里我正被她闹得一头雾水,只听门外有人在说:"良夜你在笑什么,快开门,这帮人太过分了,什么都让我拿上来。"

那声音有点耳熟我也没在意,想是良夜的哥哥回来了,她开门我却怔住,门外两手满满提了东西的正是久安。

久安,喜欢换算单位的久安,希望在有序的世界里活着的久安,在建筑系上学晚上在酒吧打工的久安,万人迷的久安,总是欲言又止,得到的似乎不是他想要的久安。

他抬头看见我一愣:"啊,迟雨眠?你认识良夜?"

9. 考 古

多年后我在新港居住,我住在一条有很多榆树的街上,这条街与其他的街并无不同。春夏之际花开得很好,先是洋水仙,然后是郁金香,紫玉兰,轰轰烈烈开了樱花桃花杏花,又有海棠且开且落,再来便是满街的矮牵牛与桔梗,鸢尾也开了,夏天的绿有不可思议的颜色,是令眼睛一凉的薄荷。

有时候我午后在街上走,常常有幻觉是走在空城之中,因为街上没有一个人。后来恍惚从某家传来收音机里阵阵音乐声,我才回了魂,明白只是人少,而并不是好像科幻电影里一样,所有人都蒸发了就留下我一个。

在光怪陆离的梦里,这样的事其实经常发生。我记得有一次做梦,梦见自己在一个巨大的城市里,四处都是灰色的建筑物,空气里有尘埃非常缓慢地降落,我找来找去找不到一个人,后来情节峰回路转,我找到一架滑翔翼式的机械,飞到半空,才发现由于某种原因,人们都移居到了半空的新城市,所有的建筑物都是在旧城的废墟上建造起来的,而这样在过去的废墟上建造的城市有很多层,每遗弃一层,人类就进入一个新的世代,有了某种微小的进化。那时代的考古非常好进行,因为层层叠叠的城市就好像地层一样,下了一层便是一个世代,好比当今的地层下是清明,然后是宋唐,也有五代十国,再向前从秦朝一直到新石器时代。但是越向下的地层里的城市废墟越古老,也就滋生了很多危险,考古学者们戴着面具和护具下到最深的地底之城,很多人从此没有回来。但是也有人说，他们是遇到了过去的遗民，那些人一直在以最古老的时代的方式生活着，活在过去的时间里，他们眷恋那种生活方式，因此便老死在古老的世代。

醒来后我躺在床上很久不愿意起来，想继续缠绵在梦境里，回到过去再过去。有人曾经说，我们的纪年也许都以人来命名，比如这一年是某某元年，后一年换了人，便又是某某元年。我很迷恋考古学者的工作，将过去的世代拼凑起来，一点点回复当时的样子，那些从来未被人纪念过的，虚度的光阴，那些微小的无足轻重的事物，那些最简陋的生活用具好比陶罐的碎片，那些当时如此寻常后来却一一成为线索的点滴事物，都要被收集，归类，像拼图一样拼凑出当时的人世百态。

在现实中，我认识的唯一一个考古学者是在顾良人的描述中。

自那一次我在顾良人的宿舍碰到他，我们泡在一起的时间似乎多了些。人都是以节点连接的，A认识B，B认识C，C认识D，D又认识A。共同的交点越多，时空上的交集也越多，而这其间也有别的影响因素，比如有人当了一辈子邻居，共同认识好多人，却没有任何想要认识对方的欲望，也有人刚认识七十二小时，就觉得这辈子都不能离开对方，这些虽然都是小概率事件，也足以证明人际交往规律的无常。

我记得有一次我又去清华办一件什么事，想从某宿舍里拎一个高中同学出来请我吃饭，打来打去电话居然都没有人接，我便打电话给良人，他正好在，我们便一起去那间名字好似万人坑的食堂吃饭。

吃完饭时间还早，我们就在校园里随处走，走到那一片有山有池的地方，池子里正游着几条锦鲤，红红白白，说不出的好看。

良人就在池边坐下,探头去看鱼。这时有鱼浮出水面,吐几颗泡泡又沉下去。那时良人说:"最近我读书,里面讲说人类为什么要工作,说是为了抵御生活的毫无意义与无可避免的死亡。我觉得说得挺贴切的,要知道如果有项目死线在际,就什么都暂且不顾了,无论是内心空虚也好还是生活事业乱七八糟什么都不顺,全心全意就想着赶那道死线,死线结束后长出一口气,居然有点受虐后的快感。每次这种时候我就知道为什么要工作,根本就是移情啊!这世界上那么多感情生活不如意的人,无论是被甩了还是从小缺乏母爱,长大跟儿女不合,全部都要投身工作当工作狂,其实也是差不多的原因。归根到底,我们作为有智能的动物,总想要徒劳地证明我们的生命是有意义的,与其他只知道繁衍和保存性命的动物不同,与朝生暮死的蜉蝣不同,我们总想留下一点什么。其实《圣经》里早就说了,过去的世代无人纪念,现在的世代将来也无人纪念。"

"其实我蛮喜欢大面积的毫无意义的。我记得小时候我经常在午睡时偷偷逃到院子里玩。你知道八十年代的,工作的人都会中午回家做饭然后睡个午觉,小孩大人都是——说起来我还挺怀念的,那时代谁都不着急,好像要安安稳稳过日子的感觉——因此那时候的午后基本上外面就没有人,胡同里大院里全部空空荡荡,盛夏里只有白花花的太阳,把水泥地照得雪亮,看得人眼睛疼。寂静里又有已经成为背景声的轰然的蝉鸣,一声声知了叫得好像死了也要继续下去。啊,那时候我就觉得,什么也不做,就在院子里,劈头都是热辣辣的阳光,树叶的影子在胡同的砖墙下一摇一晃,空气里满满都是刚做完饭后踏实的饭菜香,那时候我就觉得,就这样了,完全的没有意义但是满心安稳,觉得我并不从哪里来也不需要到哪里去。想起来那真是我这辈子最与世无争的时刻啊……"我看着水里的鱼无聊地吐泡泡,也发了一阵感慨。

"那你丫得有多么强大的内心啊,我经常觉得能直面虚空的人都是真的猛士。"

"靠,能直面连绵不绝的考试那才是真的猛士……"

这时候良人探身去池子里看什么,忽然他颈上的什么东西扑通一声掉进了池子。在我反应过来之前,他就跳下池子去摸。那水非常浅,淤泥却深,他晃了一晃,差点滑到,随即伸手去寻找失物,摸索一阵,似乎找到了,便上岸来。

那前后过程太快,我还没醒过神来,他就湿嗒嗒上岸了。那边厢几个学生也看得目瞪口呆,估计从来没见过下池子摸鱼的人。

良人上岸来便张开手,仔细看掌中之物有没有毁损。这时我才看清是他一直脖子上戴的东西,陶制的,颜色很旧,一个小小的轮子形状,用一根皮绳绑住,想来他从不离身,皮绳已经很旧了,因此撑不住便断了。

这时看他松一口气,似乎那物件并无损坏,便找了张手帕仔细包起来,也顾不得身上都湿透。

我很是好奇,便问他那是什么。

"哦,这个是纺轮,就是古时候的一种纺织工具,好像是中间插一个杆,然后转起来的力量可以把一团乱麻拉直。"

"哗,那敢情好,理清一团乱麻。"我笑说,"这东西是什么年代的啊?"

"这个年代很久了,是新石器时代的。"

我听了吓一跳,毕竟不是每个人都有机会目睹新石器时代留下来的东西,也许除了某地的黄土,不知道是几千年前的树木和人腐朽而成的,我还是第一次近距离看到一件明确地知道是那么久远之前世代的物件。

"你居然会有新石器时代的东西……"

良人听了一笑,那时我们已经在走向他宿舍的路上,他脚上沾满淤泥,膝盖以下和衣袖都在淌水,一路上无数人回头看他,回头率顿时成为平时的两倍———一般来说看他的都是女人,那时却不分性别了。"这只纺轮是我一个朋友送给我的,他是汴大考古系的,当年他们去原先的中原地区实习半年,每个人一个小坑,哦不对,应该说是探方,然后每人配俩当地农民打工的,每天就是挖啊挖,挖到点什么就要赶紧保护起来。他们那些坑就是新石器时代的。他们当时挖到很多纺轮之类的小物件,他就带了一件送给我。"他说起来忽然有点眉飞色舞,"那时候他们也没什么事情可做,白天就是挖坑,晚上男生聚在一起讲黄色笑话,在炕上联起两个机子打游戏,女生就在炉子上烤两个玉米,看看带去的几部长剧的碟片。据说半年下来大家都胖了,因为做菜的是一个川厨子,在辣椒之下做菜的油都是猪油。我那个朋友无聊就跟我写信,告诉我说,今天他们挖到了几块陶片,要仔细拼出半拉陶罐,说我要是在就好了,用我画图的本事帮他画还原图;昨天又是某某挖出来一个完全不知道是什么的东西,赶紧给刨了,免得实习报告不好写。偶尔居然也挖出来一具新石器时代的女性骨骼,龇牙咧嘴姿态扭曲地倒在坑里,从姿态推测,大约是当初的奴隶殉葬,按照当地村里的习惯,放一挂鞭炮来驱邪。我就回信说,你们还真是入乡随俗啊,连鞭炮都放了。他又跟我说,有人挖到一当时的垃圾坑,无比之惨啊,七七八八的零碎特别多,简直不知道怎么写报告。到了冬天特别冷,大家就窝在宿舍里,炉子上卧几个红薯一铁壶水,缩在被子里,轮流用一个笔记本写实习报告,翻来覆去看几部老片子。偶尔需要有人去镇上办事,大家都争先恐后,好像放风一样。他说,半年下来,大家忽然都穿得土得不得了,进城了看到一张还珠格格的海报都跟见了亲人一样。由于太无聊了只好发展男女关系,半年间同系内消化了好几对,可惜后来大家都觉得待久了过于兄弟姐妹,就索性向纯洁的男女关系发展了。他说屯在屋子里太久了,来回来去见那几张面孔,利比多都无处发泄,连在屋子里打手枪都没可能,人太多了,真惨哪。"

我听得绝倒,这时候我们已经走到他宿舍。良人在水房的大水管下冲了冲裤子上的淤泥,回到房间里换一件干净衬衫。他背转过身换衣服的时候有 V 字美好身形,那时候我还没受小叶熏陶,对同性之间的感情并不如何了解,却也不反感。按照万能的二元分类法,世界上所有人都可以分为两类,所以直男也可以分为两类,一类是对同性感情极端反感的,另一类是可以接受的。我有时候觉得喜欢上同性也许比喜欢上异性更加容易,因为相处起来轻松适意,又不需要像男女之间伪装那么多,老想把自己最好一面给对方看——虽然也有惊心动魄刻骨铭心时刻,但是同样的,猜忌与搞不清对方想法的时刻也有那么多。

良人换好衣服,从手帕里拿出那只纺轮,换一根皮绳,然后小心戴上。

我忽然有点了解,他为什么那么珍惜这只纺轮,不仅是新石器时代的缘故,大概也是送他纺轮的人,他们之间的了解到了游刃有余的境地,但是也就只止于此,没法再进一步。

他好像一个怀抱巨大秘密的人,每一步向对方靠近,便是一再提醒,他对他来说是不可能的,对方知道了这个秘密,也许他们的关系就会崩塌,但是他身怀这样的秘密,几乎像夜莺心怀那颗蔷薇的刺一样。

良人所说的考古学生,后来成了考古学者,我记得曾看过他的报道,与大运河河道的考证有关。他一直没有告诉他。我想,在那个人考证事物的年代与时代变迁的轨迹之中,他一直不知道也有人在他身后默默考证他的纪年。我们每个人莫不是如此,在用某种方式纪念逝去的事物,好像永远回不来的童年午后里,父母还在身边,一切都是安稳有序的,世界还未到后来的盛世里的兵荒马乱,人心还未曾乱离,我站在白花花的日光下,浑身暖洋洋的,那一刻我没有历史,也不在乎未来。

10. 潮　汐

抄袭一句大约是《东邪西毒》里的话,"很多年后……",这句烂俗的开场白。是的,很多年后,我在新港游学,有时候我会开车到附近的海滩。

那海滩在附近的灯塔公园里。东岸的海是宠辱不惊的,大西洋有种阴郁的铁灰色,即使是最好的天气,也不会像地中海或者西岸的太平洋那样蓝得无忧无虑。灯塔公园自然是有灯塔的,东岸的灯塔也多,我有时候想住在灯塔里也不错,可以整日看着无比广阔没有尽头的海洋,反省自己有多么渺小,自己的一点宠辱有多么的不值一提,我想灯塔看守人大概都心胸开阔吧。

一出电影里有我喜欢的一幕,是年轻的男子背着自己所爱的瘸腿的女子上到灯塔的顶端,他们在灯塔里做爱,在深夜里海的声音好似温柔的呼吸,他从背后抱住她,用手掌握住她的胸,感到她的心脏像一只鸽子一样在他手心里跳动。

当然我们这里的灯塔大门紧锁,从来没见人上去过。灯塔公园有大片草地,烧烤架,有面海的凉棚,里面有一台旋转木马,交几个角子可以上去坐好几圈,听两遍叮叮当当的机械音乐,随着华丽的木马上上下下。我看到那具木马心里就温柔地牵痛一下,因想起如果是小叶在此处,必然要奔上去先坐个两次。有些事若跟人一起做过,就不能再独自一人去做。小叶若你今日再看见旋转木马,必然不能像当时那样欢叫一声拖住我的手,什么也不理,先过去坐上两圈吧。

海滩上有许多许多的贝壳碎片,好像鱼骨一样白,又有的是浅黄色和淡紫,有时候仔细看,还有蓝得有点像琉璃的。

有一回我赶论文到清晨,你知道熬夜之后浑身都会酸痛,然后忽然天光就亮了,窗外有布谷还是什么鸟嘀嘀咕咕地叫,风也变得格外清凉。那时候我就想,呵昼夜颠倒了,感觉知觉都迟钝,看到的都好似幻觉。

我把论文打印成 PDF 然后发给导师,感觉自己终于死在了死线之前,赶上了。你知道古希腊那个马拉松创始者,跑啊跑终于把信息传达到了,自己也倒地而死,我当时差不多就是那个感觉。真可惜我虽然想人世留名,我倒下了估计连马拉松都命名不了。

那时候我松下来,忽然不想睡了,于是我开车,越过跨海的大桥,到了灯塔公园的海岸边。

那一天天气阴霾,海上有大风吹来,并没能看见太阳从海里出来的壮观景象。我在海滩上裹紧了衣服,看到贝壳细细碎碎铺满了一地,好像海神磕剩的瓜子壳,海水向上涨,我越发感到此刻的不真实感,也越发感觉到人类知觉的软弱与不确定性。

在海浪声里,我听到远远的脚步声,从海岸的另一边走过来一个人。他走近了,我看仔细,是个中年男子,很瘦,穿着厚厚的运动衣,戴一顶软帽。他一路走一路吸烟,手里拿着一根细细的棍子,好像在画什么。

他走近我,我闻到一股猛烈的烟草味,这时候我烟瘾也犯了,跟他匆匆打个招呼,便向他借一支烟抽。

他把烟盒拿出来,是最常见的万宝路,软盒揉作一团,我又向他借个火,在清晨的海边,冷风很大,我背过身去努力用手笼住那一小团火,终于点燃了烟。

我长长吸一口,面对灰色的海,脑海里自动响起音乐,仔细想想,原来是《永恒的一天》里的配乐,安哲罗普洛斯那出电影非常好看,我总是想起老人在灰暗的海边走,带着他的狗,他会想起他死去的妻子在某一天的面容,漫长的永恒的一天。长长出一口气,就看见空气里青灰色的烟气。最后我们也都会变成青烟,或者泥土,百年与百日,不知道区别到底是什么。

发一阵呆,想起还没谢谢对方,转头一看,那人倒还没走,也在对着海默默吸烟。他吸一阵,便把烟头弹掉,把剩下半支烟放进运动衣的口袋。然后拿起那长棍,走到海浪中去。

我以为他是用奇怪的工具捕捉虾或者螃蟹贝类的赶海人,以前在国内之时去到海边,很多人赶海,抓那种小小的螃蟹回家加餐或者去市集卖给我这样的游客。不过他走到海浪延伸的地方便停住,那时海面像一大块果冻,正在缓慢地荡来荡去,海浪一阵阵拍在沙滩上,退潮之际留下微弱的纹路,他就走到那些纹路旁边,用那根长棍将纹路加深,描摹出来。

我看得奇怪,便走过去他身边,问他是在干什么。

那时候我才看清他的脸。那人年纪不轻,脸十分尖细瘦长,脸上有风霜之色,眼睛很大而深,看着憔悴却很明亮,深陷的眼睛是蓝色的,蓝得有点像假眼珠。我想起来小时候女孩子的布娃娃都是金发碧眼的,那种玻璃的蓝眼珠就是那样的。他头发已经灰白,看得出原先是一种水洗的淡金色。穿一件旧运动衣和深色牛仔裤,没有任何特色的鞋子,如果不是他还算干净整洁,他那么瘦削,看着倒真像是常见的瘾君子了。

"我在记录潮汐的形状。"那人说,他说话有点英国腔,重音很明确,抑扬顿挫的。说起来我老觉得英国人的腔调那都是原先写十四行诗写出来的,念诗成习惯了,平时说话也抑扬顿挫的。不过也好笑,给自己雇主歌功颂德也得好像写给爱人一样写成十四行诗,跟中国古代的诗人以怨妇口吻写不受君主赏识的诗有异曲同工之妙。

那人说着就从口袋深处摸出来一个小本子,上面是密密麻麻的线条,他又摸出来一支笔,仔仔细细用笔描一条线出来,跟他适才在沙滩上描画出的痕迹一模一样,然后看看表,在旁边标记日期地点。

我看着就越发好奇,问他:"你是……海洋学家?天体物理学家?这是什么科研工作么?以前从来没听说过退潮的形状有什么系统性的研究意义啊,难道这个东西也有什么概率或者能推导出什么东西来?难道跟地震海啸也有关?"

他听了就大笑起来,他的声音很干燥,笑起来整个人抖动得厉害,我很怕他要笑一笑就散架掉,感觉跟那种 Humpty Dumpty 的蛋头人一样,如果掉在地上碎掉了,那所有国王的人,所有国王的马,也不能将 Humpty Dumpty 拼回原样了。

"你是不是雅礼的研究生?你们这些学院派的人思考问题还真是相似,如果我说我记录这些根本没有什么系统研究意义,只是我喜欢做这件事,就跟别人观鸟收集矿物标本喜欢钓鱼划船一样,都是消遣,你相信么?"

我一听很感兴趣,说:"那敢情好,我的兴趣是收藏人,你这种怪癖我还从来没见过。"

"如果非要说研究什么的,我有时候看多了也会不禁想,说不定这些潮汐波浪的痕迹,这些波浪线里面真的隐藏了什么秘密,或者说天机?这个说法好像是你们中国人的?"

"你怎么看出来我是中国人？我以为你们分不清中国、韩国和日本人。"

"从穿的衣服和神色上其实还是能看出来的。对我这种记录波浪线都记录了几十年的人来说，你觉得什么细节上的细微差别是我发现不了的？哦对，我忘记说，我叫苏斯，你呢？"

其实那时我才确定他不是瘾君子或者精神有毛病或者是无家可归的人，他说话太井井有条，常年在街上住的人没有这么强的场强去保持精神上的条理。

"我叫雨眠，要是不好发音你叫我 Yu 也可以。"我说，我的名字的拼法 Yumian 经常令西人不知所措，又想把我叫成玉米又想叫成好吃。

"其实你们中国人最喜欢从世界万物的运动规律里面推测出过去未来，不知道能不能算是一种归纳法？你们有部书叫做《易经》的，"他说到这里我一愣，想不到他连《周易》都知道，后来我在书店看见英文版《易经》，翻译得很有趣，名字也是直译，叫做 Yi-qing 还是什么，才觉不那么奇怪，"就写了很多这样的东西，比如说什么形状预测着战争的顺利，或者是奴隶跑掉了喻示着君主如何如何，我觉得很有趣啊。西方的星象学也是类似，要从行星的运动规律里来总结在某地某时出生的人，在某年某月会有什么样的际遇。我觉得也可以理解，如果月亮周期可以决定女性的月经周期，进而影响荷尔蒙分泌和情绪调整，这样就难免影响到她们周围的人，这不是行星的相对运动影响人类行为的例子么？不过精确的推算是不可能的吧？"他越说我越好奇。

"你会这么说话，难道你原来也是所谓的学院派？"

"哦，也可以这么说吧。我以前是读了个文科的哲学博士出来,不过你大概也知道文科博士出来基本没路可走,除了学术道路。我原先也写过几首诗,不过评论家说我写诗太斤斤计较细节,靠写诗也没法谋生,我还做过人体模特,在艺术系去摆几个姿势,让学生练习炭笔素描。冬天里屋子里暖气开得很大,我光着身子扭成一个纠结的姿势,看着窗外风雪漫天,觉得有种不真实的滑稽感。啊,那时候,正午时天黑得好似冬天下午四点钟,大片的雪花掉下来,将庭院遮盖满。一切都是白色与灰色的,窗外像一幅黑白照片,我感到自己好像在那种倒过来摇一摇就会下雪的玻璃球里。

"后来我做过很多职业,你知道我现在是干什么的么?"我摇摇头表示不知道,这时候潮水又涨上来,苏斯又拿起那根长棍描摹出沙砾上细细的痕迹,"我在工厂当质检员,每件产品需要达到某种标准,多有趣的工作,我想想觉得跟人生很类似,过了某关就留下来,否则就被淘汰出系统。

"我晚上其实还有一份工,就是看守灯塔,其实现在这个灯塔早就没有原先的用途了。你知道灯塔原来都是给迷航的船只指路的,不过现在在这里已经没有航线了,即使有,船只都有电子导航系统,也不需要灯塔了。因此我更像是公园看守人,照料这个有点历史的老灯塔,不过我还是觉得说灯塔看守人更有意思,写出来好像一首诗或者小说的名字。'灯塔看守',听起来就有很多故事,'公园守卫',见鬼,听着就没意思。"

说着苏斯又从口袋里拿出那支抽了一半的烟,背着风向偻着背点了起来,吸一口。又从口袋里拿出一个小扁壶,拧开盖子,喝一口。我自然知道那多半是威士忌或者伏特加。他递给我,我便也喝一口,是劣质的伏特加,却够劲,一口下去嗓子火辣辣的疼。

"还是俄国人的酒够劲吧?要知道他们不够劲的话就要冻

死,所以我喜欢他们的酒,喝一口人就辣得清醒过来,再喝一口就飘飘然起来。"

我们在海岸上传递着酒壶,一人一口,天色灰暗,远处有乌云压下来,海面上满蓄风雷,如果加上一艘要入港的帆船,在风雨中飘摇,那就是透纳的风景画了。如果港口岸边再有形形色色的人,海员喝醉了上船去,也有妓女在港口招揽客人,苦力从船上卸下来东方来的香料,西方来的兽皮,那就是透视法大师卡纳莱托笔下的威尼斯港口了。

"当灯塔看守是很有趣的,半夜里公园里一个人都没有。开了强力电筒在沙滩上走,也只能照出周围的一小圈,那时候我就觉得人类真他妈的渺小得可怕,却还都特别骄傲,总觉得自己比其他肉食动物高等,自己制定了很多规则来约束,是有道德懂得控制情感的动物。其实不远处就是灯火通明,因为有住家,遥遥看着海角旁一片光点。但是我一个人在黑暗里,感觉跟整个宇宙的寂寞同尘,我自身的存在感变得无比之弱,而其他的动物与植物却好像在黑暗里疯狂滋长。说实在的,那时候发生什么我都不会觉得惊讶。

"但是居然什么都没有发生,科幻小说和童话故事里这时候不都该发生点什么的么?比如说外星人来了,或者是有个巫婆出现,给你三个愿望,或者干脆是遇到一只会说话的青蛙……呃,海滩上没有青蛙的话,海鸥也是可以的。如果是动作片,那么应该在海滩上遇到毒品交易什么的吧,然后孤胆的灯塔看守人一举破获贩毒集团这种狗屎情节——虽然我怀疑如果真发生这种事,会是孤单的灯塔看守人的尸体在几天后冲上海岸。如果是悬疑片,那么就会在海上看到一闪一闪的信号,如果是鬼片,那么应该有一艘幽灵船,每到无月起雾的夜里,就会出现,带走被这个世界遗忘的人,如果是探险片,那么应该有什么海盗啊,或者是藏着古罗马金币的洞穴啊,或者是海底沉船之类的,当然为了给青春期激素洋溢的孩子们看,少不了一个或者几个腿长胸大的女演员,无论她们扮演的是被水怪拖到水里的倒霉鬼,还是英勇无敌的某女海洋生物学家。

"总之我的生活就是这样了,什么奇迹也没发生。每天晚上我在黑暗里行走,想到这宇宙之内所有的不解之谜,又安慰地感到这些狗血情节没发生在我身上也是正确的,已经有了这么多不解之谜,再加上生命本来就是一个奇迹,我们从何而来到何处去?——这么一想,我就觉得已经足够了,不需要再增加什么来添乱了。"

"秩序,"我说,"我曾有一个朋友,他觉得秩序就是一切。他希望活在一个稳定有序,能够被解释的世界里。他最讨厌的恐怕就是什么外星人啊,百慕大三角洲啊,死而复活的女人啊,还有什么转世以及前世记忆之类无法解释的东西了。但是这个世界实在是无序的,我们生存在一个熵增的宇宙中,一切都在逐渐走向混乱。中国人笃信因果报应,其实是一种道德规范吧,因为如果你做了坏事就要得到报应,大家都不怎么做坏事了——啊,当然这是不可能的。或者是一种安慰,如果你这辈子怎么着都出不了头,辛辛苦苦半辈子也不能吃一口安乐茶饭,那么别担心,还有来世等着你,你多做好事自然会修一种我们叫做'业'的东西,来世你就可以托生在有钱人家,衣食无忧。但是实际上呢,如果我们生命里发生了无可挽回的事,我们总想找原因,但是总是找不到原因,我们做了什么得到了这种报应呢?如果用前世做了坏事来解释,就能安心接受了么?如果坏事发生在别人身上,我们也总想努力找出他们做错了什么,比如说如果你的邻居夜里走在路上遇到歹徒被打死了,你就会想,不,他不该夜里出去的,如果是我,我就不出去,就不会死了。是这样的么?其实我们只是不愿意承认,我们生存在一个不稳定的系统里,在一个没有完全秩序的世界里而已。"

天色渐渐亮起来,海平面上有一线明亮的颜色,然后又阴沉下去。乌云骤起,风不要命地从海上吹上来,这种时刻会想起令人骨子里酸痛的一切事情。

"在以前,这种天气会有水手啐一口唾沫,说一句晦气,然后祈祷和风来到,出航之时不要遇到暴风雨吧?我记得《神曲》里说,'我要横渡那无人越过的大洋,我有密涅瓦女神吹送,阿波罗引航,九位缪斯女神指示大熊星。'"他低下头,狠狠吸一口烟,"我现在想起来,真是有趣,我母亲以前老是说,从一个小孩子的选择就能看出他将来什么样儿,她老说我小时候每到重大场合一定掉链子,好不容易参加个唱诗班,在练习的时候都好好的,一到真正在众人面前唱,一堆诗童里面就听到我老大声音的走调,弄得她在教堂里坐立不安尴尬无比——你知道我们当时在一个中部小镇,小镇上的人最远去过的是另外一个鸟不生蛋的州首府城市,简直没有什么可以兴奋的事情,我走调的事情因此被传唱了半个夏天,直到隔壁农场家的二女儿跟城里来的小伙子私奔了大家的兴趣才被转移——那时候我母亲就老说,这孩子将来只能寻一个不跟人打交道的活计,结果真的,我当了灯塔看守,不需要跟人打交道,检查商品也不需要跟人打交道。

"有时候我在黑夜里看到寂静的海面上乌云密布,风雨欲来,我就想到荷兰画家那些阴霾的人像画,在黑色的背景里面人穿着灰暗的衣服,只有面孔被照亮。还有那些透纳之类的风景画,总是在海面上,满蓄风雷,让人觉得什么就要来临,什么即将开始,一切都惊心动魄。我很想念那样的时刻,好像人生就在你脚下,还有无数的可能。"

"那你现在呢?其实如果想的话,还是可以有无数可能的吧,只不过大多数人都不敢抛弃现有的去尝试。或者说没有一种足够强的驱动力,就好像……嗯,就好像性驱力强的时候就无论如何要找女人痛快做上一场,有时候也会感觉到心里烧得好像下腹一样,无论如何也要做一件事,离开现有的生活去做一件事。"

"哦,其实,我也没有什么可以失去的,所以我可以随时离开现有的生活,但是做什么呢?像你说的,其实我不知道要做什么,没有一种强烈的驱动力将我带向前,我对流浪,远行都没有太大兴趣——也许十五岁还有,那时候我还真的很想离开小镇去看看广大的世界——我也没有什么远大的志向,要拯救全世界受苦受难的人之类的,我也不关心环保,全球变暖,乱伐树木,世界和平,第三世界饿死的人以及连绵不断毫无意义的战争。你知道我去过首府华盛顿,看见白宫前长年累月驻扎的抗议人群,我都忘记他们是为什么抗议了,我记得有些是越战老兵,有的是反对伊拉克战争,还有别的稀奇古怪的理由,他们就搭着帐篷,拖了一堆垃圾住在白宫前,我看见他们就想,一定有些强大的驱动力让他们长年累月守在那里抗议,而我回身好好看了一下自己,我找不到任何类似的驱动力去让我做一件相似的事情。我想这个世界上大多数人也是如此,我们走上现有的道路大多数时候是'理所当然'或者顺其自然,而不是心里有种燃烧的火驱动我们,一定要如此做,必然要如此。"

我沉默不语,暗自心想,大多数人是多么幸运,从未感受到心底有一种不能熄灭的火,驱动他们去做一件事,必须如此,一定要如此,不如此便要烧毁自己。这样的驱动是好的,但是万一不成功,就跟武侠小说里练绝世武功走火入魔一样,便要经络断绝,声气不通,这辈子就废了。这就好像梵高画到最后发疯割掉自己的耳朵一样,不过他至少还是在死后获得承认的天才,还有很多人被这种心底的火驱动,但是他们并不是天才,在他们想做的事情上他们永远不能获得成功,更不能达到他们心里想要的高度,他们只是默默地湮没在历史里。

还有一种心底的火,是"疲惫生活里的英雄梦想",首先是爱,然后是爱一个人,但是如果不能得到回报,就跟武侠小说里发了一掌却击了一个空,要反噬到自己身上,气血翻涌,会有内伤。

这时候那酒壶里的伏特加已经快被我们你一口我一口喝完,只见苏斯变魔术一般又从另一个口袋里拿出一个锡壶,我笑起来,他说:"总得有准备。"

我喝一口,也是烈酒,这次却是苏格兰威士忌。

苏斯又走到海浪边,开始描绘波浪留下的曲线。

他描完一条,转过来跟我说,"你看这些曲线,我已经描绘了很多很多年,在我家有一个柜子,装满了这种小本子,从 1990 年开始,每年每月每一天,到现在快要二十年了,我有时候彻夜看着一年一年的曲线,我总觉得里面会有某种天机在,也许它们对应着这世界上某个人的命运,这一起伏说的是他在二十岁遇到人生的转机,那一沟回说的是他在三十岁失去毕生所爱,然后这个是四十岁,他开车飞下山崖,生命戛然而止。也许这一条曲线说的是一个国家,它在数百年前曾一度繁盛到别的国家都无法匹敌,然后在数十年前衰败到不能置信,政权更迭,又有一度苏醒,然后又衰落下去。还有这一条,也许说的是人类,从第四纪冰川期苏醒之后,人类开始发展,开始产生智慧并发展文明,然后也许由于对资源的过度利用或者是核战争,有一天人类也要一步步走向衰亡,在核战争之后漫长的核冬天,也许那时候全世界到处都是放射性粉尘一样,一切都是灰色的,就好像下灰色的雪一样。还有这一条,也许这就是我们这个宇宙从大爆炸到渐渐寂灭的过程。

"我想了这么久,都没有想出答案。"他说,眉头皱得很深,"也许一切秘密都藏在这些潮汐退却的纹路里,但是就好像没有密码本的密码,我一辈子也不可能知道这些秘密该怎么解读。这些就好像我的人生一样,根本没有解答,我不能解释我为什么来到现在我所在的地方,我怎么会失去我所失去的东西,我怎么会日复一日站在这个海滩上,看着阴云密布的大西洋,像一个刚出生的海洋,像当年从这海里最先产生了微生物,单细胞生物,然后是鱼,两栖动物,然后他们上了岸,爬行动物,鸟类,哺乳动物,人……

"我不能解释,为什么我到了现在这里,孤身一人,不再有热望,与一个陌生人讨论这个宇宙的秘密。"

他如此说,这时候酒喝完了,天空也开始降落豆大的雨滴,他将帽子拉低,把剩下半包烟送给我,然后我们握一握手,各自离去。

我只记得他的手很粗糙,很硬而凉,像一切独自生活在这个世界上的人一样。

我在车里坐了坐,看海上电闪雷鸣,雪亮的闪电打在海面上,想起来莎士比亚的《暴风雨》的开头也是如此吧,是拉斐尔前派的谁,大约是沃特豪斯曾有一幅画,是《暴风雨》里的米兰达,在起风闪电之时眺望海面——她在荒岛上长大,从未见过除自己父亲之外的男人——她的背影很单薄,长长的卷发被风吹乱,有什么就要发生了,她的生命就要改变,陌生人要闯入她的父亲用魔法保护的领域,她站在那里好像在眺望自己的命运。

海面上风起云涌,更多的故事在发生,我看着海面,想我是否也在眺望我的命运。

后来我酒醒得差不多,雨也渐渐停了,明亮的阳光穿破云层,在海上形成彩虹,美丽得好像一个假象。

我渐渐怀疑我见到苏斯是一个梦境,只有酒精在血管里隐隐提示我他的存在,还有兜里的半包万宝路。

降下车窗,我又吸半支烟。

开出公园的时候,看到一个管理员,是一个很和蔼的老黑人,笑嘻嘻地跟我打招呼,我便停下来跟他聊一会儿,说,我在公园里遇见一个人,叫做苏斯,他是这里的夜班看守,不知道你认识他么。

那管理员便说——他说话有很重口音,很难懂——你说的那个人啊,我认识他,他不是我们这里的看守,不过他经常说自己是灯塔看守,他人很好,我们跟他也很熟了。听说他之前是在附近的大学里当教授的,后来,啊,说是后来,其实也大概是二十年前的事情了,那时候他也是春风得意,刚得了终身教职,新婚,生了一个小孩。据说有天晚上下雨路灯熄灭,他的妻子孩子出了车祸,全都死了。那以后他就有点半疯了,辞退了工作,又酗酒,酒精中毒送到医院,好歹救过来了,后来又参加戒酒互助,好歹是不酗酒了,又找了些零碎工作,没有沦落到无家可归的地步。你可以想到人发生了这种事会怎么样,他就一蹶不振了,也不再去找教职,经常在这海边溜达,也不知道在干什么——他是一个怪人,但是脾气倒是挺好的。哦,你问到底是哪一年? 我想想,那正好是我女儿出生那一年,所以应该是,对,1990 年吧……

这就是苏斯的故事,他没有告诉我的部分。

我并未再遇见他,很多次我在灯塔下徘徊,看着孩子们在草地上跑来跑去,烧烤食物的香味,海滩上晒太阳的古铜色皮肤美女,还有薄薄的音乐声,在太平盛世,人们很少想到命运的问题,如果不是生命被骤然扯断,一切戛然而止,你的时间从此停在失去所爱的人的那一天,你不需要站在海边,反复思考这个宇宙的秘密——是否这一条曲线代表人生的起伏,还是宇宙的寂灭。

11. 静　流

我曾经见过很多地方的海。

有阴郁不欢,复杂的大西洋,也有夏威夷海边,从墨蓝到极浅的琉璃色,从狂暴到轻易单纯的欢欣,还有毫无机心的加州的海,太平洋的碧色,地中海的如同糖果一样悦目的海,盐花配着柠檬香,还有满山的白色小屋,又有墨西哥那些著名海滩,生命在那里不升也不灭,只有永恒的插着小伞的热带饮料,和晒成古铜色的拉丁美人。

最早的时候,我记得有一个人曾对我说,他有一天清晨醒来,忽然很想看海,你知道北平是没有海的,他就骑车,骑了一天到天津,看到了海。

他说,当时看到的时候也没有什么,天色很阴,连日落亦没有,只有浩大的海水不断吞吐,天气且冷,他一身汗,在铁灰色的海之前,着了凉,发了烧。

说这话时,我们在良人打工那间酒吧内。说起来我一直没有说那是个什么样的地方,那间酒吧叫做杜康,自然出典是"何以解忧,唯有杜康",杜康据说是酒的发明者,酒吧里各色人等都有,就近的学生常来喝啤酒看球赛,附近的白领黑领下了班也来喝一杯,女的把头发放下来,补些口红,男的把衬衫领口一解,互相眉来眼去一番,看对眼了就可以带回家或者带去酒店,也有三教九流,不知道做什么营生的——这些人最好玩。这些人里,也有摇滚青年,因为杜康里经常有演出,玩重金属的偶尔也喜欢搞点砸吉他之类的,更多时候大家在舞池里人贴着人,几乎是不分彼此地跳着舞,说是跳舞,不如说是给贴近对方身体一个合理的借口。其实交际舞最开始也是为了给适龄的男女一个寻找配偶的合理过程,人对人身体的渴望真是有趣,在音乐里可以那样迷醉,也是一种催眠吧,我曾看到身材好的女孩子周围围了数个男人,手与脚如同水母触手一样萦绕她,她也不生气,那时欲望真是一触即发。

说这话的人是方静流。其实我是通过小叶跟他认识的。我曾说过,有一次小叶带我去一间酒吧,听她朋友的乐队演出,那间酒吧就是杜康,那乐队里有打扮哥特的女歌手,而那个吉他手就是方静流了。

我记得我第一次见到方静流的样子,他背对舞台,正在弹琴——后来我才知道,他的习惯就是背对舞台,从来也不转过来——他们的女主音的声音很高亢,不知道唱着什么歌,弹到高潮处,他就把吉他一松,几乎要弹出血的样子,手一扬,头向后,动作十分好看。

那时候我连他什么样子都不知道,因为他一直背台。后来小叶拉着人到处喝酒,我跟在她身边,才看见他正脸,知道他的名字。

方静流身量十分高大,人瘦却很结实,有一头长发,轮廓很深,鼻子有点刀劈斧砍的意思,我常常怀疑他有点突厥血统或者十六分之一的北欧血统之类的。他脸上经常性的没有什么表情,但是却不让人讨厌。他不是冰冷,只是厌倦强烈的感情。

后来熟了之后,他对我说,弹了这么多年吉他,最热烈的感情全部给了曲子和手指,平时反而觉得什么都波澜不惊了。

我问他为何每次都背对观众弹琴,他就笑了,说,我弹琴的时候基本上属于高潮体验,那真是欲仙欲死,跟做一场好的爱的一样,你见过谁喜欢自己高潮时候脸上的表情被一群人看着的?

所以说他虽然表演,虽然在舞台上弹琴让他更兴奋——我取笑他跟那些喜欢在野外寻欢作乐的人一样——他享受那种高潮一样的快乐时却不喜欢被人看见。

记得当时小叶拉着我,要跟他喝酒,方静流微微一笑,把一杯烈酒灌进喉咙,然后拿了一杯褐色饮料,对小叶说:"这个是自由古巴不加 tequila,你喝这个正好。"小叶当时已经喝到眼红,却还要逞强,说:"什么我都能喝,来,静流,来干杯!"一把抢过那杯饮料,囫囵吞了下去,连味道都尝不出来,只连说好酒。我暗暗偷笑,因为自由古巴不加 tequila 就是健怡可乐,方静流就对我眨眼,意思让我骗小叶少喝点。

后来我常常独自去那间杜康,偶尔我会遇到他,就一起坐在吧台,喝一杯酒,我们时常待到凌晨,在寻找猎物的人都找到了他们的猎物各自打回家之后,杜康很冷清,我们有时很沉默,有时随意聊天。

方静流比当时的我大上数岁,将近三十。我开始以为他是专职吉他手,后来才知道他只是客串,我问他正职是什么,他说是摄影师,专拍女体,听起来十分令人神往的工作。

他说拍女体拍多了,任什么样的女人看了都不激动了,镜头之下,一切都是客体,他以镜头为眼,拍摄广告大片之时,看到的全是化妆与光线搭建出的幻觉国度,没有一样是真的。他说他可以把女人拍得性感无比,真可以隔着照片感觉到热度逼人,也可以把同一个女人拍成冰山美人,遥远,疏离,像安徒生童话里的冰雪皇后,又残忍又诱惑——他说每个人的心底其实都有受虐倾向,越是遥不可及的,看着越美好,她越是不理你折磨你,你越是想要得到她。

最开始他也跟模特交往,上床,纯然的肉体之欢。后来渐渐消失了兴趣,因为看多了女体的缘故,他连她们的血肉亦觉得隔膜,总像隔着一层镜头在看她们,于是他就变得冷血。他说,只在弹吉他时感到生的高亢与欢乐如同早年时候缠绵的高潮一样,几乎是一波波将他吞没。

"我见过的漂亮女人真是多,多到我都快要变成同性恋的程度,"方静流这么说,"因为看她们真是太客观,我脑子里过的几乎都是,这个脸大,要怎么打光,这个气质特殊,要配合什么样的背景,还有这个腿长,要以什么构图最能体现,等等。然后我就等待化妆师给她们化妆,提点意见,看见她们的脸在化妆品作用下从一个人变化成另一个人——其实她们真都是美女,不是说要把丑的变成好看的,但是不知道怎么的,想要什么风格就可以变成什么风格,真的好像画皮一样惊悚。然后是拍摄,怎样打光,用什么样的镜头,用什么闪光灯,用哪种光圈快门组合——有时候我喜欢用老旁轴相机拍黑白片,手感好,也有时要出活快,用我最顺手的那一组镜头,5D加上几只定焦头最顺手,然后把原片处理下,做出来我想要的感觉。那时候我还真挺有成就感的,虽然说是客户要求什么样的片子我就要做出类似的,但是我手下出来的片子,都有我的印子,我想要什么样的感觉和气场,就得有什么样的感觉和气场,那时候真是觉得,一个小小摄影师也有像神的时候——我手一挥,说,要有光,就有了光。"

"我曾经看过一个视频,是国外不知道什么地方拍的,也不知道是广告还是什么,就是一个邻家女孩长相的普通女孩,先是化妆,化完立刻眼睛大了一倍,面孔立体了一倍,雀斑也看不见了,然后是拍照,光线一打,真的是什么都变了,最后用photoshop还是什么处理相片,把圆脸拉尖,眼睛变大,把面孔上的瑕疵去掉,最后出来前后对比照,完全认不出来是一个人……"我说,"所以以后我再也不相信照片了,还是看真人靠谱。你们摄影师,其实也算魔术师的一种吧。"

"早年中国人都认识拍照是摄魂的时代,摄影师可不就是魔术师,说起来从小孔照相开始,摄影器材的发展真是日新月异,但是即使如此,我也很喜欢那些古董相机,个个都是机械史上的艺术品,尤其是德国相机,机械上来说精确得可怕,不愧是德国人——你看好相机大多是德国日本出的,大概也是性格使然,德国人严谨,日本人精细,好相机和镜头要的就是这两点。"

方静流说话之时喜欢不断磕烟灰,他手指很灵活,不知道是常年弹吉他还是常年操相机拨动光圈快门换镜头的锻炼,他接着说,"你其实说得挺对的,由于我是摄影师,所以我从来不相信网上征友照片,基本上看灯光看拍照角度,我就可以大抵还原相片里的美女本身长什么样子,比如说这个从高角度拍还缩下巴的,脸大,这个打强光扑厚粉的,大概脸上痘痘比较多——拍这些照片的人不知道是想骗别人还是骗自己。其实摄影也是制造幻觉,将自己想象中的自己变成现实,把别人想要的效果变成现实,把所有的事物的美丽的一面或者丑陋的一面抽离,强调,保存下来,不是不像制作一具标本的。"

说完这话天也快亮了,我们就各奔东西。

不知道你是否看过北平快要破晓的天空,光线与云气,寂静与疏离,是一个大而无当而又有那么多过去的城市特有的惊心动魄。

12. 惧　光

有一天,我们又坐在杜康里喝一杯酒,那时候我刚刚开始写论文,每天对着电脑屏幕非常烦躁,一天十几个小时对着屏幕找资料看资料写论文的结果是发展出了屏幕恐惧症,不仅看电脑屏幕,连带电视屏幕我都怕,食堂里大电视在放新闻,我看了都快要惨叫,后来连街上的广告牌液晶屏我都怕,要绕开道走,到最后我连方形的东西都怕,看到方脸的人都想狠狠拍他一掌。

于是我就到杜康,背对液晶屏坐着,要几杯酒来喝,看看尖脸的女孩子和圆形的酒杯。方静流那晚也在,我们有一搭没一搭聊天。

说起来,我从来没在白天看见过方静流,他还真跟灰姑娘一样,在天亮前一定要消失,不对,他比灰姑娘的保质期稍微长一点,人家灰姑娘的宵禁时间是午夜十二点,过了以后华服和马车都会消失,话说她那个水晶鞋怎么留下来的?我一直想不通……

我就问他,"我怎么在白天从来没见到过你?你别告诉我你是吸血鬼之类的,一见日光就要灰飞烟灭啊。"

"没那么夸张,我只是有点怪癖,说起来有这种怪癖的人很多吧,作息不调,昼伏夜出,只不过我的怪癖稍微严重点。"他回答说,"我基本上就是夜行动物,我很讨厌见到日光的。"

"那你工作怎么办?"

"我很少拍自然光的啊,也很少拍外景,如果拍也是晚上,拍个什么胡同里的灯光下萧条的身影,这调调很多杂志也蛮喜欢的,大多数时候我拍内景,在工作室里爱怎么摆怎么摆,爱用什么灯光用什么灯,爱多少反光板多少反光板,白天的话也有遮光帘,我就住工作室旁边,一幢大楼里,根本见不到日光的。"

"哈,这敢情好,我不知道作摄影师的还可以白天不出门工作。"

那时他说:"记得那一回我骑到海边,看到萧条的光线下一望无际的海,那一片荒凉的海岸,没有人迹,没有人声,天气坏,灰色的海带着温柔的微光,几乎让我以为人类还未起源,我注视的是无机质的海,里面大概有草履虫或者海鞘之类的,有最初的单细胞生物,有蓝藻,有微小的不知悲欢也不懂计算生死长度的生命,后来是怎样蓬蓬勃勃地生长出来鱼类,然后它们上岸了,两栖动物,鸟类,爬行类,哺乳动物,人类,怎么这样好像自然博物馆里的进化树一样,有了两腿行走在大地上的这种动物。然后又是怎样,好像历史博物馆里悬挂的编年史图表一样,我们懂得了相爱交欢,互相残杀,学会了欲望与痛苦,有一个个国度诞生然后又覆灭,换了时间与年号,世界的版图变迁,人种变得相似,我们开拓了更多地方,但是似乎也没有比最初聪明许多,犯下类似的错误,用类似的方式死去。"

"那以后,我就不再在白天出没了。"方静流如是说。

13. 幻觉永生

那一夜我们有些饿了,就从杜康出来,去附近的一家小馆子吃夜宵。那间馆子在小巷深处,通宵营业,十分造福学校里的夜猫子们。

小馆子叫彩云间,是一间傣家菜,卖的是拌三丝,炸土豆丸子,烤鱼,竹筒肉,油鸡枞,过桥米线,黑三剁等等,价格便宜,还有清洌甘甜的米酒,度数极低,入口温和,可以像喝水一样喝一大竹筒。

我们坐下点几个菜,我最喜欢吃土豆丸子,金黄澄亮的土豆球,外面脆里面酥软,配上糊辣椒和醋做的蘸水,真是好吃极了。另外还叫了软嫩鲜香的竹筒肉,吃起来类似做得好的肉饼,还有酸辣米线和油鸡枞。

油鸡枞是一种云贵一带特有的菌类,云贵多山水,山间有各种奇怪美味的蘑菇,这一种是贵州人会自家买了来用油炸,做成罐头的,味道说不出的香,小时候吃面条,放一点贵州带来的油鸡枞,可以吃很大一碗。

彩云间的甜食也不错,有糯米放在菠萝里蒸出来的菠萝饭,糯米饱满香甜,有果香和淡淡酸甜,还有用面粉裹了的炸香蕉,里面的香蕉已经化了,吃起来不尽的软糯。

"小叶最爱这两样吃食,"我对静流说,"可惜她不像我们俩是夜猫子,否则叫她出来,她必然会一边说,这个脂肪这么多,那个热量那么高,怎么吃得下口,一边吃得不亦乐乎。"

"小叶那么瘦,还要保持身材?"静流笑,"我发现我见过的整天在口头说要减肥的,都是身材最苗条的女孩子。简直招那些身材丰满的女孩子恨啊。"

我想起来小叶吃甜食的样子,忍不住就想笑,"你没见过她吃冰激凌,我就不明白为什么甜食能给女孩子那么大的快乐,她在冷饮店里可以叫上一桌的冰激凌,就这样,还眼巴巴地凝视着冰柜里没要的品种,我跟你说她那个眼神啊,充满了爱意,简直是望眼欲穿……不知道的还以为她是看见了好久没见的恋人。"

静流听得绝倒:"你就不嫉妒?你不才是她的恋人么?"

"然后她吃冰激凌的时候,真正是一桌子的冰激凌在面前,她好像一个帝王要考虑先宠幸哪个妃子一样,对这一杯动一勺子,然后又意犹未尽地转向下一杯,吃得又快,好像风卷残云,我只好拍她背,说,乖啊,家里还有余粮,不怕不怕,别跟饿死鬼一样。这时候她就转过头来用哀怨的眼神看我,想骂我,但是又舍不得停下不吃。"

说完我们俩都大笑。

"我之前在杂志上看,说甜食啊巧克力啊,吃下去能在脑部分泌多巴胺之类的,刺激欣快中枢,造成的快感跟人在谈恋爱的时候感觉到的差不多。不过这个也有男女差异吧,我就不怎么爱吃甜食。"静流说道。

我拿起来竹筒米酒给自己和他再倒一杯,说:"小叶曾说,她最爱菜里放热带水果,所以她喜欢泰国菜。她说呢,只要菜里放了菠萝之类的,连一块最普通的 pizza 她都觉得美味无比。泰国菜里多用热带水果,菠萝啊,椰子油啊,芒果啊,甚至于榴莲啊,所以她特别爱吃。"

多年之后,我在新港小镇读书,有一条街的泰国馆子,我经常进去随便一家,要一绿咖喱或者 Panang 咖喱,里面有菠萝与椰子油,要一个甜点,是糯米饭配新鲜芒果,也有椰奶。那时我便想起小叶,有一首歌说,"春天应很好,若你尚在场",我不知道唱它的人是什么心情。她不在身边,我却沾染了她的习惯,从偏爱的食物,到喜欢的事物,泡一杯茶的方式,甚至到仰望天空之时,即使没有阳光,也要伸手遮一遮,微微皱着眉头。

我与静流将盘子吃了个清空,两个大男人的战斗力就是强,吃完便坐着喝酒。那时时间早已经过了凌晨,店里也开始变得冷清,服务员在靠着墙打瞌睡,连玻璃板下蓝色扎染的桌布都显得有点寂寞的样子,后来我发现,经常是夜深人静,酒酣耳热之际,人忽然会想说些平时不会说的话。

果然静流便说:"我不知道你有没有试过,用投影仪看电影的话,靠近投影镜头的那一束光里,可以看得见灰尘疯狂跳动,而那时如果你吐一口烟,就可以看到光柱里清晰的烟雾形状,非常缠绵难测,几乎不像现实世界。"

"你这么一说,倒很有意思,"我说道,"我小时候很喜欢看无人的街道上,路灯的光照着一场大雪落下来。"

我没有说的是,那时候我父母已经开始经常出国出差,我被亲戚照顾,得到的照顾无非是衣食,没有人真正关心我有多么不安,也没人真正愿意听我说话。我养成了自言自语的习惯,经常我在绝早便出门上学,有一年冬天,出门之时天如锅底,然后忽然不知从何处降下鹅毛大小的雪花。

呵,那时节在满天的乌云中,街道上只有我一个人,一个小身影在广大的世界里,而路灯的光照出雪片疯狂地翻涌,很长时间不落下来,我几乎以为它们永远不会落地。那时我感到彻骨的寂寞,在寒冷间忽然渐渐生出一丝安全来——原来真的世界上如果只剩我一个,大概也就是这般光景,如此一想,也没什么可怕的了。

"我以前特别喜欢在光线强烈的下午,在屋子里看光柱里的灰尘疯狂跳跃,那时候我就想,我们人其实也是这样,营营役役的,跟布朗运动的微粒差不了多少……后来我越来越怕阳光,说起来我还真跟吸血鬼差不多,怕自然光线。"

"吸血鬼传说据说是来自于狂犬病患者,他们怕光的刺激,怕刺激性的气味——因此怕大蒜,喜欢咬人,咬了人以后会传染——就是被咬的人也变吸血鬼。"我笑着揶揄他。

静流也笑:"唉,我知道这也是病态,不过人哪个没点怪癖的?说起来我很奢侈了,我做的这份工作,可以用非自然光去取代自然光,你也知道吸血鬼不会在灯光下灰飞烟灭——说起来我一直不理解这一点,他们难道对波长还是什么东西敏感么?"

方静流这人原先也是学理工科的,这点从他思考问题的方式就能看出来。

"我家有数台幻灯机,有的是用来看底片的,用反转片拍出来的片子拿来放大看看,也有的是专门用来放电影的。"

他一说我兴头也起来了,说应该到他家去看片子。无论是照片也好,电影也好。

我又说起来认识的同学经常把实验室开会作报告用的投影机偷偷借出来,在宿舍里拉一个白帘子看电影。有时候我们看动作片,几乎真人大小的人在银幕上打来打去,看得十分过瘾,有时候周末晚上关了灯,几个人挤在上铺,把电影打在雪白的天花板上看,更加过瘾,有时候躺着看动辄就睡着了,醒来甲压着乙的手,丙有半个身子几乎探在床铺外,还有人脚臭,架在别人身上,引起怨声一片。

现在想起来,虽然大学时住宿条件差,几个大男人住一起经常臭气熏天,又少女人整日饥渴,夏天热到头晕,冬天缩在被子里看书——但是大学宿舍生活实在是很好玩的。

不过最好玩的是,我对静流讲,某次我在同学寝室看投影,把白帘子拉在门口,那天大家聚众看的是一出三级片,还是基本上接近 A 片级别的那种——你也知道男生寝室看色情片稀松平常,不过据说女生寝室也有聚众看的,看完还品评长短大小,我听小叶讲的,听得我绝倒……总之那天晚上我们正看得起劲,女主角脱了衣服,正要诱惑男主角,那著名女角身材绝好,打在银幕上白花花的一片,正在那个时候,舍监大爷进门检查,我们也没锁门,他一推门那个白帘子就被推到一边去了,然后整个电影就打在他脸上身上,他倒是被光线照花了眼,我们可是清清楚楚看见女人白花花的身体,大胸长腿,全部叠印在他身上,当时我笑得肚子都疼了……

我们俩想到舍监大爷惊愕的脸配上三级片女角雪白的身体,又忍不住开始大笑。

这时我们走到了静流家,他家在一处新建写字楼与住宅结合的小区,我吐吐舌头说,摄影师收入不错嘛,这里的房子贵到有些变态了。

"对啊,都是韩国人抬的,这里快变成小韩国城,留学生之类的都在这里租房子,房价抬到很高。不过还好我是早几年买的房子,价钱还不够吓人。"静流说,一面开房门。

他家布置十分简单,架子上全部都是相机与放在防尘盒子里的镜头,又有一间房间完全用遮光帘密封,当作小暗房。他的卧室很大,除去一张床,地上铺一张巨大的羊毛毯,毯上有小几放着投影,还横七竖八地放着几个靠枕,以及一只很大的水晶烟灰缸。

他走到厨房,从冰箱里拿出来几瓶啤酒,然后我们坐在地毯上,靠着他的床,开始一边喝酒一边看片子——片子就打在床对面的白墙上。

那晚我们看了什么片子我也记不得了,貌似是一个吸血鬼片,也许是为了应景,不记得是《夜访吸血鬼》还是《吸血惊情四百年》。

我想了想觉得是后者,因为我还记得女吸血鬼们妖艳的肢体,缠上男主角的样子,哗,那片子拍得真是又好看又香艳,男女之间超越生死的凄凉之爱不说,连不相干的香艳场面都拍得那么华丽缠绵,那一幕简直像克里木特的画,装饰性极强,女人身上戴着东方风格的首饰,肢体缠绵如蛇,有金粉一样的华丽,又有情欲,又有恐惧,又有欲罢不能——简直好像爱。

那时候静流还给我演示他说的烟雾效果,他吐一口烟,那烟雾就在投影机的光柱里形成奇妙的涡卷,像藤蔓一样蜿蜒而缓慢地攀升,然后渐渐淡去,那样子有点像在白瓷盆里点一滴墨水,然后将水轻轻搅动,就可以看到丝丝缕缕的墨迹洇染开来。委实十分像幻觉。

看完了,我们俩夜猫子还觉得意犹未尽,我提议看他拍的片子。

他想了半天,说:"时装片你愿意看么?还是广告片?我拍的女人都还是很有风格的,"他故作自负地说,"不管模特多么俗艳,我都能拍出我想要的风格。"他故意假装抚摸不存在的胡子,要学曹操在华容道上那样大笑三声。

"或者,我给你看看我的私家照吧。"静流说。

"私房照?你不会是说裸照之类的吧?"

"那倒不是,不过我有另外的怪癖,我很喜欢晚上出去拍照,你知道,如果光线不足,用长时间曝光,有时候能出来一些现实中用肉眼看不见的场景,几乎有点奇幻效果,我很喜欢这种看上去有超现实效果的片子。"

他说着就在笔记本里找到一个未命名的文件夹,里面按照日期密密麻麻排了好多个小文件夹,他点开其中一个,放在投影上给我看。

拍的是树丛掩映里的一座桥,那天晚上大约是有雾,桥边的路灯只照亮了一小块地方,在长时间的曝光下,有着明亮的光晕,而桥简直如同在仙境里一样,被苍白的雾所缭绕,夜空看来是淡紫色的,完全是不真实的美。

我长叹了一口气,说:"方静流,我现在承认,你不折不扣是一名艺术家。"

这时候他倒有些不好意思了,又有些高兴,说:"这还不是最好的,不过我觉得我是一个……将幻觉拍摄下来的人,幻觉摄影师,你觉得这个称呼如何?"

"啊,那我这种人,专门碰上像你这样的有趣的有怪癖的人,那我也算是个收藏家了吧?"那时候我已然遇到了徐意迟,所以也算开始了我的收藏生涯,"那我就是幻相收藏家,嗯,听起来不错,比集邮好玩得多了。"

后来我把这个称呼告诉小叶,她拍手称快,说要我有时间应该把我收藏这些人事都记录下来,将来给她和别人看。

那时我没想到,这件我们之间的戏言,后来竟变为一个约定。

静流又给我看更多照片,这一回是一条夜晚的陋巷。他说:"那天在下非常薄的细雨,街巷之间雾气朦胧。照片经过处理,有昏黄旧照效果,在夜晚,一切不再被人使用不再被人观察的寻常事物——好比巷子外堆放的蜂窝煤,废弃的脸盆,简陋的储物小棚子,还有抛在墙角的旧玩具,都有一种难以言说的孤寂感。

"在人类所创造的这个社会里,失去功用的东西最终就会变成垃圾,被抛弃,而它们在不被看顾的情况下,好像深夜,就会出来一种奇怪的效果——有时候我想,究竟是我们抛弃了它们,还是它们抛弃了我们啊?如果有一天人类全部被外星人一夜之间抓走,这些东西却会在街巷里保持原有的样子,几十年数百年的不变,直到铁器锈蚀,塑料被分解,直到砖砌的房屋崩塌……"

"哗,你口气真好像预言家。"我说,"唉唉,为什么我认识的人都这么好玩,我简直要自惭形秽了……"

他又给我看一些城市夜景,在公路上川流不息的车灯构成霓虹一样的流光,模糊的不止是车流,作为个体的人,还有现实里的存在感。

静流的照片,是纯然将客体作为客体来拍的。

还有另一组照片,是在某处的海,入夜之后,天际有橙红墨蓝的颜色,想来是太阳落山后最后一丝晚霞。

他说那张照片他曝光了大约两分钟,海面的波涛在两分钟之内奔腾来去,全部印在一张底片上,就出现了好似仙境一样的丝绒效果。

我一拍大腿说,怪不得我以前看那些瀑布啊什么林间小溪之类的都有这种丝绒效果,我还以为是 photoshop 出来的,原来如此。

"那还得要光线够暗,否则曝久了,白花花一片,什么都看不出来了。"静流解释说,他又来了兴致,继续说,"你看到那些仙境效果的片子,有些是用 HDR,也就是用不同曝光拍三张然后用软件处理出来的。如果做得好,会把明暗处的细节都保存下来,做出来是肉眼不可能捕捉到的效果,因此有超出现实的感觉——毕竟你在现实里没法看到这种效果。"

我又仔细看那张照片,它有一个趣怪之处,是能在海面上看到路灯照出来的拍摄者的影子,我向静流指出来。

"当时光线很暗,路灯又比较远,海面动荡不安,用肉眼根本看不见什么影子,但是相机却能拍下来在两分钟之内,我的身体挡住了的光线投射在海面上的差异,我觉得这一点最有趣——拍摄肉眼所看不见的差别。"

"说起来人心如果这么容易就可以看穿就好了,"我说,"那也是肉眼所看不见的,不过相机也无法捕捉。"

"哗,你说的可是照妖镜?古代传说里可是经常出现,最早的记载好像是在《西京杂记》里?说汉武帝还是谁有一面镜子,可以照出人心术正不正,用来照宫人,有人'心张胆动',就是心术不正了,拖出去砍死,真惨烈。"

"太惨了,人家说不定是冤枉的,又说不定原理跟现代的 x 光或者脑电波差不多,还有测谎仪,看看你说大话的时候体温心跳是否上升是否出汗,哈哈哈。"

我又仔细看照片中拍摄者的身影,忽然发现那不是一个人,而是两个人贴得很近。

"这张你是跟你女朋友一起拍的?"我问他。

静流皱了皱眉,似乎不知道怎么回答,说:"不是的,那是沈千山。她不是我女友,那一回正好我们一起去靠海的某地演出,夜里就一起去拍照,其实她站在我身后,但是影子看上去却几乎重合了。"

"沈千山？演出？"

"哦,小叶那天没向你介绍吧,千山演出后就走了,没留下来跟大家聚会。千山是我们的主唱,我们那个乐队你记得的？那名字还是她取的,叫做 Le sable mouvant。"

"哦是,法语里流沙的意思。"我想起来他们主唱的样子来,当时她作歌特妆,眼角有一滴黑色泪水,穿着黑色的芭蕾裙子,类似哈拉昆小丑的黑白菱形格子长袜,想来也是趣怪的一个人,可惜没能结识。

当时我竟不知道,我已从别人口中认识过沈千山一回。我认识的这些人,混在类似的圈子里,谁都认识谁,只不过互相却未必知晓。

后来我终于见到沈千山,并知道了她与静流之间的事,不过那也是后事了。

静流似乎不欲多谈他跟沈千山的关系,我心里倒有些纳罕,觉得他们之间有些什么事。

他又给我看更多照片,每一组都各有千秋,但是共同之处是,光线效果都十分奇幻,完全是不真实的世界。

我对他说:"你拍的好像是夜间失去人类注视后,活过来的世界一样……啊,怎么说呢,就像安徒生童话里《小意达的花》,晚上花都活了过来。太有趣了,难怪你不喜欢白天活动,夜晚果真有更多可能性。"

静流苦笑:"代价是,白天都不敢出门了,我就好像一个夜游症患者。哈,说不定我现在跟你谈话,都是我们在做梦。"

"我倒是读过一个科幻还是恐怖小说,说有一个人得了长期失眠症,后来他渐渐分不清梦境与现实,在幻觉里他干出很多恐怖的事情,后来发现居然都是真的。"

"只苦了跟我工作那些模特,有些严重抗议我的工作时间,说半夜工作严重毁皮肤,第二天黑眼圈啊眼袋全出来了。她们说,上了一定年纪,熬一场夜连骨节都酸疼,几乎一夜要老了十年。"

我莫名其妙想起"青春作伴好还乡"来。

"那你一定很讨厌夏天,天特别晚黑特别早亮,夜晚特别短。"

那时天也快亮了,我们说着说着竟然在地毯上横七竖八地睡着了。第二天我洗把脸,也没吵醒静流,自己回宿舍去拿了笔记本,继续去图书馆啃书写论文。

14. 有　约

那天后来，又发生了一件事情。

那一天，我从静流家出来，怀抱笔记本去了图书馆。

你知道汴大的图书馆的，夏天有强烈的氨水气味，厕所都不比楼道里味道浓，所以只能说是偷工减料，不知道用了什么便宜材料盖出来的楼。夏日炎热，令人头昏脑涨，图书馆有空调，因此学生绝早就去图书馆里自习室占座位，带着水壶和饭盒，女生还有椅垫和桌布，做的是长期抗战的准备——从早到晚，中间出去吃饭，上厕所，去水房灌水，除此以外，就是啃着砖头一样厚的书。即使三令五申说不许拿书包占座，也是没用的，大家都是早晨图书馆开门就去占座，中午呼啦啦走了大片，书本却还放在位子上。

汴大的自习室分布在不同的教学楼里，分为几等，夏天有空调冬天有暖气的自然属于上等，比如图书馆的自习室，图书馆的楼道自习区虽然有空调，但是人来人往，这就属于下一等了，而小说借阅区虽然安静，但是不让带书包进去，也不好偷偷往里带食物和水，也属于第二等。文史楼夏天尚属阴凉，也是不错的自习地点，但是文史楼又被叫做闻屎楼，厕所气味十分嚣张，又次了一等。理科教室（简称理教）里虽然有空调，但是理教那个大怪物，不知道是什么人设计出来的，楼道里穿插往返几乎可以拍古墓丽影不说，大教室完全不透风，夏天堆了一堆人上几百人的大课，每节课恨不得都有几个女生晕倒——空调也调节不了几百个人的体热，更别提踢球回来男生的脚臭，以及某些一学期四十张澡票用不到一半的男生的体臭……而且理教经常有课,自习的学生要不被赶来赶去,要不就得跟着上课,如果赶上动物生物学那种课忽然教授放起猪肉绦虫羊绦虫的视频,看到一眼也得出去吐个半节课。三教四教是老教学楼,没有空调也不是完全不能忍,但是多得是一对对自习的情侣,单身人想好好啃书,难说人家在你面前卿卿我我,恨不得少生一对眼睛。小四教教室小,倒是安静,但是常年有暴露狂出没的传言,后来又有人跳楼,因此传出来闹鬼的流言——也许因为小四教是唯一熄灯后还可以爬进去啃书的教学楼,夜里经常有人拿着应急灯跑去自习,楼里鬼影重重,据说某年有人应急灯没电了,还点了蜡烛,看起来更加阴风惨惨。

说这么多,其实还是要说明,汴大图书馆自习室的抢手程度,以及为什么大家都要在里面长期抗战,恨不得扛着干粮与水住在图书馆。

图书馆自习室里又分为几大派系,一派是考研派,其实这一派很小,因为本校学生里保研的比较多,而外校考研的又进不了图书馆,他们通常分布在三四教——汴大最有趣的民科们以及落魄诗人也常年出没在三四教与理教。我就曾经在理教上大课前遇到过其中一名,面对几百学生朗诵了一首诗,然后把铅印的诗集随手分发,他的诗我全然不记得了,人倒是记得清楚,是一个大胡子——谁说只有春晚导演才留大胡子的?我还曾经在三教自习之时,遇到过风尘仆仆的民间科学家一名,简称民科,他们实在是汴大的一景,除了汴大东门口常年练摊要找人验证他证明的某某猜想的民科之外,还有我见过那个。我记得他进门就吭哧吭哧往黑板上写,写了一黑板,我一抬头吓一大跳,那时候他才大声说道,他证明了相对论是错误的云云。民科最是好玩,最喜欢用中小学的物理知识去证明相对论错误之类的,我记得有关民科的一个笑话是,有人说他证明了最大速度不能超过光速是错误的,伊说,我可以打着手电骑自行车嘛,那个速度不就是光速加骑车的速度,超过了光速,时间也没倒流啊。我们当时听了立仆,差点把讲这个传闻的人喷一脸可乐。

图书馆里最大的派系是出国派,他们的标志是人手一本新东方出的 GRE 红宝书,各种版本不等,可能还有影印版,像一块砖头一样巍然立在书桌一角,体现了主人的身份——要申请出国的。那年头大家都还觉得资本主义好,资本主义提供比国内高得多的奖学金让你读书,读个五年下来,奖学金加上免的学费怎么也十几万美国刀了,想想这资本主义墙角跟挖得就爽。当年又被新东方的玉米糊忽悠,一句"人生从此辉煌"就多少人前赴后继走上了申请出国这条不归路啊。

多年后我在新港,吃着泡面,在图书馆里翻着多年没有人碰过的古籍之时,我想到当年哥们里也有不少属于出国派,他们大多最后出了国,在资本主义的后花园里施展拳脚,有的读了理论物理学 PhD,跑去了投资银行,也有的读了历史学 PhD,然后慢慢要从 postdoc 混到教授。无论是前者后者,无论是经常在美洲大陆飞来飞去,还是在东岸小镇研读典籍,有一点却是一样,他们皆感到异常寂寞。

有人成家,有人仍在寻找,旧友见面,总会异常亲热,皆因知道将来也找不到这样的关系,像大学时代那样,夏天六个人挤在一个三十度以上的小屋,怀抱青春与理想,想要过好的生活因此夜夜苦读,而真正最后,也买了大屋,车库里两辆好车,每年假期去向欧陆与夏威夷,也并不觉得多享受。那时候还怀念的是,六个汗臭的少年挤在一间三十度以上的小屋,脸盆饭盆书本,除了女友几乎都共用,夜谈说着虚无缥缈的未来,和活色生香的姑娘,后来发现,本以为遥远的未来并不那么遥远,而本以为很近的姑娘,数年后却天各一方。

说起来,那时候我有很长时间未曾见过顾良夜。

你知道是有这样的事情的,有些人,你见了一面,觉得欢喜,以为以后就会经常来往,后来却没了下文,也有些人,你开初见不觉得会有什么关系,后来却成为很重要的人。

而随着时间,这两种人的身份可能在不停地变幻。

很多年后我想起当时,忽然会醒起,哦,原来还有那么一个人,那个人当时以为是很重要的,可是渐渐记忆将他抹杀。或者是,初见之时觉得漫不经心,后来却走上了相似的道路,甚至影响了彼此的轨迹。

在多年后回想起,顾良夜到底是怎样的人,我发现我也说不清。最开始我以为她是冰凉如瓷器的一个人,后来,她又有暖热如玫瑰的时候,再后来,我发现,我怎样也是错了,到现在我都不知道,我究竟是爱她呢,还是恨她多些。

那一天我抱着笔记本去了图书馆,背课本到中午便昏昏沉沉,整个人如同腾云驾雾一般。熬夜是有那么一点像喝酒的,过度熬夜跟喝高了,都有种不真实感,脚步不稳却精神亢奋,总以为自己无所不能,其实却是做什么都心有余力不足。唯一区别大约是喝醉酒走路会栽到下水道,也会抱着陌生人诉衷情,熬夜过后却没那个胆子装疯卖傻。

从图书馆出来,我又走在讲堂后面那条路,忽然想起那一天,我第一次见到顾良夜之时,她手捧一瓶白色的花,只有一个背影。

那时候我就看到有一个人遥遥走在前面,也是只有一个背影。

他穿一件白色T恤,黑色窄脚仔裤,浑身上下无任何修饰,但是走过他的女生,都忍不住回头看他一眼。我看着那样的身形和回头率,便知道那是顾良人无疑了。后来我经常调侃良人之时,都会唱起那首《在那遥远的地方》,嘲笑他回头率高,人们走过,"都要回头留恋地张望"。

真有趣,想到顾良夜,就看到顾良人。

我赶上几步,跟良人打招呼,问他青天白日的,到汴大来干什么。汴大向来是清华男生的后花园,多少汴大好姑娘,最后都被清华男折服,美其名曰,清华男稳重可靠,汴大男花俏浮躁,伤了多少汴大男的心。不过良人这种体质的男人,基本上不招手就有成群的男女要扑上来,而偏偏他喜欢的人又不喜欢他,真正是造化弄人。

良人说:"我来找我朋友玩,我们约好吃饭。你要不要一起去?"

我以为他是来找他那位考古系同学,正想见一见,他却走到31楼下。

31楼是著名公主楼,不知道哪一届男生评出来,我觉得没什么道理。最开始大约是说31楼住了很多高质量女生,但是年复一年,每年住进来的女生系别不同,环肥燕瘦,容貌也呈现正态分布,并不比其他楼的女生好看些或者难看些。

女生宿舍楼基本都一个德性,常年有男生在楼下等得长吁短叹。到了晚上,门口双双对对全是情侣,要在送女友回宿舍前再站在凉风里亲热一下,这时候单身的女生去水房打水归来,就要心里憋着一口气直冲过去,冲了几回,就忍不住对之前看不上眼的青蛙男妥协,也加入卿卿我我的行列。

待到快要熄灯关门之时——你知道那时候还没什么门卡之类的东西,到了熄灯时间,宿舍楼就要锁门了,再晚就只能跳窗户进去了,说不定还得跳二楼窗户进去——就有楼管阿姨站在门前,或千娇百媚,或中气十足,或凶神恶煞地大喝一声:"姑娘们,回来了!"听起来无比地像楼子里的老鸨叫红牌姑娘们出来迎客。

小叶也住31楼,但是我从未在楼下等过她。小叶有一个奇怪的理论,说是,我的男友怎么能在楼下展览呢,我又不稀罕别人知道有人在等我,万一等我的时候被别的漂亮姑娘看上了,我岂不是亏得很。

当时她这么说的时候,我就似笑非笑看她一眼,说:"叶阑珊同学,你也偶尔给我个机会被其他漂亮姑娘看上啊。"

小叶是一个绝顶守时的人,从来不让人等,我们大多也不约在她楼下,通常是直接去某地。那时候,她还未是我女友之时,我就很喜欢她这一点。

她也从来不让我送到楼下,然后在凉风中拥抱一回。我们把亲热之事偷偷留在僻静之处做,因为两个人都十分怕肉麻,觉得在31楼下那著名的"民主科学顶个球"下面卿卿我我,真正十分有后现代性。

在小叶还未是我女友之时,她常约我去做一些奇奇怪怪的事情,在学校里面的话,经常是在26楼的紫藤花架下见面,她明明要从31楼出来,却不约在那里,小叶不说,我却知道,她是喜欢坐在花架下面,在重重的影子里看见我走过来。就好像如果我们去校外,有时约在东门,东门有一棵巨大合欢树,春天开粉色花朵,如同芒刺一般,轻柔得耀眼。我也喜欢特意早到一些,站在合欢树下,看见她遥遥地从树影之间走过来。小叶有特别轻盈的步态,她的整个人就好像夏天的薄荷,而她走路之时经常喜欢踢着石子,因而总是曲曲折折地走着。我们其实暗暗都明白对方的心思,是只想在特定的情境下,见特定的人。这是我们两个人之间的心照不宣,虽然矫情,但是,也是暗暗地约定。

那一天,到了31楼,我干脆打电话叫小叶下来。她前一天刚考完一门试,正在跟被褥亲热,接到我的电话,上来一句:"迟雨眠我恨你,不知道春宵一刻值千金么? 你欠我多少个千金了?"笑得我。我便跟她调笑说:"你还在跟周公缠绵绵啊,我不欠你千金,补给你春宵行不行? 快点梳洗下来,咱们去跟久安吃饭!"——跟小叶在一起,还是习惯叫良人作久安,因为她最先认识的是在杜康当酒保的久安。

小叶欢呼一声就跑去梳洗去了,她也很喜欢久安。小叶梳洗停当也只要五分钟——她套上一件白衬衫黑长裤,用水洗一把脸就可出门,简直有一面刷牙一面整理衣服一面梳头的本领。

这时良人叫的人也下楼了。我一看,咦,这人好眼熟,那人正打了一个呵欠,神情慵懒,我定睛看一看,然后说:"哦,你是不是曾经那个,在杜康演出的那个,叫做什么乐队的女主唱?"

她也定睛看我一看,然后说:"不认识。"

我记得当时她画歌特妆,眼圈很黑,穿条芭蕾裙子,菱形哈拉昆袜子,现在的她一张清水脸,有一对细长凤眼,神态十分娇慵,却又不是做作,脸上无妆,头发在脑后松松挽一个髻,穿一件松软旧格子衬衫,显见是多年当作睡衣似的穿软了的,牛仔裤下面一双棕色翻毛皮的靴子,看起来颇穿着走过一些路的样子。

真没有想到,刚刚静流还在说,我们乐队的女主唱如何,便在这里见到她。

我仔细想一想,说:"你是叫沈千山?我刚从方静流家出来,他是你们那个乐队的吉他手吧。"

良人说:"想不到你们也算辗转认识,他们经常在杜康演出,我们就是这么认识的。"

这时候小叶也从楼上冲了下来,正在飞快地把一只单肩包斜背上肩膀,顺便把手里一团貌似是手机加耳机加 MP3 加笔记本加唇膏的东西塞进她那只万年沙皮狗色软包。

她看见我,就向我奔过来,我受宠若惊地等着她飞扑入怀,却抱了一个空,她亲亲热热扑进沈千山的怀里。

然后转头介绍说:"千山,这是我们家迟雨眠,呀,久安,你约的是千山?怎么什么人都认识什么人啊?"

我苦笑,心里想,你这种号称文艺女青年也就么大点圈子,可不是谁都认识谁,却没敢说出来找打。现在想起来,小叶大约早认识千山和静流,然后千山与久安因为乐队常在杜康演出而认识,而我因为被小叶拉去杜康,辗转认识了静流和久安,却到现在才认识千山。

15. 千　山

至此我们就一行人,浩浩荡荡去吃饭。

说起来吃饭,我又忍不住赞扬下汴大的食堂。虽然在汴大的时候,整天嘴里说着汴大的食堂多么烂多么烂,还传说有人在某食堂吃出蜚蠊目的某种动物尸体,但是真正走了,想起来,各个食堂都有撑得起来门面的一两个菜。

比如说男生最多的食堂是学一,大概因为靠近男生宿舍,学一的特色是进去一水和尚头,女生寥寥无几,因地制宜的结果是,学一都是量大便宜实惠的菜,且有便宜的红烧腔骨卖。除此以外,学一的冬菜包子也是一绝,冬菜包子的流行程度达到鼎盛时期之时,是像货币一样的存在,谁谁欠了谁什么,都是以冬菜包子计算的,比如说帮打水一次欠冬菜包一个,借作业抄一次欠冬菜包两个云云。

学三在改叫现在这个奇怪名字之前,是一个黑压压的大食堂,据说周末还有舞会。舞会在广大纯洁的女生心目中,基本上估计是《战争与和平》里娜塔莎初进社交界的舞会那样,跟安德烈公爵跳一曲华尔兹。事实上地点在食堂,已经很煞风景,去的人里面颇多校内外广大色狼,实在是没什么浪漫可言。学三之外的面食部有筋道牛肉面,还有一味雪菜肉丝面,里面有入味雪菜与豆,小叶最是爱吃。

我对毗邻的家园印象不深,似乎有腊肠饭与荷叶饭。而艺园有绿色窗口,有几色素菜做得不错。艺园旁边就是学五,像老式食堂那样熙来攘往的样子,有铁板鱿鱼不错,还有麻辣烫。

图书馆旁边就是学四,或者叫燕南。不过男生都很讨厌这个名字,由于谐音很犯忌。大家都笑谈汴大有两个吃饭地方男生有去无回,一个是燕南,一个是药膳,都是谐音变了太监。

去图书馆自习的人们中午一般都去学四解决问题。学四有数个特色窗口,卖四川或者苏杭菜,还有热辣辣西红柿鸡蛋面。夏天,柜台上会卖冰凉水果汤,特别适合暑热吃不下饭的女生,与踢球归来满身臭汗的男生。

后来又有了在学二旧址上兴建的巨无霸型大食堂农园,由于修得过于像图书馆,某年被某地上京青年当作图书馆炸了一炸,虚扰攘了一场。农园的食物以量少价贵著称,小食层出不穷,花样翻新,但是没有什么想得出来的经典菜。农园的菜就类似汴大里的楼,各种风格都有,形成所谓有机的统一,但是其实都统一不到一块去,各怀心机。

说了这么多,那天我们一行四人跑到艺园楼上去点菜吃。

艺园二楼的点菜里,有一味甜品小叶特别爱,叫做"一见钟情",是用糯米填在蜜枣里,裹了糖稀烧出来,做成个眼睛形状,又甜美,所以叫这么一个名字。我素来惧怕过甜的甜品,看见就要躲着走,却老被她拉着吃这一味蜜枣。

席间聊天,千山说她由于经常要去外面演出,女生宿舍不比男生宿舍,不能爱管不管留个门什么的,那时候汴大也没搞电子门卡之类的东西,过了熄灯时间回宿舍,要把舍监的门敲开。

千山说:"我老晚回去,得把楼门敲个山响,楼管脸臭不说,要登记不说,还老觉得我从事不良业务,总斜眼多瞟我几眼,估计心里还想这人长得又不好看,出去从事不良业务估计也不受欢迎……实在麻烦得紧。后来我就跑去找熟人开了个假条还是说明条,上面恨不得写敬爱的楼管阿姨,然后说沈千山同学因为社会活动众多,常须晚归,造成工作不便万望体谅云云。下面摁一个某地大公章。总算名正言顺了。"

我们在旁边笑那个"社会活动众多",小叶又问千山,说她前一阵跑去哪里了,怎么许久不见。

良人便说:"她前一阵买了张火车票去敦煌了,回来晒得跟印度飞天相似,你那些课补齐没有?也算接近期末了。"

我看看千山,她脸上手臂晒作了均匀蜜色,更加显得漫不经心。千山是一个很难以用好看不好看来评价的人,她眉眼是清朗的,尤其有天然长眉入鬓,正所谓深眉长睫。甚至她整个人的感觉,并不是多么妩媚的女子,或者是故作男子气,也就是松爽自然,她是一个中性的人,并不在自己的名字前加上女人二字,也并不急于脱离女人的身份,要靠穿男装以及说话大声体现自己的豪爽。她的一切是自然的,而她对旁人在意极少,几乎是不加掩饰的。

她低头时,又有一种委婉的神情,看起来不知道在想念谁。我想起《陶庵梦忆》里写女伶"深情在睫,孤意在眉",说的就是千山这样的人。

千山答道:"课还好,有好人帮我签到抄笔记,看上几遍书也就算数。倒是后来我钱用光了,只好当街卖艺来得有些意思。你不知道我还能唱小曲吧?我发现最受欢迎是柔靡小调,还好我记性好,多年前的歌词都记得。看来走江湖还真不怎么容易。"

小叶说:"之前你不是还带过把小提琴出去卖艺么?"

"那是小时候爸妈逼着学的,我拉得跟杀鸡似的拉了两年,把楼下邻居弄得神经衰弱,才终于拉出来点调子。后来倒也没放下。

上一次我带琴出去玩,也是玩到没钱,当街卖艺,要拉梁祝来讨钱。我发现梁祝真是有市场,到哪里大家都听得懂,这么如泣如诉一首音乐,说是祝英台男装读书,爱上梁山伯,还有最后入墓化蝶云云。其实想真了,梁山伯也真没用,人家不把女儿嫁给他,就吐血死了。最有趣的是,我有一次看书说,梁山伯与祝英台根本不是同一时代的人,只因为墓在一起,被人附会出牵肠故事来。"

良人点头,说:"其实到处都是反高潮。比如罗密欧与朱丽叶多著名,说起来朱丽叶十四岁就为爱情而死,听起来荡气回肠。其实如果罗密欧朱丽叶没有家族仇恨阻挡,两个人又会怎么样?说不定过一阵,结婚之后,两个人也彼此厌烦了,然后各自去寻欢作乐。"

千山说:"呵是,你们有没有注意过,我中学时无聊把整个剧本找来看,其实罗密欧最开始出场的时候,心里暗恋的百般想着的是另外一个女人,好像是叫罗瑟琳的,然后看到朱丽叶立刻惊为天人,把之前那个抛到天不吐去了。后来赶着两人的爱被升华到悲剧高度,否则也难免会变心吧。"

"所以莫扎特写了一出歌剧叫《女人皆如此》,是说两个朋友打赌自己的女人不会变心,就各自去勾引对方的未婚妻,结果居然都成功了。可见其实人是受不得诱惑的,不止是男人,女人也是如此。"我说。

良人说:"我以前看《塞维利亚的理发师》和《费加罗的婚礼》,连着一起看,特别反高潮。因为前面一个剧里面伯爵苦苦追求贵族小姐罗西娜,后来成为伯爵夫人了,看着好像是皆大欢喜了,结果在下一个故事里,伯爵就已经厌倦夫人,连结婚时候宣布放弃的属地里女人的初夜权都想再要回来,因为他看上了美丽的女仆,费加罗的未婚妻苏珊娜。而这时候伯爵夫人也有些心猿意马。这两个剧连在一起看,真是太真实不过,让你知道在童话里说的'他们永远幸福生活在一起'这件事是没有的,一个故事后还有另外一个故事,我们都会厌倦,变心,变钝,感情会腐坏,人会变老。只有悲剧故事是真实的,因为死掉的人,就永远死掉了,感情因此被固定成琥珀状态,没有腐坏的机会了。"

"呵,说起反高潮来,"我说,"你们听说过汴大一个著名的传说么?说是有一年汴大学生毕业,在宿舍楼窗户上挂出来条幅,上面写'吾爱汴大,吾失吾爱'?"

他们三个点头,看来这个校园传说是深入人心。

"那个据说是假的,被人附会出来还是编造出来的。"我笑道,"但是因为太符合汴大人瞎浪漫的个性,大家听了都以为是真的激动不已,就传扬开来了。"

他们三个人同时虚叹了口气,然后笑起来。

后来不知道是谁说起来,可以把人比成一幅画的风格。

"比如说,小叶,根本就是拉菲尔前派画家笔下的古希腊美少年,什么水边的许拉斯之类的。"千山笑说。

小叶故作矜持地捧起脸,张大嘴,学某幅名画状,说:"我怎么觉得我像的是蒙克的那幅《呐喊》。"

良人正在喝茶,一口水喷在桌上,一边笑一边咳嗽,我跟千山则差点笑到桌子底下去。

"哎呀,你们这么激动干什么,其实我觉得说我是谁都无所谓,千万不要说是鲁本斯的画,那说明我需要减肥了。"小叶举起没有半两肉的手臂,故意装模作样。

"我听过一个笑话,说是有个女人觉得自己胖,医生就给了她一个药方,天天看鲁本斯的画,看完以后女人觉得自己一点儿不胖,以前纯属心理变态。"我故意向小叶眨眼,指指桌子上那盘甜死人的"一见钟情",讽刺她犯女人常有的毛病,明明不胖,天天嚷嚷要减肥。

静了一会儿,良人才从刚才那口茶中缓过口气,说:"那么这么说,我觉得千山像的是,嗯,透纳的风景画,看上去漫不经心,却经常暗蓄风雷,天空中的云影让人看得惊心动魄,颜色却又透明得如同水彩画,空气里时常是透明的,却又是风雨来袭,大船要出航的感觉。"

"我倒觉得我像夏加尔笔下的人物,"千山说,"你知道他的画里,总有浓绿樱红,浓烈色彩里却有淡淡忧郁含蓄,啊,他的人物总是浮在半空之中,拉着小提琴,或者是好像飞起来一样在接吻。他的画是曲折委婉的,怀着不知道为什么好像回不去了一样的乡愁,好像少小离家,不得青春作伴好还乡,怎么欢喜,里面都带着一点点忧郁,我就因为这一点婉转爱他。"

"良人呢,"小叶说,"我觉得他好像波提切利笔下的人,啊,就是年轻的金发少年,都是拉菲尔那样的发型,半长头发下面带着卷子,面孔忧郁美丽,身形瘦削,或者是罗塞蒂笔下的人,都是浓眉长睫的,长相不分男女,一味的好看。"

"啊,你是说我分不出男女么……"良人笑着扔过去一块薄荷喉糖,做一个击中的动作,"我觉得我怎么好似古希腊神话里那几个著名的倒霉少年,比如飞得太接近太阳,翅膀上的蜡融化,摔到地上的伊卡洛斯,还有那个太阳神的私生子法厄同,好不容易驾一次父亲的金马车,也从天上摔下来了。"

"你说你就是从天上摔下来的命么?"我绝倒,"其实同是倒霉少年,不如去当阿多尼,至少跟爱神缠绵一番之后,鲜衣怒马去打猎的时候才被野猪撞死——说起来这一段,我实在想不通他们怎么都死得这么特别……"

多年后,我在某间美术馆附设商店,看到一盏灯,是一层层半展开的雪白羽翼,作流线型成一个半弧,在惊叹那盏灯的美丽之时,我看到名字,Icarus,伊卡洛斯,太接近太阳飞行,翅膀融化而坠落的少年。

我把那盏灯买下,想起很久之前,我们也曾在一起欢欢喜喜说了那么多有的没的话。没有桂花也没有酒,却是少年游。那时候我忽然明白,其实良人说的再正确没有,他确然是那个贴近太阳飞行的少年,不管这样的爱何等灼热,何等伤害自身,他都无法控制地要去接近,然后坠落。

说回那一天。

"那么我呢,"我笑说,"你们看过杜博飞的画没有?"

小叶第一个笑得吐血。我们一起看过他的画,杜博飞曾画过某教授,画中人物好似小学生在地上用粉笔涂出来那种"四老头",那位教授看过不知道有没有气得大吐三口血。

大家笑毕,千山忽然说:"这次去敦煌,我带了本素描本子,描了不少图回来,给你们看。"说着从随身包里变出一个封皮十分有风尘感的本子,拿给小叶。

我凑过去看,千山用铅笔临摹,有些地方画得十分潦草,有些地方又过分精细,那些线条像电影蒙太奇,淡进又淡出,有十分奇异的效果。

那些菩萨与飞天,天龙八部里的乾达婆与紧那罗,身披披帛与璎珞,或结痂而坐,或歌行舞乐,曲线灵动异常。菩萨的面孔有种不分男女的端正,飞天的面孔异常美丽,有种平和的死静,而身上的服饰又靡丽繁复万分,对万事万物是凝止的不动声色,即使是取悦与歌颂,内心也岿然不动。

我忽然想起以前看浮世绘也有类似感觉,纵使是午夜情会,要婉转承欢,又即使是纵欲狂欢,面孔上仍有出离表情,惊讶,羞怯,含情抑或绝情,都仿佛与被描画的人物无关,浮世里千变万化的人生被用静止的方式记录下来,也是不动声色的。

那时候我看到那些人物面孔,不知道为何有似曾相识的感觉。

千山说:"据说呢,那时候的画工会偷偷把壁画里的人物画成自己喜欢的人的模样,所以这些菩萨呀飞天呀,说不定当时是谁的心头好呢。"

那以后一段时间,我偶然在路上又遇到徐意迟,他与我打个招呼,我猛然醒起,呵,那些面孔,不知道为何,全部有徐意迟影子。

那时我又想起当时在看戏之后听到只字片语,有人问徐意迟,他答,她逃课去了西部,说要去敦煌看飞天。

呵,他说的便是沈千山。

在沈千山的笔下,不断出现的面孔,便是徐意迟。

16. 错　位

人与人之间,常常有千丝万缕的关系,我总嘲笑小叶是文艺女青年,圈子便那么丁点儿大,什么人都认识什么人,其实我也一样。

我认识徐意迟,小叶认识沈千山,我却从未将他们二人想到一起去。他们两人的故事必然有趣,但是当事人未讲,我一直未有机会得知。

后来,关于徐意迟,我又知道一些事,与他失落的记忆有关,而关于千山,她是我一直未能收集的人,因为我发现我总是在别人的只言片语中阅读她,在与小叶的闲谈,在与静流的谈话,在与良人的聊天中提起,又从很多人那里听说她的事。

千山就好像浮世绘,瞬息万变的浮世生活被凝止在寂静的画卷上,无论怎样的欢喜与忧伤,也都不动声色。

沈千山是我一直未能收集的人。我一直未有机会与她单独相对,也没有那样的时机——那样让陌生人都可肝胆相照的时机,让我看到她真正如同夏加尔画里的那柔软的一面。

但是有趣的是,从千山的言语里,我找到了我收集的另一个人。

那一天她讲了这样一个人的故事。

我全然忘记她是在什么场合下讲的故事,但是我记得当时亦有小叶、良人,似乎也有静流,因此大概多半是在杜康,酒酣耳热之际,大家开始说点午夜故事。

话是如何起头我已不记得,只记得千山如此说:"我认识一个人,她叫做苏幕遮,啊,其实这么说也不对,应该说,她在网上是叫做苏幕遮的。

"我高中那一阵,我无聊在网上找人聊天,那时候很早了,网上还是聊天室盛行,聊天工具还未出现。那时候聊天室里除了一些整天骂人以及找一夜情的,还有很多在现实生活里找不到倾诉出口的人,这些人很有意思,我特别喜欢与这些人聊天——其实说起来那时候我才高三,当时不知道为什么特别想学社会学,去聊天感觉跟作 field research 一样,美其名曰为研究特殊社会现象做功课。

"你知道人在网络背后躲着,就什么都敢说了——说个题外话有趣的,我听说有个女人不放心她老公,就注册了个 QQ 号去找她老公聊天,故意勾引他,结果勾引之际,发现她那个平时看着很老实的老公在网上异常奔放,聊天两三次就叫对方老婆了,还吹嘘了自己多么年少多金又帅,多少女人拜倒在丫石榴短裤下,自杀者有之,为之发誓终身不嫁者有之。这个女人听得脸都绿了,把他约出来见面,据说见面之时老远看自己老公穿着一身最好行头,借了部车赴约,见面之后立刻换她老公脸绿了……"

我们皆大笑,表示在网上除了美丑没法辨认,各人宣称的工作无法确认,连年龄与性别都不能肯定是真的。小叶说,最好玩是某次被陌生人加为好友,上来吹嘘自己多么帅多么受欢迎,然后发一张照片过来,小叶看得绝倒,因为那正是她某次 cosplay 扮成美少年的照片。小叶说,当时真以为自己多重人格或者见鬼了……

千山说:"在网上遇到那些人真的有趣,有些不知道真还是假的故事,有的因为太离奇,反而觉得不像是编的。有一些在现实生活中有难言之癖好的人,也可以在网上找到同道中人。我认识苏幕遮,就是在某个聊天室,她的网名取作苏幕遮,真名我从来也不知道。她上来与我聊的是宋词,取名作词牌的人,这种话题也很寻常,我想她大概很喜欢范仲淹那首《苏幕遮》,就是'碧云天,黄叶地'那一首,啊,也就是被某著名言情小说家当作书名毁掉的那个……"

在座女生纷纷表示理解,说是自从看了那本书,每次听到这首词,都会想到小三的故事,就好像后来每次听到那首其实写得好得不行的古乐府"上邪,我欲与君相知",都会习惯性地抽搐着想起那部满大街小巷的还珠格格——千山的故事其实无数次被我们打断,这也是我们聊天的常态,叫做走题千万里。

"所以我觉得她估计是那种很感性的女孩子,十七八岁,看了很多诗词,夜里会起来背李煜的词,"寂寞梧桐深夜锁清秋"那种,唉,你们别笑啊,我想当年也是那样的女生,你们这帮小样儿敢说你们没为赋新词强说愁过……然后我就继续跟她聊天,觉得她还蛮有意思,偶尔也发发邮件什么的。

"有一次我去旅行,回来就给她发了张照片,后来她也投桃报李地给我发了张照片,穿着白裙子,很清秀一个女孩子,短发,身量很高,瘦弱,林黛玉那种,唉,你们又笑,我知道我干脆说平胸好了……

"不过重点也在这里,我看来看去,觉得不大对劲,首先背景就怪,是在某个著名皇家园林,但是那个公园平时人很多的,她拍照时候却一个人也没有,看光线,好像是清晨,那么早去公园除了锻炼的退休大爷大妈,基本上没有别人了。另外就是她虽然看着很清秀,骨架似乎太大,穿一件白裙子似乎也不太合身——啊小叶,你不许掐我,我不是在讲鬼故事……

"然后我就问她,她写了很长一封邮件来,我才知道,原来我一直以为苏幕遮是少女,其实他却是男人。小叶你又掐我……迟雨眠你管管你女人……"

我摊摊手表示无奈,说:"小叶你不要又想招这个人过来cosplay某男女莫辨的动画人物就好,好好,我明白,D伯爵是吧?"

"她说,她从小从心理上一直觉得自己是女人,她外表虽然是男性,从小也没有被当作女孩养过,但是她更偏向于女性的思维想法。她喜欢干净,喜欢留长发——当然在中学里比较没可行性,喜欢女装,喜欢读宋词和言情小说,喜欢女生喜欢的一切。她对此非常苦恼,但是无法抵御自己的天性。长到少年时代,她非常恨恶出现的男性第二性征,还有嗓音变粗。她会偷偷买女性的衣服来穿,但是因为不能公然试衣,要装作帮姐姐买衣服,所以买的衣服大小式样都不很合适。

"她写道,她经常趁家人还睡着,穿上女装,化妆打扮之后,偷偷出门,去大街小巷闲逛,看到人就紧张万分,生怕别人认出来她是男性。后来她发现没有人认出她来,觉得非常兴奋,于是去买了一架立拍相机,放到石台之类的地方自拍。由于是要趁家人不知道,所以一般都是深夜,或者是清晨出门。在夜深无人之时,她拿出这些自己女装的照片,幻想自己是一个女人,过着正常的生活,她说她经常开心得泪流满面。

"我便与她通信。她是非常敏感纤细一个人,我不知道她在现实生活里是怎样,但是我觉得她这样敏感的人,必然十分易受伤害。我不知道她要怎样面对家人不能接受的这种癖好——她说她家人异常保守,绝对不可能接受。

小叶说:"这样应该就是易装癖么?还是性别倒错?"

"我也不知道,其实很多易装癖并不想真正变成女人,他们也喜欢女人,也属于异性恋。但是苏幕遮的情况很特殊,她说,她其实也爱女人,被女人所吸引,她说她完全不喜欢男人,几乎有一点恐男症——她最讨厌上体育课,男女分开,她要被迫与一帮男生待在一起。

"但是她是以一种女性的角度去喜欢女人——欣赏她们的美丽,理解她们细微的心理,想要与她们一起,想要成为她们,想要得到她们。呵,你们明白么,其实她是一个男性的女同性恋。"千山这样说,"她完全是以女子的心态去喜欢女子。"

"后来呢,"小叶问,"后来她怎样了?"

"后来我们渐渐通信稀少,她考上大学后到了北平,有一次我说,咱们要不要见一面,她说好,我们就约了个地方。"

"你见到她了?"

"没有。我在那里等了整整一个小时,她没有出现。后来她在网上也消失了。我有点明白,她大概去了,远远看着我在等她,但是她还是没勇气真正在现实中与我交谈,而且也无法解释这样的失约,于是索性消失了。"

良人说:"她大概是存心消失在你的生活里,你们距离太近,你与她并没有相同的癖好,她觉得有一个现实中的知情者,实在有点危险。她这样的人在我们圈子里也有,但是也是少数,你知道,少数中的少数,他们的选择范围太小,不得不敏感。"

"啊,或者她根本爱上的是你……你看你这样一个大好对象……"小叶乱洒狗血地说,我微微点头,觉得这次她乱洒狗血也不无道理,也许苏幕遮确然喜欢上了知道她真实取向的千山,但是由于太怕受到伤害,在一切未曾发生之前,她先退却了。

静流则感叹道:"其实错位的何止她这样一个人,我们都是或多或少,在这个世界上错位的人——或者得到的不是自己想要的,自己想要的却得不到,或者黑白颠倒,连自己的真实面目都无法面对,又或者根本看不清真实的自己——我们比她更加可怜,她至少知道自己是怎样的人。而我们,也许连自己真正的喜好都无法坦然面对。"

17. 凝 止

那时候气氛使然,大家纷纷说起自己认识的有些怪癖的人。

静流说:"我认识一个人,他的职业很奇怪,他叫岑商,估计是取的'动辄参与商'那样的意思,他是一个标本师。

"其实我很小就认识他了,他算是我的发小,比我大几岁的哥哥,从小领着我玩,我那时候就是一小跟屁虫。后来我搬家了,多年没有见过他,有一次我在某地办事,晚上到酒店附设酒吧喝一杯,正好遇见他。

"说来也奇怪,那么多年没见,我们两个人面貌变化也大,我却一下子认出他来,他也认出了我。大概小时候建立的友情最深厚,我们说话皆毫无遮拦,什么都敢说。

"那时候岑商已经三十多岁,是一个面孔苍白,手指修长的男子。他穿着浅色高领毛衣和浅色裤子,衣服鞋袜都一丝不苟,干净异常,看来有轻微洁癖。我们聊天叙旧,我说我现在是摄影师,而他告诉我,他是一个标本师。

"标本师这个职业十分稀有,我很好奇,问了他很多问题,他也一一回答。原来他在某个自然历史类博物馆,专门负责制作动物标本。我曾经去博物馆参观过,他们有那种一抽屉一抽屉的鸟类标本,真是好看,按照分类法排列,估计一抽屉就是一个种类。其中一只大概是蓝色羽毛的翠鸟之类,只有手掌大小,颜色与神态都保持得极好,好像只是暂时地停住了,随时就可以从抽屉里飞出去。

"那些属于不对外的收藏,而也有标本做成一组的样式,比如老鹰擒兔那样的,旁边配上草根树桩,将死去的动物摆成相应的姿态,真是一门艺术,明明知道是假造的场景,但是老鹰与兔的神态都好像在当时被凝固了下来,捕猎者的凶悍与被捕者的惊慌绝望,那个场景是被创造出来的真实。

"我当时说到那里,岑商就笑,说,其实那算是他们的绝活,由于动物是没有什么细微的表情可言的,只要把肌肉凝固成适当的形状,就有栩栩如生的效果。他说,只要动作情景是那样了,剩下的,人类作为观者自然会进行补完。当时老鹰的志在必得,与野兔的惊慌失措,其实都是人类作为观者的幻觉。

"他说,其实这种事情换在别的事情上也一样,人类是很容易被周围的环境影响的动物。最简单地说吧,比如说那个王子与贫儿的故事,长相一模一样的人,换了衣服,地位立刻就变换了,所谓先敬罗衣后敬人,面对陌生人,如果他穿着整齐华贵,举止得体,自然会假设他的职业和品行,据说有人把同样一个人,放在监狱前照相,以及放在著名企业前照相,让人评价,人们对同样那个人的猜测,就是全然不同的。

"还有呢,他说,人类不仅容易被外表影响,也容易被别的外界因素影响,像是环境因素。据说有个很著名的实验,就是有实验者在路上问路,然后这时候有一群搬着镜子之类大型物体的人把问路人和被问路的人隔开,其实这时问路的人已经偷偷调换了,搬东西的人走之后,被问路的人大多数全然没发现问路的人换了一个——这就是因为他们默认这个情景下的只可能是同一个人。

"我们于是就说起人类是多么容易受到影响,作出决定的时候也一样。又说到说不定我们所知道的世界只是我们的幻觉——

比如说在你的认知里你是一个人缘不错的人,其实你的朋友都很讨厌你,或者是有人自以为长得很好看,或者有人自以为有很多人喜欢自己,其实只是自以为是……呃,你们不要笑,这种事其实很多的……我就认识一个女生,当然还是我上学的时候了,整天看见我就好像我要非礼她一样,口头禅常年是,你不要迷恋我啊。"

小叶当时笑到差点把一口酒喷到我脸上,说:"是不是,你不要迷恋我啊,我只是个传说。"

大家笑完,静流又说:"唉,反正那次谈话后我经常会注意自己是否自我感觉太过良好,我最怕就是有一天拒绝别人,说你是一个好女孩可惜我不适合你云云的时候,人家说,你有病啊我从来没喜欢过你……"

"那天——其实说起来那天后来,有点像今天这样子,酒酣耳热,如果是一男一女的话,那么配合灯光,七分的颜色能变成十分,怎么看对方怎么顺眼,简直就是一夜情的温床;如果都是男的,好像就有点要拍胸脯跟人称兄道弟了,或者是人很多,忽然就好像能说出点直见肝胆的话来了。

"后来我们自然也谈到些有的没的,比如说他问我现在是否有女友,我说我作息十分变态,如果有女友的话,估计得是特种行业工作者,才能昼伏夜出。他就问我,做摄影师的,肯定也经常接触些模特之类,也是好看人物,怎么就找不到一个靠谱的,我说呢,模特那种工作,太注重外表,如果跟了我在一起,一定痛不欲生,因为熬夜这种事至为毁皮肤,时间一久,估计会丢掉饭碗。

"胡乱说了些话,我也就贴心底说一句话给他听。"这时候静流停了停,似乎在回想,但是又终于决定不说,"反正他也明白我说的是真的,所以也对我说了些话。呵,他说,他已经失去了爱上活着的东西的能力了。

"当时我完全没法理解他的话,什么叫做无法爱上活的东西?其实像你们讲的故事也都很正常了——我是说,爱上同性或者异性,甚至于恋物癖以物体为爱恋的引子,或者是虐恋之中,人只能在深切的痛苦之中,在短暂的痛觉失明之中感到彻骨的兴奋……"

他说一半小叶已经兴奋地握住他的手,假装恳切地说:"方静流,没想到你对 SM 也有如此深的研究。"按下不提我们的插科打诨,扰攘一番静流又接着说,"其实这些我都能理解,也不在少数,任何人都有自己感情的方式。但是岑商说的话我却不能理解。

"岑商接着说,我这么说,你可能觉得很奇怪甚至恶心。我不像一般人那样,可以恋爱,爱上人,我甚至无法对动物产生喜爱,比如满街跑的宠物猫狗,大家都说很可爱,我一点感觉都没有……我看世界的方式与你们完全不同。我对一切活着的生物都无法产生很强烈的情感。

"当时我就联想起一个名词,叫做恋尸癖,是说有人对于尸体产生无法抑制的爱,甚至与尸体性爱,说实在的,饶是我认识岑商是从小时候起,那时候我忍不住打了一个寒战。

"他接着说,不过你也别害怕,我不是恋尸癖那种……我只是,怎么说呢,我感到死亡的强大与不可抗拒,那种感觉简直如同恋爱一样,让我着迷,让我不能自拔。就好像你站在沙滩上,然后海浪排山倒海一般向你卷过来,任何人不可能逃开,任何人都走向那一个归处,但是又是任何人也说不出死究竟是怎样的,呵,这种奇妙的感觉,永远不会退却,永远不会让我失去新鲜感。就好像——一直保持热恋的状态一样,不会厌倦,不会猜疑——我所爱的对象,是谁都不能及的。

"所以说,世界上真的是什么样的感情方式都有,在岑商说完那番话之后,我才相信了。

"他说,他最开始产生这种感情,是因为他小时候养的一只猫。

"他说的那只猫我还记得,是一只黄白交织的狸花猫,很聪明的一只猫,经常出去玩,跟别的猫打架从来不输,有时候消失几天,也总能找到回家的路——那时候我们一起玩,所以我对它印象也很深。岑商说,在我搬家后,有一天那只猫好几天不归,跑回家去时已受了极严重的伤,似乎是在路上被车撞到了。他想要救它,在家里翻药箱想要把它包扎起来,但是血只是从它身上不断流出来,他把敷上去的药冲开,纱布染红变湿,变得十分沉重。他感到血不断地从它身体里涌出来,像一个小小的热泉翻卷着泡沫冲出地面。它微小的身体里居然有那么多血,让他觉得很惊讶。他看着血从手中流过,忽然觉得这一切无法阻挡,并不只是他的能力所不能到达,比那要更广阔而空虚,他觉得自己像悬浮在宇宙里,向四周都无处着力,什么也碰不着,一切都是徒劳。

"于是他就抱着它,那只猫当时大概也明白死之将至,它把眼睛瞪得很大看着他,也不呻吟,但是身体深处发出一种奇特的声音,好像是深呼吸的声音又像是一只风箱在拉着。他感到它有着细若琴弦的肋骨,皮毛异常温暖,在他怀里轻轻颤抖。他与它的距离从未有如此之近,因为他们共享着一个巨大的秘密,一个至关重要的时刻,一个从古至今谁也没能避开,谁也没能说明白的时刻。它的心跳的声音巨大的回响在他的耳边,像恐怖片里杀人魔的脚步声,一步步靠近了。

"然后,岑商说,他感到它的眼神逐渐发直,没有焦点,他觉得它已经看不见了,意识也一定变得模糊,然后他感到它的四肢抽搐一下,有什么东西好像忽然放松了一样,从它的身体之中抽身而去,它全身的力量不见了,它死去了。

"在它死去的那一刻,他感到有一种无比强大的东西诞生了,它死去的过程,从生机勃勃到寂静无声,躯体内血液的流动,心脏跳动,胃酸在缓慢地溶解一只昨夜的老鼠,以及它琴弦一样纤细的肋骨在缓缓起伏,证明它在呼吸,这一切都戛然而止,在生与死之间的界限上,它迈过了一个神奇的门槛,一切都变得新奇了,一切都变得不一样了。而它普通的,黯淡的生命在那一刻,达到了高潮,永远无法超越的奇妙的高潮。那一刻它与天地万物最神秘的奥妙联系在了一起。

"呵,岑商说,那一刻,他感到浑身一阵战栗,觉得自己好像一直在一张幕布之后看着隐隐约约的世界,而那一刻幕布忽然落下来。他说,那也是他为什么后来选择了标本师这样一个行业的原因。他觉得活着的一切都正在或者已经走向衰败与死亡,而只有死是永恒的,壮烈的,美丽的至高。而最美妙的一刻,就是从生到死的那神秘一刻,只有标本,可以将这样的瞬间保存下来。将那惊愕而美妙的一刻,完整地保存下来。

"他对死去的标本的爱超出了他对生机勃勃的世界的爱。而他在抚摸一具尸体时所感受到的兴奋,远比他在女人身上得到的高潮更美妙。他将它称之为死的高潮体验。

"他这样解释说:'我开始并不明白我自己,直到走了不少弯路之后,我才明白只有将这样的瞬间凝止,才令我感到内心如泉涌一般的爱与兴奋,自从明白之后,也好办了,我选择了这样的职业,并且向家人说明我会保持独身。我没有向他们说明原因,你看,即使你这样几乎什么都能接受的人,也感到迷惑,我向他们解释了他们肯定觉得我是病态吧——只有在死去的物体身上才能找到我想要的那种奇妙的高潮体验。但是,你们又真的是正常的么?你们不过是大多数而已,而更大的多数,或者说绝对,是走向死亡,是扑向死的温柔的怀抱,所以我的感情,也不是全然无理的吧……呵,每个人都受自己的认知所局限,被自己的感情所左右,我也只是其中一员,你们也只是其中一员。'他这样说。

"那个晚上之后我并没再见过他,他的形象与我记忆里的小哥哥相去甚远,我总想起小时候他抱着他的猫,总是有着温柔的神色。我不能说他是病态的,因为我自己也并不多么'正常',我有时候想起他,会觉得,世界那么大,什么样的事情与人都会有,而我们确实殊途同归,所有的荣华或者渴欲,多么难以磨灭的仇恨与深情,最终也要归于尘土,何等幻灭。

"后来我想起来,我坐在岑商身边时,似乎总能闻到他身上若有若无的消毒水或者福尔马林溶液气味,大概像他所说的,那些也是我因为知道了他的职业,所产生的幻觉,我们对于这个世界的认识,真的只是基于我们自己的观察与经验,是极度片面与主观的。同样的,我不能理解他的感情方式,也是我局限的一部分。"

静流结束了岑商的故事。

18. 宣 传 栏

后来我想起静流的时候,时时我会想起他说的岑商的故事,想起他说,我们对于这个世界的认识,是被我们自己的经验所局限的。

就好像我们所爱的人与事,在我们的心里是那个样子,永远不衰败,永远带着某个下午夕阳的微光——那是最好的光线,温柔地在他们的面容之上涂上一层金色,让他们的神情变得柔和,让我们的心里有深深的留恋,当时的,你的面容。

就好像我总记得你那些细微的神情,早晨睡醒,目光十二万分的迷惘,然后渐渐找到焦点,我就那样静静看着你醒来,你的手纤细柔软,我总是觉得你一碰就要碎了。

世间好物不坚牢,彩云易散琉璃脆。

这大抵也是你告诉我,有一个少女,名叫简简,名字好听人也美丽,然后,她很年轻就死了。因此有这么一首诗,写世间的无常。

在雅礼的时候,我也认识了几个有趣的人。其中有一个人,也是一个收藏家,她专门喜欢收集世间的无常。

那时候我刚到雅礼,由于无聊,周末经常在学校里闲逛,我从老校园逛到美术馆附近,秋天之际,整个新港中心都是红红黄黄的叶子,遥遥看一片乱云披离似锦。

我记得有一次我在美术馆里看到一个展览,是一个日本艺术家,他把和服当作艺术品来编织,那些锦绣的衣料,用繁复的方式来染出美丽的植物色调,从出炉银到囫囵金,从胭脂色到茜草色,颜色柔和得让人惆怅,然后又用刺绣方式皴出来线条,金丝银线,连绵不绝。他用复杂的编织、染色与刺绣方法,在和服上作出画来,用和服连成巨幅山水,最好看的是数十件和服撑开来构成"春夏秋冬"的巨幅。可以看到春日里衰草连天的黄昏,樱花如雪,在山里寂静地且开且落,又有夏日远山,一片烟波浩渺的湖水蓝中泛着几点明亮的色泽,是反射日光的波光粼粼,秋日里芦苇在水边接着夕阳的颜色,萧瑟而浅淡,有白鹤在水中展开双翅,冬天满山落雪,寒意扑面而来,是千山鸟飞绝的静,又有孤单人迹,单舟一叶,载酒过重湖。让我想起《湖心亭看雪》里写深夜大雪,在湖心看雪偶遇兴致同样好的人。

新港的秋色,让我想起那些柔和又暗暗满蓄亮烈的颜色。

有时候我能盯着校园里随处可见的宣传栏看上半天,宣传栏是最体现人间烟火的地方。有小馆子新开张的宣传单,学生找人合租或者卖东西的广告,也有酒吧活动某乐队来演出的宣传,以及学生排的剧的海报,学校一些活动的告示,各种社团的广告,等等不一而足。

常常令我想起在汴大之时,时间大概是那次小叶喝醉,她从我家离开之后。有一阵子她没有联系我,我也未曾遇见她,由于是学期结束之时,人人都兵荒马乱地要补齐一学期的课程,写论文准备考试,社团的也有年终大戏或者是假期的实习之类要准备,大家都很忙。法语文学课也到了结尾,我们不再上一堂课。

后来便是北平漫长萧瑟的冬日,有一日落了雪,汴大里四下都白皑皑,中午之际,学生从图书馆之类的自习室涌出来,日光明媚,市声喧闹,那时候不知道为什么我被雪堆反射的光线照花了眼,耳边全是自行车的铃声与谈话声,感到五色令人目盲,五音令人耳聋。

我走到三角地,看到宣传栏里全部都贴得满满的。汴大的三角地是消息集散地,无论什么乱七八糟的广告,以及"半官方"的活动告示,全部贴在三角地那小小的宣传栏,因此淹没速度非常之快,我试过贴一张卖自行车广告,为了保证不被遮掉,我把巴掌大的小广告见缝插针地贴了十张,遍布了那几个宣传栏的各个角落,结果还是一天之内就被淹没了。

那时候我就看到一个人站在宣传栏前面,毫无由头忽然笑得很开心。

我走近才看见那人穿了一件深蓝色双排扣的大衣,肩膀上有着肩章,腰身很窄,身段不高,背影很消瘦,短发被风吹得凌乱,露出雪白的一半耳朵,她听得后面有人,转过头来看,正是小叶。

她尖尖的小面孔在寒风中莹白如玉石,鼻子微微冻红了,却愈加显得深眉长睫,眼睛清亮得一尘不染,她将长眉一抬,有一个惊讶的小表情,实在是清秀无比。

我看见她忽然心里就很暖和快意,也不知道她笑什么,就也跟着笑起来。

"笑什么呢,这么开心。"我问她,转身也去看宣传栏。

她转身过去,我看见她围着白色的羊毛围巾,看上去很温暖,她气息出处,长长的流苏就被她的呼气带动起来,我忽然觉得心里变得很软,好像怀里抱了一个沉睡的婴孩,要仔细不将他弄哭。

她又转头看我,看仔细了她耳朵上戴着小小一枚银珠,我忽然伸手过去,鬼使神差一样用手帮她整理了一下围巾,不经意碰到她的耳朵,冰凉而又柔和,我很疑心她是用雪堆出来的一个雪人。她的耳朵上忽然升起来一阵嫣红,小叶低下头,那一抹嫣红在她雪白的皮肤上迅速弥散开来,最后浅得若有若无,气氛一时非常尴尬。

小叶盯着自己的靴子看了一段时间——她穿了条紧身牛仔裤子,裤脚塞在一双翻毛雪靴里。然后抬头,假装若无其事回答我的问题:"没什么,我每次看见宣传栏就不知道为什么觉得很高兴,"她说,"可能是觉得虽然我有好多乱七八糟的烦恼,大家也一样兴冲冲生活着,不管是多么千疮百孔的生活,大家都还活得很带劲儿,我就也觉得莫名其妙地很兴冲冲……"

我看着她,心里忽然软得不可收拾,说:"你有什么烦恼呢?"

"呃,死线啊,一条接一条,就在前面等着我,论文啊考试啊乱七八糟的,我这学期十门课啊,我上课又老睡着,笔记都要复印呀,要死了……然后假期我好想出去玩啊,但是火车票好难买,天气又好冷,还有,食堂的菜好难吃,我又没钱了,吃不起别的,啊啊啊……"小叶用手捧住脸,作出一个蒙克《呐喊》里面的惊悚表情,我笑得绝倒。

她又恢复正常,指着宣传栏说:"你看这里,有人要卖二手机箱,估计也是一个穷人吧,这么古老的机箱都拿出来卖,我顿时觉得有好多一样穷得叮当响的兄弟们陪着我……还有这里,有人求人同自习,估计也是学不下去了,还有这里这里,是我心爱的乐队演出啊演出,就在我最后一门考试之后,还有那个剧社他们有年终大戏,看着也很不错啊,是《天使来到巴比伦》,我很喜欢那个戏……还有圣诞节有舞会,我老是想这舞会不知道得撮合多少对啊,太有趣了,很适合八卦的人……"

"我们一起去吧,"她没说完,我就打断她,"那些活动,我们一起去吧,还有,我们一起去吃午饭吧,我知道一个好地方,比食堂强多了。趁着我这个月还没变成无产阶级之前,咱们去吃顿好吃的。"

　　小叶吃了一惊,忽然笑了,我感觉自己做了一件蠢事,那番话几乎像是表白一样,但是她忽然笑了,就像在墨黑的夜色里一朵白莲花开在湖中心,我神思紊乱地想,是什么花能开在那么寒冷的地方,又开得那么优柔那么美丽那么洁净。

　　她点点头,说:"好呀,一起去。"她笑得很舒展,那时候她身上的中性气质变得很单薄,那时候她最像一切一般的女孩子一样。

　　于是我们俩就跟小朋友一样,手拉手去吃饭了。

　　其实是我挽住她的手,拉着她的手离开三角地,去我相熟的小馆子。她的手薄而且凉,我狠狠握紧她的手,想要让她变得暖一点,却不好意思看她的面孔。

　　很多年后,我也很喜欢看宣传栏。因为一看宣传栏,我就想起小叶说,由于看见大家都过着千疮百孔但是热热闹闹的人生,就觉得振作起来了。

19. 无　常

雅礼的宣传栏上经常有很多奇怪的招贴,要看半天才知道是什么的宣传。那一天我就在那里看半天,其中一幅画着雅礼著名的钟楼模样,然后还画了一串音符,下面写着,想要奏响这个钟声么,请到某某地址集合。

我当时看着大奇,以为是雅礼传说中的那些秘密社团在招人,想着觉得诸如某某会那种社团也不至于这么找新人吧,我好奇心大盛。

雅礼内部有很多秘密社团,传说我去上课的一个白色塔楼里就有一个他们的集会地点,我趁着工作人员打扫的时候曾经去看过,是一个乔治王风格的房间,里面有很多壁毯啊,饰板之类的装饰,一张圆桌,旁边有一些路易十四风格的椅子,桌子上放着烛台,有点了一半的蜡烛,看着就透着神秘。还有老校园一个从来不开的阴森森小房子,据说是传说中培育了掌握国家经济政治命脉的某某会的活动地点——我从未见有人进出那幢建筑物。

由于好奇心大盛,我就按照招贴上说的时间出现在了指定的地点。去了才知道,并不是什么秘密社团,是一个组织,专门招收感兴趣的学生,然后他们可以学习如何演奏雅礼钟楼的那具编钟——我也不知道具体名称是什么,但是钟楼里就是类似中国古代编钟的一座巨大敲击乐器,因此每次敲钟,并不是十数下单调的声响,而是奏出一首曲子来。

负责的人说,如果感兴趣,就可以去上课学习演奏,大约上一个学期的课左右,然后通过考试的话,就可以轮流敲钟,可以自己选择曲目,所有在校园里的人都可以听到你的演奏。

我觉得十分有趣,惜乎我自己没半点音乐细胞,就放弃了。不过在那里我遇到一个有趣的人。

那时候她在角落里听负责的人讲如何参加学习演奏编钟的课,由于都是东方人,在自由活动填表时间,我就过去与她说话。

一说之下发现也是同胞,她说她是来读博士的,第三年,也是靠奖学金过活。学习研究也并不如何吃紧,平时也喜欢到处找些事做。她叫做秦雪晨,个子颇高,粗眉大眼,平时喜欢穿格子衬衫,工装裤与短靴,说话也十分直来直去,跟她说话不用猜她的想法,十分轻松。

那一天散后,我们也时时联系。听说她后来去上了那个课,在学习如何演奏编钟。因为认识的同胞较少,我们会一起吃饭或者去图书馆。她是一个舒爽的人,并不时时试图提醒别人她的性别。

秦雪晨是一个不设防的人,她有一种漫不经心的气质,不在意自己的事情被人知道,她甚至不在乎被人伤害,也许因为她早年受的伤害已经足够多,她觉得她所能受到的也并不太多,并不会更坏,因此她像一只打开的蚌壳,并不在乎别人看到她柔软的内核,与过去的伤痕。

她告诉我,她的名字得自于她的母亲,就好像白雪公主的故事,皇后在一个下雪的日子做针线,手指刺破流出玛瑙般的血落在雪上,于是她说,我要生一个女儿,她的皮肤要像雪一样白,嘴唇要像血一样红,头发要像黑檀木一样黑。

而秦雪晨母亲的故事并不像坐在火炉边做针线的皇后那样闲适,她生下雪晨是在一个下雪的清晨,她一个人将她分娩,在工厂破旧的单人宿舍里。

然后她将她裹成一个糖果样的包袱,留了一封信,把她放在了孤儿院的门口。

后来雪晨就在孤儿院长大,小时候被领养过数次,但是领养家庭也并非都是完美无缺,有一次不育的养父母忽然生出了小孩子,她就又被送回孤儿院。

她说,还好,没有养父偷看她洗澡,要知道人们总觉得中国的家庭暴力和家庭内性侵犯不多,只不过是因为当事人不愿意说,媒体也不愿意报道,其实并不比所谓的黑暗腐朽的资本主义国家少。她说,她认识的女孩子里,就有被养父强奸,被强奸之时,那个女孩才十三岁,被强奸之后,她以为她要死了,就偷了家里的钱,去买了平时她最喜欢吃的东西,吃饱了以后,找了一个角落,眼睛里含满了泪水,嘴里面含满了平时舍不得吃的冰糖梅子,在黑暗的角落里等死。

最后那个女孩并没有死,雪晨说,她又回到孤儿院,当然,他们是不叫孤儿院的,名字经常改,根据挂靠的福利机构不同,取出来喜气洋洋的名字,其实大家都知道,就是孤儿院。

不过她后来也不知道那个女孩的去向,成年之后,她们就各奔东西。多少人被这个茫茫的社会构成的丛林所吞没,留不下一点儿痕迹。

后来,雪晨说,她终于如愿以偿地长大了,幸亏她头脑聪明,又加上学习刻苦,考上了一间不错的大学,拿了数个奖学金,又加上平时给高考的小孩作家教,终于得以独立地生活。

她说,她小时候经常想,要快一点长大,再快一点再快一点,长到自己这双手可以控制自己的命运为止。她完全没有童年。别的小孩都是在想着玩具零食动画片贴画中渴望不要长大,是在讨厌家庭作业和考试中长大,她则正好相反。她喜欢做作业和考试,因为这时候她感觉她能靠这些琐碎死板的东西将自己的命运掌握在手里。

"呵,"她说,"然后我读完书,又终于到了这里,我的生活终于都掌握在我的手中,我觉得我即使受伤害,也不会比童年更多。小时候,我真正明白随波逐流这个成语是什么意思,你对你自己要去哪里,能去哪里,并没有掌握,只能等待流水将你抛向悬崖或者深谷。有些人幸运,有些人不幸,这是不能选择的。我经常在夜里整晚整晚无法入睡,想一个几乎类似哲学命题的终极问题,这些无常的人与事都是被谁制造出来的,又为什么要存在在这个世界上。一切的痛苦和不幸是否可以避免,又是否应该避免?

"我也去找过我的母亲——你知道当时她留下过一封信,我就去当年她工作的工厂找她。那里的老员工还记得她——她名声很不好,那个时代,未婚生子的女人是十恶不赦的,不管你原先多纯洁,不小心怀孕了就成为破鞋,之后所有的男人看你都带着也许能跟你上床那种眼光,所有的女人看你都带着我们跟你不是一边的优越感。厂里所有人都不知道那个清瘦沉默的女孩子当时是跟谁在一起怀了孕,也不知道她把孩子怎么处理了,她即使最后被发现,开除,也没有说过那个男人是谁。她生下我之后,把我送到孤儿院以后就不知所终。没有人有她的消息。

"我经常想她后来过得好不好,是否受了很多苦,是否现在苦尽甘来,是否她会彻夜不眠,想她的孩子在这个世界上过得怎样,又或者她早已被这个沼泽吞没,吞没之际连一个气泡都没留下。

"因此,后来,我养成了一个怪癖,我开始收集无常的事。"秦雪晨这样说。那一天,我们正在新港的一个小咖啡店闲聊,咖啡店有一个草木扶苏的院子,我们就坐在院子里,下午的太阳晴好,天气不冷不热,我手握一杯埃及洋甘菊茶,听她讲这样的故事。

雪晨惯常穿一件格子衬衫,有时是白色蓝格子,有时是红色黑格子,冬天就加一件毛衣在外面,多是黑白菱形格子,我经常嘲笑她对格子的执迷,她就说,小时候受心灵创伤导致怪癖——她是连自己也会开玩笑的,说起来心态不坏。那一天她也穿一件白底灰色细格子衬衫,她手指关节很突出,她经常自嘲是小时候粗生粗养,干活把手弄得粗了。她喜欢用手指做一些小动作,比如手里如果握着杯子,就会不停转着那只杯子。

当时她也用手转着杯子,说:"我喜欢收集无常的故事。这几乎已经成为一种习惯,好像我是那种雪地里循着气味而去的猎犬,我内心也有逐血的本性。

"我听到无常的故事就觉得,哦,原来是这样的,原来我也并不是最惨的。你明白吧,就好像人听了悲惨的故事,心里先松一口气,这样的事情没落到我身上啊,感到欣慰。所谓幸灾乐祸,也是人类的本性吧。

"你看很多人喜欢看奇情故事,或者恐怖片,看完恐怖片,觉得好刺激,然后走在日光下,看看自己手脚齐全,还是一条好汉,就觉得生活真美好。我也差不多。

"我忘记我是从什么时候开始有这样的怪癖了,也许最开始只是偶然听到悲惨的故事,无常的人生,觉得有同感,觉得,哦,他们也是这样的无奈,感到宽慰。不过后来,我越来越喜欢收集这样的故事,几乎有一些病态了。

"在我收集了很多这样的故事之后,我发现,人生真是无常啊,真的是,这一刻你好好的,愉快地走在路上,下一刻,也许就有祸事好像陨石一样突如其来,落在你身上,而你完全无法抗拒,怎么抗拒呢?那是几率,是偶然,但是你碰上了,就变成必然。

"那些故事里,有时候是女大学生,某天从学校回家,由于学校在荒凉的地方,她错过了末班车,就想打一个黑车回去,结果黑车的司机看见她年轻美貌,就将她强奸,由于她看见了对方的面孔,最后被杀死。这一切的起因,也许只由于她在宿舍的时候,找不到一件东西,而她找东西耽误了时间,之后直转急下,她错过了末班车,又想要回家,于是打黑车,而那么多黑车,她打了心怀叵测的那一辆,又正好她生得貌美如花,又正好那一天她穿了一件暴露的上衣,又正好那一天月色好,她的容貌如钱财露了白,又正好她看见了对方的脸……这一连串的巧合让她丢了命。

"也有时候是一个幸福家庭,走在路上,爸爸帮小孩去买糖葫芦,忘记拿钱包,妈妈追上去给他钱包,结果两个人都被车撞死,留下孩子站在人行道中央,看着一地的血,夕阳也如血,于是他这一辈子不敢看夕阳,不敢吃糖葫芦。

"另外一些时候是战争时期,一个女人送走了她的丈夫去参军,然后等了五十年,他没有回来。她觉得他一直都没有死,一直都在等他回家。她是一个不识字的乡下女孩,也没有孩子,这之间她经历了最惨烈的几年,各种运动,饥荒,没有孩子也没有劳动力,只能苦苦挨过。他多年之后真的回家了,原来他被俘之后被带到彼岸,一直不能回家。但是当他回家之时,只看见了她的灵堂,一张照片还是他们当年的结婚照——那是她唯一的一张照片。她在里面笑得十分甜美,还是少女呢,二八年华,对未来的一切一无所知——他只晚回来一步,前一天晚上她刚刚咽气。

"我收集了很多这样的故事,一开始我们都是天真无邪地走在阳光下,而忽然有一天不幸就像一道闪电劈中你——你可知道有人这一生被雷劈中七次?这又是怎样的几率呢?

"有的时候我想,那真是一念之差,一步之差。没有赶上的末班车,那一天下雨,因此换了一条路线走,或者是由于跟朋友多聊了两句天,以至于在错误的时间出现在错误的地点,而一个人的命运就此改变。可是你又怎么改变呢?早一步,也许会遇上灾难,也许会避开灾难,到底是早一步,还是迟一步,你没的选。

"这些无常的故事让我欣慰,让我觉得我曾经所有的随波逐流感觉,其实是人类的普遍状态——我们都无法掌握自己的命运,无法真正掌握。

"人们总是会说,谁谁谁得到了厄运,是因为他怎么怎么样,言外之意,他的厄运是因为他自己做了错事造成的。比如说那个女人,她可以不等,那个女学生,她可以不要在那一天回家,那对父母,他们过马路要小心些云云。但是真的是这样么?我觉得不是。

"如果那个女学生留在宿舍,也可能遇到地震,楼塌了把她埋葬,而如果她回家,那一天不遇到那个司机,也许她反而可以逃过一劫。所以这些事并无选择,人们要那么说,是想要为那些倒霉的人找到一些做错的原因,可以避免落在他们身上的厄运,也是安慰自己,如果是我,我就不会做错误的决定,因此厄运就不会落在我身上。

"人们想要努力劝服自己相信,他们遭受厄运是他们的错,而逃避这样一个事实:这些厄运可以落在任何人身上,无可避免,就像战争里冲锋之际,不知道子弹会打在谁的身上,谁又可以存活。所谓平地起惊雷,任何人的命运都是脆弱的,都是随波逐流的。

"这样我就原谅了命运加于我的厄运,加于我的无父无母的困厄,加于我的困惑与苦难,少年时期的颠沛流离,原谅了我没有一个童年也没有可以依靠的臂膀。因为那是可能落于任何人身上的,无可避免,我出生之前,还在母亲腹内的时候,我的身份就注定了她的不幸以及我的不幸,从我是一个细胞那一刻起。

"呵,所以,我热爱收集无常的故事。让我觉得,他们与我一样。我就感到温暖与宽慰。"秦雪晨这样说。

20. 小 动 作

她手握的杯子是一只粗制陶茶杯,茶已经渐凉,她尚且不断转动着杯子。上面有一行字:"生命短暂,先食甜品"。

我忽然想起《传道书》里说:金链折断,银瓶在水边破碎,路上有惊慌。

我紧张的时候,也喜欢做小动作。

小时候有一回,因为要转到一个比较好的学校,跟着爸爸妈妈去那个学校面试。

我记得那时候是夏末,北平天气阴沉,天空是分辨不出的一种暧昧颜色,乌云压境,风雨欲来,低气压令人心神不安,好像有什么就要发生,却始终不发生。当时我是一个脾气不好的小孩,讨厌一切不确定的事情,包括早晨吃不到早饭,穿着布鞋出门却下雨,以及作业本忘记放在书包里。

去的那个学校有长长的林荫道,道旁白杨树高耸。很多年以后,其实我是喜欢白杨树的,北平郊区经常有长到漫无边际的道路,路旁两排参天白杨树,夏天里暖风吹过,树叶簌簌作响,像低声在说什么缠绵的话,秋天里树叶飞快地旋转落地,在脚下发出清脆的酥响,有甜而缓慢的腐烂气息,让人觉得安全。北平是往往就能激起遥远回忆的,六朝繁华如梦境一样,忽然袭来,好像在广道上随时便有人催马而过,要奔赴一个必然的命运——那是很久以前的事情了,却与现在有某种相通之处,一样的满蓄风雷,一样的暗潮汹涌,一样的不可抗拒。

不过当时,那些白杨树好像蒙了一层灰,像从蒙尘的玻璃窗看出去,分外地雾数,有一种不清洁的感觉。我记得那条路好像永远走不到头,然后我们就到了一排房子前,看见父母装出礼貌的笑脸拜托某个教师,我被带到一个办公室,坐在硬邦邦的板凳上,有一个穿着暗青色毛衣的老师过来问我几个问题。我不知道为什么记得那么清楚——包括她穿的毛衣显见是自己手织,花样很老气,还有她烫着一个当时流行的头,是我怎么也不能理解的蓬松如钢丝的发式,以及她牙齿不整齐,在她嘴一张一合之际,我徒劳地想要分辨出她牙齿的形状。

最后我十分拘谨地顺利回答了所有问题,出来走在路上,我才发现我一直在玩弄我的衣角,以至于它卷起了一个微小的弧度。那时候我讨厌人与人之间陌生而生硬的接触,讨厌被迫回答问题,那会让我紧张。紧张的时候,我也喜欢做小动作,默默地咬嘴唇,偷偷玩弄衣角和衣领,不停地转笔,下意识地双臂交抱紧紧抱住自己,或者,不停地转动手里的杯子。

我明白秦雪晨貌似轻松的陈述下,有着令她不安紧张的回忆。她从未试过掩埋它,皆因她知道被埋藏之际它会腐朽得更为彻底,她宁愿时时提起,让它暴露在阳光下风干。

"其实人总是有一个底色的,后来不管他做什么都脱离不开那个底色。"我对秦雪晨说,"我有一个好朋友,认为人基本上可以分为两种。"

"哪两种?"

"没头脑和不高兴。"

秦雪晨听了一愣,然后大笑出来,笑得旁边一只休息的猫惊了起来,十分不满地看了她一眼,换了个地方继续睡觉。

"不要笑,后来我想想还真是的,就这两种,要不是没头脑,要不是不高兴。你看小时候动画片概括得多全面多有哲理啊,人呢,要不然就没心没肺,开开心心,要不然有了智慧多思多虑,就不高兴了。"

"哈,是啊,《圣经》里说,因为多有智慧就多有烦扰,凡加增知识的就加增忧伤。"

这话其实是女萝说的,她说,你小时候呢,就是典型的不高兴,遇到什么事就把眉头一皱,眉心一个巨大的结,我都怕你的脸会挂不住掉下来。后来好了,不知道为什么变成没头脑了,整天没什么忧虑什么也不放在心上,会考之前还跳墙出去玩通宵。再后来她看见我,说,原来你没变,还是不高兴。

"我最喜欢二元分类法了,比如把世界上所有人分成懂数学的和不懂数学的,把写文章的人分成装逼的和不装逼的……"

"我倒喜欢把作家分成已死的和没死的,后者基本不看。"秦雪晨笑着说。

"啊,然后没头脑和不高兴,你中学的时候看《灌篮高手》么,那时候我们班几乎男生女生每个人都看,男生是看篮球看热血,女生是看热血看帅哥,里面俩主角就是典型的没头脑跟不高兴。"

"啊,樱木花道是没头脑,流川枫是不高兴。"我们俩异口同声地说,然后又说,"想不到你也有中学生活啊。"

21. 六朝繁华三日散

我很喜欢昆曲,最喜欢是杜丽娘梦会柳生,演出一出情不知所起,一往而深的故事,这故事里生者可以死,死者可以生,皆因为至情。最喜欢看演员表演吃惊,在台上做张做致,春香发现了一处好景致,是姹紫嫣红开遍,又那一边丽娘入梦,乍然见到柳生,吃了一惊,赧然回避,又忍不住要偷瞧一眼。柳梦梅乍见丽娘,是蓦然暗地飞金,三魂六魄全部移位,惊得赶紧上去拉手喊姐姐——看得我不禁微笑,诚然是考试论文死线之际放松的最好手段。

昆曲有几出最喜欢,《长生殿》《牡丹亭》《西厢记》,粤剧是很少看的,有一出印象特别深刻,是《帝女花》。说的是明朝亡国的公主长平,与驸马世显,一起殉了故国,在兵荒马乱的世道,一点缠绵不散的男女之情最显得荡气回肠,最记得里面一句唱词,说是"六朝繁华三日散,一杯心血字七行"。

很多事情都那么轻易就过去了,过去的荣华,也那么轻易地就被人遗忘了。

在我住的那条街上,有很多法国梧桐,一到夏天,落了一地的悬铃,小时候看到这种东西,我是一定会上去两脚踩散的,然后飞一天毛毛,感到特别欢畅。

有时候走在那条路上,看见长得粗如桌面的大树,看着路边两三百年的木结构房子,我就在想,这些房子里是真正住过人死过人的,这些树是真正一点点从树苗长到可以做桌面的,心里就欷歔不已,觉得人的生命真短可也真长,短到比树木与房屋都先腐朽,又长到能看尽一个国家的盛衰兴亡。

在那条街上走多了,很多邻居看着都很眼熟,比如这家的老头是常年溜一只老到有点痴呆的金毛犬,又那一家有三个孩子,所以每年都早早举家在树上挂彩灯,吹气球,一个节一个节从万圣到感恩到圣诞一丝不苟地过,兴致勃勃地做着相应的装饰,大多数还都是学生,有早课的天天带着一袋书跑去上课,也有勤劳的一早起来晨跑——说也奇怪,晨跑的全部都是身材最好的那一拨,大胖子都喜欢窝在家。

我上学下学之际,总是能看到一个女人在街上,慢慢走着遛狗,后来我发现什么时间我都能碰上她,想来便不是遛狗,而是自己无聊在散步。

那个女人看不出年纪,似乎从四十岁到六十岁都说得通——有些人已经成为时光的遗迹,她便是其中一名。她的面容看得出曾经姣好过,至今总是画着一丝不苟的妆,身材早已走样,胸与臀都极为夸张,腰却收进去,好像一个扎得过为丰满的棉花洋娃娃。她留着半长的褐色卷发,总是穿着各式各样的连衣裙,牵着一只毛茸茸小狗,大约是约克夏那样的品种,黑色卷毛,十分好奇。

由于太经常看到她,我们见面也打个招呼,偶尔也聊两句天,我于是知道她叫榭琳,没有工作在家,她的小狗叫米夏,让我想起多年前俄罗斯童话里一只会讲故事的小熊的名字。

有一回是深秋,枫树叶子红到泣血,天气蓦然变了,我才走到街口,豆大雨点便打下来。我措手不及地把外套领子拉上来盖出头,准备跑回家。

那时候我就看到榭琳,在她房子的凉廊上向我招手,我跑过去躲雨,狼狈地把衣领放下来。

榭琳招呼我进屋,让我到她家躲雨,米夏跟在她脚跟后面,一会儿转向左,一会儿转向右,像在障碍跑一样,跑出一条欢快的曲线。

榭琳的家是一幢两层的小楼,看起来像是二十世纪初的房子——我们这条街很多房子都是上百年的房子,当初签租约的时候还有郑重其事的一张纸,写着上百年的房子涂料里可能有微量的铅,让租客注意,美国人做事还真是严谨,估计是民法完善,不谨慎很容易引起诉讼的缘故,这让我想起塞帛来,作为一个德国人,他也让我体会了什么叫做严谨,他连做饭都恨不得把温度计和天平祭出来,跟《封神演义》里祭法宝一样——榭琳的房子就是这么一幢上百年的小白楼,木结构的房子,很结实,但是踩在楼板上会有吱呀的声响,听起来好像一个老妇人在抱怨一样。

她把我让进客厅,让我在沙发上坐下来,然后自己去泡茶。

我四下打量榭琳的客厅。客厅基调以白蓝色为主,有小小的单人沙发和三人沙发,圆形的白色木桌上铺着白色印花桌布,上面是蓝色的十八世纪贵族人物花卉,类似于德累斯顿瓷器上那样一板一眼的绘画——贵族青年与小姐彬彬有礼地对看行礼,背景里总是很多树与田野。沙发对面有壁炉,漆成白色,里面放着柴火,炉架边有火钳,烟囱通向屋顶,看来不像我家的壁炉是封死了的,还在使用中。壁炉台上放了很多小小的装饰品,瓷器的小猫,玻璃的天鹅,还有长脸细身子的非洲木雕,我不知道为什么想起来田纳西威廉姆斯的一个剧叫《玻璃动物园》,里面剧作家跛脚而自卑的妹妹,不能去上学也不能工作,唯一的乐趣是在家摆弄离家出走的父亲留下的一套玻璃小动物——她最喜欢的是一只玻璃独角兽——这个世界上没有的动物。

客厅的窗户是半圆形的半落地窗,光线虚弱地穿过倾盆的雨水透进来,外面雨水交织成为帘幕,打得红红的枫叶,橙色的榆树叶和金黄的法国梧桐叶纷纷落下来,雨声时急时缓,我不知道为什么觉得在这个房间里时间并不来也并不走,就这样很多年了,就像打开了盒子的浦岛太郎,一切要烟消云散了,我抬起头来就要看到自己一头白发,一切都过去了,过去的事再也想不起来了,再也不能盘绕在我的心上了。就像那时候小叶走的时候,她问我,你知道什么叫做"他生未卜此生休"么?她离我那么近,但是我却不能以一个娴熟的姿势揽住她的肩头,也不能紧紧抱住她说我们再也不分开,我只能把她那一时的形象一个像素一个像素印在脑海里,好在后来无数夜里反复播放,她咬着嘴唇,眼睛里有喑哑的火,她的整个身体都在抗拒我,她说她不能不爱我,却也不能不离开我,然后她问我,迟雨眠,迟雨眠,你知道什么叫做"他生未卜此生休"么?

这时候榭琳端着托盘走进来,看见我在窗边发呆,笑着说茶好了。我回过神来,便坐下喝茶。

我早先就怀疑榭琳并非美国人,因为她口音并非一般美国人那样圆滑,略带生硬,听起来又不怎么像英国腔,还要更复杂些。她把银托盘放在铺着蓝色花纹桌布的小桌子上,用一套很精致的瓷器倒出茶来,然后示意我自己加方糖与牛奶。这下我更加确定她并非本地人,因为美国人酷爱咖啡,有家甜甜圈店的广告说是美国以甜甜圈为轮运转,我觉得不如改成美国以咖啡为燃料运转来得比较痛快。我们系的教授们都是早上九点前三杯咖啡的人,他们都起得很早,五点就醒了能给人发 email 讨论问题了,然后九点前如果没喝够三杯咖啡,就萎靡不振感觉不上妆就可以去扮演流放西伯利亚的犯人了。有时候整个楼里都能闻到咖啡的味道,听到咖啡机呼噜噜如同猫打呼噜的声音,我就觉得我真是太格格不入了,作为一个标准中国胃的人,我还是喜欢茶多一些。

红茶的颜色在有卷曲花枝绘饰的白色骨瓷茶杯里特别好看,我端着骨碟喝了一口,自然我分辨不出大吉岭或者锡兰红茶,但是伯爵茶的味道很特别,因为有佛手柑香味,因此很好分辨,我称赞一句,榭琳很高兴地说:"想来你们东方人也会喜欢喝茶。"

"是呀,当初英国人喝茶的习惯就是从东方学过去的吧,那时候英国在东方那么多殖民地。"我笑着说,我估计她并非英国人,也不会以为忤,"最有趣是印度茶,Chai tea 里面放了多少种香料啊,喝起来简直不像茶,像是香料水。"

榭琳也笑,说:"印度人做饭也要放那么多香料,我记得当年我去印度的时候,吃不惯当地的菜,就干吃他们的各种饼,有那种吹起来那么大的饼,里面是空的,忘记名字了。"她拿手比划着。

"你去过印度?"

"啊是,年轻的时候了,那时候还觉得东方是冒险家的东方,充满了神秘色彩,应该像是《环游地球八十天》里面那样,能遇上土王的妃子在火堆上殉葬,还能看到晨光里的泰姬陵,据说白色的建筑上一抹粉红,就像当年泰姬玛哈的面颊。"

"那然后呢?"

"然后证明我还是大惊小怪的西方人,看见恒河里浸满了虔诚的信徒,心里想到的不是感动,是卫生条件,是靠近恒河里漂着尸体的人会不会得传染病之类的……然后泰姬陵真是人山人海,把鞋放在外面还被偷了……不过我记得那一年去大吉岭,坐着小蹦蹦车,抛锚在路上,那时候前面的小山包上有一棵树,在大雾里面有朦胧的轮廓,那时候晨光熹微,我忽然觉得十分感动……"

我跟榭琳聊着天,看见客厅的另一侧是一个很大的书柜,里面密密麻麻插了很多书和黑胶唱片,封面都有些破损,书柜旁边还有一架唱机,我记得是一个叫维克托娅之类的牌子,是那种上面有一个巨大铜喇叭的老古董,在讲老上海的电影里经常看得见。榭琳的房间让人有一种穿越时空的感觉,时间停在二十世纪四十年代,二战刚过,处处萧条,人们在废墟里建筑出新的国度,或者是再之前,在战争年代,烟尘细细的昏黄 33 毫米老片里,有面容冷峻的男子一去不回,也有穿着浆洗硬挺连衣裙的女人在路灯下点燃一支烟,怀念记忆里模糊的一个人。

榭琳看我在看那架唱机,笑说:"啊,老古董了,我放些曲子给你听吧。"她便艰难地从沙发里站起,走到书架前翻出一张唱片,放在唱机上,唱片开始缓缓转动,她轻轻把唱针移到唱片上,铜喇叭里便出来带着细微沙沙声的音乐。

然后是一个女声,十分哀婉地唱着一首歌,那声音清澈而又华丽,在高音区直抵人心,让人心里发颤,她唱完了,好像心里有一根弦绷断了。

我不禁沉默,说,真好。我听出来,那是《波西米亚人》里,咪咪临死前唱的那首歌。

"并不多么好,那一次录音的时候我刚刚订婚,所以心里总是止不住高兴,怎么也不能唱得肝肠寸断,而且那时候我什么都不懂,太喜欢炫耀自己的技巧。"榭琳淡淡地说。

我诧异地看了她一眼:"这,这是你唱的?"

"是啊,看不出来吧,当初我也是很有前途的一个女高音。"榭琳淡淡说。

在榭琳满是旧时光的屋子里,她开始对我说她的故事。她当年是东欧某小国的乡下姑娘,有歌唱天赋,她并未被埋没,而是像那种美国梦的女主角一样,很偶然地,她的天赋被发掘了。她红极一时,在各地巡回演出,最擅长是唱哀婉的咏叹调,她在不计其数的故事里饰演不同的角色,歌剧里多的是坚贞不屈的女子,有为了爱的绝望而自杀的艺伎蝴蝶,有比茶花枯萎得更快、被炽热的爱燃烧殆尽的维奥莱塔,有一双冰凉的小手的咪咪,有在死去爱人身边自尽的托斯卡……

"那时候我经常想,歌剧里面哪里来那么多忠贞的女子,估计是写歌剧的都是男人的缘故,他们希望有那么一些女人,是专门为爱而生,又为爱而死的,因此这些歌剧女角都前仆后继地死去了,不管是蝴蝶、维奥莱塔、咪咪、托斯卡、卡门、狄多、柳儿,还是伊索尔德。"

"也有不同的吧,莫扎特的那些喜歌剧,就不见得有多坚贞,比如《女人皆如此》就很有讽刺意味,当然也有《唐璜》里面那样洁白如鸽子的角色,终究还是挽回不了浪子的心。"

榭琳说:"我也曾经唱过《狄多与埃涅阿斯》里的狄多,很奇怪,我记得她最后说,请记得我的宿命但忘记我的厄运,迦太基的女王狄多,为了终究要归去的情人埃涅阿斯而自尽,我不知道为什么觉得与《茶花女》中的维奥莱塔相对应,她曾经唱说,多么奇妙啊,这样的爱,神秘而高雅,足以鼓动宇宙的爱。

"我记得那是我初登台时唱的角色,多么清新而无畏,那时候我还有标准身材,有安格尔笔下少女的容貌,那时候我何等年轻,由于太过年轻,我甚至感觉不到厌倦,评论家说我的歌声无法表现出维奥莱塔内心的曲折——那时候我怎么知道在夜夜笙歌之后的疲倦,一朵清晨的茶花开不到傍晚的憔悴,以及多少人甜言蜜语赞美之后的孤寂——那是很久之后我才知道的,但是那时候我已经再也唱不了一首咏叹调了。"

在书架上一排排的旧唱片,一出出的歌剧里,榭琳唱着不同的角色,她也曾是一只夜莺,还没唱到心碎,已经尝过人间冷暖。封面上有她的剧照,那时候她真有一张安格尔笔下少女的脸孔,温润姣好,眼睛明亮如宝石,脸颊柔软如蔷薇,一条束胸裙子勒出丰胸细腰,仰着头歌唱,从无由处射来一束光,照亮她的面容,"为了艺术为爱情",或者是"晴朗的一日",还是正在唱"多奇妙"。时间消磨美人,向来比什么都残忍。

"后来,我记得那时候我正在录这张《波西米亚人》,那时候我订婚了,对象十分理想,人生简直像咏叹调唱到高潮,像喜歌剧唱到最终章,以为是皆大欢喜的结局了,但是人生真的是难以捉摸,太具有讽刺意义了,我录完这张唱片,本来要去意大利结婚的,想不到我的未婚夫居然跟别的女人私奔到了意大利,真是太讽刺了。"榭琳顿一顿,"我现在都在想,当时如果与他结婚了,是不是要等几年遇到一样的事情,呵,我的信仰崩塌了,我以前总以为,付出便会有回报,有才能便应该被发掘,努力练习便会唱得优美,多劳必多得,可惜这些规则并不适用于人心——与我未婚夫私奔的那个女子,他们才认识二十一天,二十一天,是怎样的一种激情与冲动才能让他抛弃我们之间漫长的过去,也许感情从来就没法用时间衡量吧。

"那以后,我再也不需要学习维奥莱塔的厌倦,因为我对一切产生了彻底的厌倦与失望,我所能看得见的,没有一样是靠得住的,别人的赞美之下,有的是真心还是假意,看似深情的人,是否能在一瞬间变了心肠……维奥莱塔是被阿佛雷德的爱所拯救,我的命运却与她不同,我爱上了饮酒,应该说是酗酒,经常是早晨九点之前我已经喝下三杯白兰地,午餐之时狂饮香槟和白葡萄酒,下午当作茶点的又是威士忌,然后夜里自然要不醉不休……我越来越不修边幅,不再练习,拒绝演出,厌倦交际,只是沉湎于醉乡,因为那样我会不能自控地笑出来一直笑着。我的嗓子慢慢毁了,我再也唱不了歌了,人们像遗忘任何一个转瞬即逝的明星一样遗忘了我,我的身材也开始发胖,我离我光辉的时日,我在顶点之时的荣光越来越远,我学会了厌倦也学会了这个世界的萧条与炎凉,但是我再也没有机会唱那些绝望的歌曲了。"

榭琳并未讲她是如何从那段日子里走出来,并且到了美国东岸这个萧条的小镇住下。她是怎样终于从噩梦中醒来,戒了酒——她家里没有一个酒瓶——然后选择了一个谁也不认识她的小镇,一个陌生的国度定居下来,是怎样在一所旧房子里,将蓝白桌布洗得洁净浆得挺括,在不留尘埃的书架上摆满旧日的回忆,时时翻出一张旧唱片,听自己多年前的声音——坚定而无畏,以为整个世界都在自己脚下,骄傲而美貌,满是才华,满是锦绣的前路——而没有一条路不会戛然而止,没有一座桥梁不可能蓦然崩塌,她说,那是他们故乡的老谚语,小时候她并不相信,那时候她只相信自己。

我望向窗外,雨停了,秋日里萧条的光照进客厅。

榭琳招呼着米夏去吃饭,茶点碟子里的蛋糕屑掉在了地上,米夏绕着桌子转圈子。

我忽然觉得榭琳并不憎恨生命予她的消磨,或者那是她对自己的惩罚,惩罚自己太过轻信自己的能力呢,还是轻信一望无际的顺境呢？她最后还是接受了，好的坏的，她全部接受了。

　　窗外雨停了，有知更鸟叫了一声，我没来由地想起里尔克的诗：谁此时孤独，便永远孤独。

22. 小　叶

新学期来的时候正是寒冬。

有一天我百无聊赖,在家坐着没事,又死活不想写论文,也死活不想做饭,就差在房间里来回转圈,假装文学青年没灵感暴走了。于是我打了个电话给秦雪晨,找她去家寿司馆子吃饭喝清酒。

我们到了寿司馆子,点了一桌吃食,上来一只巨大生渔船,清酒也热好了装在小陶瓶子里,我满足地抿一口酒,吃一口鳗鱼卷蘸绿芥末,十分满意地感到辣味直接窜到鼻子上,差点儿要流泪。

"小叶,就是我以前的女友,总是说我自虐,因为我不能吃辣椒和芥末,但是又特别喜欢吃,每次都吃到脸红耳热,涕泗横流,还不罢手。"我说道。

"哈,跟我说说她?"秦雪晨笑着说。

"她? 她是非常简单又复杂的一个人。平时作男孩子打扮,面孔十分清秀,喜欢穿白色衬衫,但是有些小动作又十分女性化。她有时候很独立,有时候又很黏人。她喜欢的东西很多很杂,但是念头又很单纯,有时候一眼就能看出她在想什么。她有时候十分挑剔,但是有时候又很随和。有时候我以为她根本不在乎我,但是最后我发现我错得很厉害。"我说。

在那次宣传栏事件之后,我与小叶经常同出同入。

我们一起去做一切事情,两人黏在一起,亲密到有点儿肉麻,浪漫到有些可耻。

比如说从早饭开始我们便在一起,有时我买好了早饭,去小叶上课的教室,两人偷偷在桌子下吃早饭,上面教授不知道讲什么讲得正欢。然后中午又一起吃饭。因为食堂来来回回那么几个,小南门外西门外那几家馆子基本上也变成了我们的食堂,吃到连选择都觉得腻,于是我们做了几个阄,上面分别写着诸如"学一""艺园""学五""燕南""城隍庙"之类的,然后每天抓阄决定去哪里吃饭。下午小叶会在图书馆占好座位等我去,然后我们俩一人一本书,看上半个下午。手里的书一般是闲书,也有考试前苦苦背书的时候,我们俩就趁熄灯之后,午夜时分,偷偷跑到小四教顶上的教室,用一只应急灯看书。

小四教是著名的鬼故事发生地,有时候我故意讲鬼故事给小叶听:"在冬夜,小四教的走廊里,一盏灯坏了,发出兹拉兹拉的声音……厕所里的水龙头,滴答,滴答,不停在滴。忽然,有一阵脚步声从走廊传来!越走越近,越走越近,水滴声也越来越大。这时候正在教室自习的叶阑珊同学,忽然想起来,之前去厕所的时候,停水了,那这水滴声是从哪里来的呢?她走到门缝,向外看去,正好看到一双人的脚!她继续向上看,是一只血淋淋的手,拿着匕首,血滴正一滴滴掉在地上,发出滴答,滴答的声音……她再往上看,一双满是血丝的眼睛正盯着她看!"

讲鬼故事给小叶是很好玩的一件事,因为她一边要故作满不在乎的假装镇定,其实心里怕得要死,面上表情复杂多变,好看得跟万花筒差不多,讲到最后她终于崩不住了,尖叫一声扑到我怀里,我就很满足地抱住她跟抱住一只小猫差不多,摸摸她的背好像抚摸小猫背上的毛,然后说,乖,小叶不怕,赶紧看书。

不考试的晚上和周末,我们经常跑到各个地方去玩。小叶人缘十分之广,她带着我到各处去看戏看演出,或者唱歌打牌,或者在天气暖和之时,就只是在街上暴走。

有那么一回,我们心血来潮,小叶说要去看午夜时分的故宫,我们俩就打车到了紫禁城,围着故宫整整走了一圈。

那时候小叶看着灯影里朱色宫墙,倒映在护城河之中,一路从午门,到东华门,满足地叹了口气,说:"果然好看"。

我便揶揄她:"难道咱们大老远来这么一回,就是为了验证你的一个实验猜想,午夜的故宫好不好看么?现在得到验证啦,能不能回去写篇学术论文了?"

小叶说:"你看这层层的宫墙,里面曾经有这个国家最有权力的人,但是他们很多一辈子只有短短的时光是欢喜的,大多数时候不是内忧外患,就是钩心斗角,真是没意思啊,每天处理完一堆政务,跟大臣们钩心斗角完了,回去考虑掀哪个后妃的牌子,又是一番钩心斗角。真够可怜的。而他们之下,那些大臣、妃子、宫女、太监,又更加可怜,更加身不由己,多少人在这宫墙里愁断了肠,熬白了头也没能出去。千百年来,这些人在这朱色宫墙,飞檐画栋之间,考虑的不过是自己那一点点事,不会想将来历史是如何记载他们的功过,或者他们又是怎样被历史遗忘的。每当我看见这样的建筑物,想起这些事,便会觉得特别地荡气回肠。它们就像珊瑚一样,里面的珊瑚虫死了,微不足道,但是它们建筑的宫殿还存在,而且越来越大,越来越华丽,最后形成巨大的珊瑚礁,多么奇妙啊。"

我把她揽到身边,不觉心中十分柔软,像是——之后我吃过的一种巧克力一样——松露巧克力,外面坚硬,内心柔软,入口即化,那滋味让人吃了却又好像没吃,总渴望要再多一点,再多一点。

路灯的光透过夜晚的雾气,整个紫禁城像是一个幻觉一样在迷雾之中,我忽然想起静流,如果他在这里,必能照出很好的照片吧。我却只能将那一幕永远留在记忆之中。

我们走到快要凌晨,双腿酸痛,晨露快要起来了,启明星快要升起,我们打车回我家。

我父母常年不在家。我对小叶说起,总是一副不在乎的模样。我拿钥匙开门,说:"你看多合适,不用介绍你给任何人,也不用说,我带我女朋友回家过夜,可不可以,也不用解释这么晚我们俩疯子跑到哪里去了夜不归宿,太方便了,我简直提早独立了二十年。"

小叶便斜睨我一眼说:"迟雨眠你别死鸭子嘴硬了,二十年前你才几岁啊,那时候你连打酱油都不会吧。"其实小叶知道,我也只是嘴硬。在成长过程中,我父母的位置常年是缺失的,这种缺失乍看之下并无影响,但是在午夜梦回之际,我会深刻感觉到这种缺失所带来的怀疑,不安,与脆弱。

我们累到连衣服都未换,直接倒在床上睡着。第二天醒来,我发现自己紧紧抱着小叶,而她深深将头埋在我怀里,好像这番埋下头去,便不会醒来一般。

这样的时刻有几次,在我记忆中清晰如同水晶。人在清晨醒来之时格外脆弱,格外怀疑人生怀疑世界,而那时如若身边有所爱的人,看到她的面孔便觉得安心下来,觉得人生至少有一小部分是可坚信不疑的,那是非常美好的感情——即使多么短暂也罢。

我便在小叶额头上吻一记,心中忽然跃跃欲试,将她白色衬衫纽扣解开一颗,她仍然闭住眼睛,但是睫毛在很快速地轻微颤动,我知道她醒了,故意又去解开她一颗纽扣,她终于忍不住唇边弯起一个弧度,笑了起来。然后她猛然翻身起来,将我压在身下,亮晶晶的眼睛看住我,说:"迟雨眠,怎么也应该是我调戏你,不许调戏我。"

然后事情就那么发生了,她的衬衫雪片一样落在地上,我紧紧握住她的腰,亲吻她精致的锁骨,她像一个孩子一样有细瘦的四肢,却紧紧缠绕着我。她闭着双眼,睫毛微微颤抖,似不胜隐忍,却侧头轻轻咬着我的耳朵。她眉头紧皱似畏疼,双手抓住床单,身体却细意迎合,好像飞鸟扑簌簌地从她身体里飞出来。她像一朵玫瑰一样展开,而在欢情的顶峰,我真切地感觉到我在她体内的悸动好似一场核爆,我们紧紧抱住彼此,快感像烟火一样冲到顶峰,眼前只剩下一片光明。

之后我们累得又睡过去,醒来又忍不住互相纠缠一番。那天不知道为什么感到卧室里那么明亮,回想起来总觉得小叶的脸有一圈淡淡光晕,像电影里用了一个柔光镜,像看一场烟花,有万般流丽,千种光华,在视网膜留下深深残像,之后看什么都好像失明,看什么都好像色盲。

后来我们终于起身去洗漱,已不知是黄昏。她在洗手台前洗脸,露出雪白的后颈,我心里又一软,从身后紧紧抱住她,在她耳边轻轻唤:小叶小叶。

干什么?她声音也软下来。

我也不回答,只是继续唤:小叶小叶小叶。

于是她转过身,吻了我。她嘴唇十分冰凉,带着牙膏的薄荷味,唇齿相接之间,我忽然浑身酥麻,她身上有淡淡的丁香味道,很多年后我都记得那个黄昏,她身上淡淡的清香,因此我不能在四月的时候走过汴大的校园,那时候满坑满谷的丁香气味,会令我发疯。

我用额头抵住她的额头,我们鼻尖碰着鼻尖,我又唤她,她也叫我的名字,雨眠,她叫一声,停住了,好似有些怀疑,说,这是真的么?

这是真的么?我也不知道。也许只是记忆跟我开的玩笑。

只是当时她在我怀中,殷殷垂问,这是真的么?

23. 假想肢体症

有时候在一段感情中,被记住的经常是漫不经心的片段。

比如说某一天是怎样两个人喝了牛奶,有一个人的嘴唇上长了白色的胡子,于是另一个人便吻上去,要将它擦掉。

也有时候是在清晨懵懂时分,有一个人走到窗边,将面孔贴在冰凉的玻璃上,看着雾气在窗户上结出漂亮的纹路,一切都在消融,一切都在生长。而另外一人偷偷走到他的身后,紧紧抱住他,将面孔深深埋在他的衣服里,说,再去补眠一觉。

还有的时候是两人从剧场出来,刚看了一出好戏,一个人张牙舞爪兴奋地说个不停,另外一人宽容地看着她,忽然将大衣拉开,一把将她揽入怀中。

而有更香艳的时刻,是在浴缸之中,看着她小小的肩胛骨,沾湿的头发在雪白的后颈上,看起来有种纯真的性感。或者是在欢情最顶点的时候,她深深咬住我的肩膀,留下细细密密的牙印,似乎要证明什么,她面孔之上苦恼与喜悦并存,然后呼吸逐渐变得绵长,我紧紧贴着她,在疲惫中慢慢睡着。清晨醒来,两人如同初生婴儿一般相见,却丝毫也不觉得肉麻。

呵是的,总是这样那样的时刻,随手都是,随处都是,我于是看见路灯的光影也想起她,起雾的时候也想起她,初夏闻到各式各样的花香想起她,吃到绵软甜美的巧克力想起她,喝到温热暖人的清酒也想起她,在午夜梦回,不再有人紧紧攥住我的睡衣,另外一只手臂紧紧圈住我腰身,我也不用移动被她枕麻的手臂,听见她在睡梦中不满地低喃。

现在午夜梦回之际,我从懵懂中醒来,伸手去圈,却摸到一片空。于是我想,真的,我失去她了。

于是所有的细节都回来,像蚂蚁一样慢慢咬着我的心。

我对秦雪晨讲的小叶,自然只是我们快乐的那些时候,她的一些小执著,小怪癖,可爱的时候,生气的时候,精神满满说要去做一件事的时候,跟朋友在一起,拍胸脯说没事有我的时候。每说起一次,她在我记忆中便更加生动一点。后来我几乎怀疑,这么生动,几乎有点不符合常理,我怎么能记得那么清楚,或者小叶根本是我臆造出来的吧。

秦雪晨听了便笑,说:"迟雨眠你知道有一种病么,就是灾难或者事故中失去了肢体的人,会假想自己还有那部分肢体。比如一个战争中失去手臂的老兵,会觉得自己的手臂还在,而且还能感到疼痛,于是他便日夜痛不欲生。"

秦雪晨最坏的一点是,她真是一针见血。

小叶已成为我身体的一部分,明明已经失去她,痛楚却无比真实,因此虽然我貌似完整无缺,内心却常有隐痛不期而至。

我对秦雪晨说:"不说了,再说真正不要活了,你这人不带戳人痛处的。"

然后我说:"带你去一个地方吧,我再给你讲一个别人的故事。"

24. 静　流

那时候我们已经酒足饭饱,天气冻,我们走在路上,感觉面孔十分清明。

我带点儿醉说:"这个地方我一般不告诉别人。"

秦雪晨笑:"靠,你怎么跟那个广告似的,这秘密我一般不跟别人说,请用某某某。哈哈哈。"

我带秦雪晨去的,是我工作的楼的顶层。

我工作的那幢楼,其实并不是我们系的一部分,那是一幢新歌特式的建筑,很奇突的,不是棕砖或者烟熏黑色,而是白色,并有一个极高的塔楼。塔楼上全是一些退休教授的办公室,但是再向上,一架盘旋的铁楼梯通向楼顶,楼顶天台的铁门原先是锁着的,但是那个破锁很早便被我搞开了,因此我经常在工作写论文看资料累了的时候,便上天台上待一会儿。

看见楼下学生们来来去去,忙忙碌碌,看见对面的圆顶礼堂上聚集灰灰白白的许多鸽子,深秋时节,看见另一侧的墓园里,红绿橙黄一片乱云似锦,大大小小的十字架与方尖碑,墓碑,每个人都是一段逝去的秘密,都不可名也不能名。而大道之上交通繁忙,与墓园是两个世界——活人忙碌的世界,与死人静谧的世界。

我带秦雪晨上了天台,夜晚从天台看去,下面是一片琉璃世界,灯光远近相接,星星点点如冻住的雨点,又如星空转换到了脚下,有暗紫色天空,对面礼堂传来若有若无交响乐练习声,有一个奇突的单簧管声音在一路蜿蜒而上,墓园里是沉暗之黑,只有苍茫的树影掩盖无数墓碑,而远处天际线上,有金色圆顶与尖尖的教堂高塔。

秦雪晨踮脚看出去,也不禁倒吸一口冷气,说:"迟雨眠,我不得不说,幸亏你一般不告诉别人,否则这地方早就站不下我们俩了。"

我们找个地方坐下,把大衣裹紧,看着脚底星星点点的灯火,我说:"我来给你讲一个故事,它的主人公是一个叫方静流的男人。

于是我便对雪晨讲我是如何认识静流,以及他那古怪的不能在白天出现的作息。

"他是一个很好的吉他手,喜欢背对着舞台弹奏,皆因他说,弹到高潮时候的表情不想被人看到。

"他有一次骑了很久的自行车,一直骑到天津,要去看一眼海。

"他主业是拍摄女体,但是他真正喜欢拍的,是夜间空无一人有如幻觉的片时片地。

"是的,他拍摄幻觉,喜欢观察烟在投影机光柱下变换形状。

"还有,他喜欢他们乐队的女主唱,她……是一个很特别的人,但是她爱的是另外一个人。他从来也不说。"

发觉方静流的秘密,纯粹是偶然。

是有一次我去杜康喝酒,又是深夜,静流他们的乐队刚刚表演完。

几个人在收拾乐器,我从酒吧后的陋巷走过,想要吸一支烟,正好看到沈千山走出来,她脸上还带着妆,一滴黑色眼泪画在眼睛下,益发显得她好看得有些妖异。她手里有一支吸了一半的烟,我正待跟她打招呼,她伸手招了一辆计程车,匆匆忙忙上了车,把烟掐灭掉在了地上。

这时我看到静流从杜康里走出来,背上还背着吉他盒子。

我看见他做了一件很奇怪的事。

他看看千山坐的车远去的方向,忽然长叹了一口气,然后弯下腰,将千山掉在地上那支吸了一半的烟捡起来。

他凝视那支烟良久,将它掸去灰尘,放在了口袋里。

这时他看到了我,表情变得很尴尬。

我本来不以为意,那时却忽然反应过来。

呵,他喜欢千山。我怎么一直未曾看出来。

"我居然一直没看出来。不过大家估计也都不知道。千山爱的人叫做徐意迟,是一个——怎么说呢,有些人即使是同性,你也完完全全能理解为什么有人会爱上他,徐意迟便是那样的人。沈千山与徐意迟总是一起出现,静流知道他是没有机会的。

"那时我才想起来他拍的那幅夜晚的海的照片,因为长时间曝光,呼啸的海变得如同丝绒一样平静温和,下面其实蕴藏的是深深的不安与悸动,是汹涌的暗流,而两个人的身影,因为路灯光的照耀,本来在汹涌的海上是看不见的,而曝光时间长了,却清晰地出现在海面上,好像一个人一样。

"静流说,那张照片是他与千山出去演出时,两人去海边时照的,看起来像一个人,不是因为拥抱,而是因为两人一前一后,身影因此而重叠了。

"那时我只觉他语气很怪,后来才明白,是因为他语气中有一种不该有的缠绵之意。我想他一定想的是,如果当时可以抱住她就好了,如果那真的是一对恋人的照片就好了。

"这就是我如何发现了方静流的秘密。"

25. 如　意

秦雪晨有一刻沉吟，然后对我说："雨眠，我不知道为什么忽然想说，人在这个世界上可得的东西真的太少，多半得到的都是不想要的，而想要的却怎么努力也得不到。比如说失去的童年，爱自己的双亲，简单直接的欢乐，健康的身体，理想的工作，还有，所爱但是不爱你的人。所以，如果真的得到了，就一定要抓紧不要放弃，不管是所爱的人，一直想要做的事，还是安稳的生活。"

"所以说，世上不如意事常八九，可与人言无二三，可是？或者是我们得到的都视作寻常，而失去的在印象里却格外深刻，于是我们怎样都不满意，直到眼睁睁看着所珍惜的一切从指缝里慢慢流逝，像流沙一样无可挽回。"我说。

"怎么说呢，我不相信这双手不能抓住的任何东西，如果世界上多一件付出就有回报的事情，多一件你对它好就不会辜负你的事情，我就感到安全一些，而那些怎样都无法挽回的事情，在我才能之外只能靠运气的事情，我尽量不去碰。"雪晨说："你看我收集了那么多无常的故事，就好像一个孜孜不倦的学生，要从那些故事里学到教训，学到怎样才能安稳地过掉这一生。然后越是学习，越是感觉到无力。"

"来，我也跟你讲一个故事吧，"雪晨说："你刚才说到如意，让我想起了一个人，她叫乔如意。

"也许你不知道，我也是曾经恋爱过的。"雪晨这样说。

"呵当然，我爱上的那个人并非乔如意。那是我大学的时候，当时我参与一份社团刊物的编辑工作,虽然说只是文学社团的一份刊物,大家做得也极为认真。到处去约稿,审稿,编辑,排版,与印刷所交涉,与学校交涉,找赞助,以及扩大宣传,简直像一份正儿八经的刊物了。我除了编辑,也写一些东西,当时我很想做刚刚发展起来的口述文学,便找了学校里一个老教授,约着跟他见面,从他口中挖掘出当时一些名人轶事,以及他丰富的人生经历——一个人经历了那么些改朝换代,经历了被尊崇然后被打倒,然后在打倒之后又熬了那么些年,又被平反又被尊崇的人生,简直算是时代变迁的活见证了,而那位老教授,在数次运动中失去了妻子与儿子,却还保持着尊严,在多年之后,年至耄耋,病痛缠身,却还活得干净整洁,云淡风轻——我见到他时,他正在书房,手边白瓷杯里一杯浓茶,正在磨墨写字,我便凑近看他写什么,他写的却是:当时共我赏花人,检点如今无一半,我自然知道是晏殊词,虽然惆怅,毕竟是风雅的惆怅,可见他并无怨恨上什么人。

"他见我来了,就放下笔,我开始问他许多问题,开始还是我问得多,后来他回忆起往事,说得兴起,就滔滔不绝讲起来。我一边拿着录音笔录音一边记笔记,老教授所说故事十分惊心动魄,有些时代确实令人神往,我正在遥想当年他们的风采,就听到门响,原来是教授的外孙回来看他。

"我就看见一个比少年略长的男子走进来,他也并非多么好看,但是脸上自有一种清朗的神采,看着似乎很年轻,但是后来知道比我还大一届,正是本校学生,历史系。他有一种奇特的从容不迫的气质,后来我认识他很久,他似乎从来也不着急,我想我就是被他这样的气质吸引了吧。我是一个外强中干的人,虽然看上去总能处理生活中一应大小危机,其实我毫无安全感。别人总觉得我能吃苦,又能干又有适应能力,其实不过是因为从小我就努力要活下去,且活得好,因此闭了眼睛冲进风雨里,也要走下去。我内心时刻有一种危机感,觉得即使我这么努力,总有些事是由不得我的。

"大概正因为这种不安全感,瞿一山的镇定与从容对我有致命的吸引力。就好像缺少盐分的时代,会努力吸收能获得的一切咸的食物,我也无可救药地喜欢上了他。

"后来,我过了一段快乐的日子。现在想想,几乎觉得不真实。你知道恋爱的人会有多么傻,想象力似乎漫无边际地泛滥,就是做着正事,也会莫名其妙地发呆出神。那时候思维会去到很远的地方,然后你就只想着那个人,翻来覆去地回味你们相处的短短时光,然后从他的一言一行里推测出千百种不同的意思。他当时皱着眉头是什么意思?他当时可曾对我笑?那笑容里是否带着悠长的意味?他是否太漫不经心?或者我是否当时表现得太过冷漠?或者太过热情?

"那段时间我们接触得很多,不仅是在教授家,在校园里也会莫名地碰到。碰到之后偶尔也一起吃饭,逐渐熟悉。其实相互有好感的人真的很容易成为一对,对方对你是否感兴趣,在他的整个身体语言中都能表现出来,他是否趋前用心听你说话,身体是趋向你还是抱住双臂,他是否热烈加入谈话而不是用简单的"是否"回答,他是否在路上偶然遇到你会感到高兴,远远就跟你打招呼,他是否会对每一次邀约热烈回应,还是冷淡地推说有事,他是否会主动约你去某地,是否会注意你的喜好,注意你不爱吃的食物……所有这些,其实很容易判断一个人是否喜欢你。我虽然从未恋爱过,在这些细枝末节上却算是无师自通吧。

"于是我知道瞿一山也是喜欢我的。后来我们便成为一对。那一段日子,怎么说呢,每天我起床总是要想一想是不是真的,这么说来真是凄惶啊。我这人,如果真正得到的似乎都是费了很多力气,从来没有唾手可得这么一说,一点点成绩,都是很多努力换来,我没有好家世,没有天纵奇才,只有勤力和一点小聪明。所以无论得到什么成绩或者奖励,都是费尽了辛苦,得来也不出意外,因此也不算惊喜。唯独这一件,我几乎不相信自己的运气。让你喜欢的那个人,正好喜欢你,这是什么样的小概率呢?在我这样一个从来不相信运数,只相信自己一双手的人身上,居然发生了,是何等幸运的事呢?

"那一段日子好像浸在一层光晕之中。就像海边朝阳初上,粼粼的水面一时金光万丈,像金箔漫漫洒了一海,光线以几倍的明亮吞没世界,又不是正午的阳光那样刺眼,是温柔而又沉浸的光,几乎是虚幻的。

"我每天早晨起来确认一下,这竟然是真的,让我不能相信的运气,第一次没有努力自然就得到的珍贵之物——一段感情。然后我们也像一切的校园情侣一样,一起去图书馆,一起吃饭,一起跟朋友玩,一起走过伞盖如同浓郁绿色水藻的林荫道——每次走过那条林荫道,我就觉得好像在水底,鱼群逶迤游过了水草一样,那样沉郁的绿。

"可是后来……你看,所有故事里我最怕的是转折,'可是','后来',一下子把故事的基调转换。我记得当时考 GRE 阅读的时候,老师谆谆嘱咐,要注意转折连词,因为会将议论文的观点整个转换。我当时听了就不屑,呵,谁不知道呢,不止是议论文,人生不就是如此。无论是先扬后抑,还是先抑后扬,不过一个简单的转折,一切就会向另一个方向义无反顾地发展,直转急下,无可挽回。

"可是后来,我们遇上了乔如意。

"乔如意是一个什么样的人呢?她也是历史系,同我一届,等于是瞿一山的师妹。那时候我早已做完了老教授的口述记录,分期登在我们那份刊物上,得到了不少好评。乔如意是新入社,看到我的那篇文章,便来向我请教,因为她也想做一些类似的口述历史搜集。那一天我正好与一山有约,又因为一山是教授的外孙,在我做那篇文章时也帮了我很多忙,因此我就约了乔如意和一山三人一起见面。

"后来想想,我觉得自己做事真是多余,大概是当时对自己的生活太过满意,以至于觉得一直这样幸福下去是理所当然,然而怎么会有理所当然的事呢?一件事得来太轻易,走的就可能一样轻易。感情虽然说不讲多劳多得,也一样不讲先来后到,有时候很努力尚且得不到,有时候顺其自然便得到了,但是也一样容易失去。一个人的心变了,就是怎么努力,也没法挽回的。

"第一次见到乔如意的时候,我对她印象很好。乔如意是那种甜美的小女生,怎么说呢,我这种大大咧咧的女生在她面前会不禁自惭形秽。我不知道为什么总记得当时她穿一条白色连衣裙,呵,你不知道,后来我看到人穿白色连衣裙,我就要打寒战的。乔如意人如其名,到处都是妥帖美好的,长发柔软地贴在头上,拂在背后,白色的裙摆温柔地微微靠着纤细精巧的小腿,瓜子脸上一对大眼睛总是带着疑问一样看着你——说起来,如果说她的缺点的话,她是甜美过分了,有点儿腻——当然,这大概也是我的偏见,如果换了男生,估计就只剩拜倒在石榴裙下的份儿了。"

她说到这里我忍不住打断:"呵,我知道这种女生,每次看见她们,我就忍不住想帮她们问一句,为什么?开始我还蛮喜欢这样的女孩子,觉得她们清纯可爱,后来我在回答过太多为什么之后,忽然发现她们并不是不懂,而是要让你在回答的过程中感到大男子主义的快感,因此会更为怜惜她们。怎么说呢,很多男人估计都这样吧,觉得对方像小动物一般无助纯洁可爱,需要保护,其实那只是一种手段。我还是比较喜欢更直接的方式,我也不傻,你也别装傻,大家该怎么样就怎么样,谁也别装什么。"其实我心里暗暗想的不过是小叶的诸多好处,一比之下,她的真实与直接就更加可贵。我凄楚地想,如果有你在一起,谁要什么虚伪的满足感,成就感,如果有你在背后抱住我,说一声迟雨眠是你的错,但是我原谅你。

雪晨又接着讲:"呵是,我当时并不觉得乔如意那些问题如何,她本就是请教而来。只是我介意的是,开始谈话后不久,不知道为什么,主要就变成了她在问,一山在回答,她似乎不再向我发问,而一山回答得也很愉快。

"当时我只觉得稍微在意,心下也没有多想,会面算是愉快,后来也便散了,我们互换了联络方式。

"那之后我便渐渐觉得瞿一山似有心事,总是心不在焉。原先我们在一起,谈话之时大约五五分半,对各种事聊得很是尽兴。那之后感觉总是我在说,他以是否来回答,我即便再粗枝大叶,也觉得不对。后来他偶尔又会抱怨,似乎我在各方面都要逞强出风头,也使他自尊心受伤。

"我当时觉得很奇怪,因为我一贯是这样的人,因为没有很好的先天条件,我做什么都努力争取,也自觉所有成绩得来都光明正大,所以不觉应该收敛锋芒。之前我也是这样一个人,他也从未抱怨。呵,是多年以后我才明白,一个人爱你的时候,是什么样的缺点都能容忍得了,但是当他的心一旦变化,你身上任何一处都可作为缺点被放大,他只是不再爱你,甚至需要寻找借口来正名——我并不是变了心,是因为你变了,你不好。这样他方能大方从你身边走开,且不留下一个伤人的名。

"其实那些都只是细微的变化。我后来也与乔如意略有接触,但是我却发现乔如意直接与瞿一山联系,并转而向他请教各种问题。起初我也不觉得如何,毕竟他们是师兄妹关系。后来是同寝室的姐妹提醒我,我还记得她们说,秦雪晨,你便是太不会防人。你可知乔如意名声向来不好,她永远在情侣的分手里埋下不良的种子,她从来不满足于爱上一个人,她只是需要很多人去爱她。现在她与瞿一山走得那样近,难免不会发生什么,秦雪晨你要小心。

"于是我便小心。有时当事人懵懂之时,事情已然发生,众人都已洞若观火,而当事人明白过来,事情早已无法挽回。

"呵,后来是我碰见他们在一起,后来又是我苦苦去问瞿一山,到底是怎么回事。他也只不说,只说是乔如意向他请教,两人因此常在一处。

"我现在还记得他回答我之时,并不看着我的眼睛,我苦苦追问,让他给我一个答案,他的从容不迫却发挥到极致,只一味否认,说是我多心,说他最近忙,没有很多时间给我。我永远记得他眼睛只下垂看着自己衬衫角,抬头来说,不是的,是你想多了,然后又看向远方,永远不与我目光相接。

"那时候大约是盛夏吧,我却如浸在冰水一样冷。你有没有试过努力问一个人,却总得不到你想要的回答?那感觉好像在噩梦里一样,后面有人追着,前面是万丈深渊,而迈一步就好像要花尽毕生力气,怎么也动不了,怎么也醒不来。

"现在想想,不错我当年做了不少蠢事。后来我居然去找乔如意,问她到底怎么想。那天她又是长发拂肩,穿一条裙子显得柔弱无比。我怎么看自己倒像欺负人那一个。呵,她坐在我对面,语气柔软,说她对瞿一山并无想法,让我不要多心。她不知道为什么还说,她只是喜相聚厌恶离散,因此有了脾气投合的人,便愿意经常在一起。那一天她不知为何说了很多,说很多人误会她,其实她不过贪恋与人相近,又说她害怕时间匆匆流过,害怕不可避免地与一段时间的离别,因此每时每刻对她来说都是离别,她并不能停下来享受此一刻,而她越是怕,便越是要抓紧无法挽回流失的时间与无法挽回地必然要离她而去的人。

"她越是说,我越是无法理解。你看我现在还记得如此清晰,是因为我无法理解,为何她可以理直气壮因为自己不想失去,而令别人伤心。她又不是真心爱上了瞿一山,她只是紧紧抓住她所看上的那些人,不让他们离开,而可怕的是,他们大抵也都是心甘情愿的。

"那次谈话之后,我忽然也觉出自己的可笑。我终于明白事情早已急转直下,连我宿舍姐妹都看得一清二楚,独我一个还懵懂以为尚可挽回。因此我也不再追问。只是偶尔我扪着胸口,仍会隐约传来一记遥远的闷痛。我知道这记隐痛尚有一个名字叫瞿一山,是我初见他时心一折便埋下的因,也曾在春日里开成一朵无畏的花,后来却渐渐枯萎腐烂,变成一段不堪提的往事。

"后来我也只相信自己双手所能掌握的部分。是的,凡是太轻易得来,都可能太轻易失去,感情好像万花筒一样,动一动,就失了真,怎么也不可能回到原先的状态。于是我也努力学习,努力打工,留意各种机会,让自己生活得更充实幸福,我只是换了一种方式,将时间投在多劳必多得的那些事情上,而忘记运气这回事。

"我却养成另一个怪癖,我不时会留意乔如意的消息,她也不负我所望地经常出现在各类八卦与小道消息中,与不同人的名字联到一起。其实到我毕业之时,我已逐渐失去瞿一山的消息,而乔如意却莫名地依然鲜活。我终于明白,她是我镜子里的另一面,她是我的假想敌。我终于明白,她所爱的并不是一个人,而是许许多多的人的一部分,因此她不停寻找,不停破坏。我曾看小说称这样的女子为阿修罗,年轻美艳,执拗凶狠,不惧杀伤。她害怕人与物无法挽回地离她而去,而越是害怕,越要抓紧,却总有些东西会流失,因此她无法感觉到真实的感情,她生活在没有真实感的世界里。她其实与我一样,内心缺乏安全感,而我是将这惧怕化为不断向前的动力,她却是将惧怕化为借口,来努力挽留所有闯进她世界里的人与事。"

26. 戏　剧

过了一阵,我与秦雪晨去看一出戏。

是某个新戏节作品,在艺术学院楼里的小剧场,空空荡荡的剧场里,摆了一地的老式显像管电视机,屏幕上都嘶嘶地冒着黑白雪花点。

剧开始后,是一个接一个人上来讲自己的故事,像独白,又像写信,对着观众像对着一个隐秘的倾诉对象,说着不可告人的心事。

有一个女孩说,我爱上了我的英文老师,那时候我十六岁,我自慰的时候都幻想他。后来我写了一篇作文,每行头一个字母读出来是我爱你,但是他读了以后石沉大海。啊,多年后我看到他,身材走样,头也秃了。

还有一个男人说,其实我有一个秘密的情妇,像我这样一个小职员,整天在家里对老婆唯唯诺诺,我却有一个情妇,她是一个丰满美丽的女人,开一家精致的古旧版本书店,但是她在我面前,却柔顺无比,在她面前,我觉得自己粗俗有力。

一个年轻男子说,我是一个艺术家,我可以在火柴上雕刻一座城市,也可以造出巨大的雕塑,我可以在画布上画出波澜壮阔的海,也可以用相机拍摄一只蝴蝶。但是我什么都不做,我只用夜光颜料在墙上写你的名字,一到夜里,整个城市都诉说着你的名字。

看到这里,秦雪晨忽然笑了,我正诧异,她悄悄跟我说:"我真是反高潮啊,你知道我想到什么了么,就是前几年流传很广的不知道谁写的'我在天空写下你的名字,却被风带走了,我在沙滩写下你的名字,却被浪花带走了,我在大街小巷写下你的名字,却被警察带走了'……"我要很努力才能忍住不笑。

看完戏出来,因是下午场,天光还大亮。

我与秦雪晨去一间咖啡馆要两杯甘菊茶聊天。谈起刚刚看过的戏,秦雪晨说:"你看人是有各种各样,千变万化,而相似的是大家都有七情六欲,类似的执念,真是好玩得紧。我记得我曾看过一个戏,叫 Icarus,讲的是一家人,与外界隔绝,弟弟腿有残疾,却天天练习游泳,希望能参加运动会获奖,姐姐则天天鼓励他,为了他牺牲自己的生活,而一方面又为自己丑陋的容貌自卑。天长日久,弟弟认为马上便能获奖成名,因此天天排练获奖后怎样发表感言与被采访,而姐姐也认识了隔壁邻居,一个因自己面貌太过英俊而产生自我厌恶,戴着面具的男子。最后弟弟向大海深处一直游去,像太过贴近太阳飞行的 Icarus 一样,不再归来。"

她停顿一下,又说,"我不知道为什么记得最深刻的是那个弟弟向大海深处游去的结尾,在舞台一侧有一具长梯,用来表现连着夕阳的大海,他每次都拖着双腿爬上长梯,再回来,来代表其游泳练习。而最后一次,他向着夕阳游去,却消失在长梯的彼端——看到那里我心里非常悲凉,不知道为什么觉得看到的是自己,被一个空虚的理想所欺骗,总是向一个方向不回头,也许我们都是为了贴近太阳飞行而失去翅膀跌落的 Icarus。

"你看我也认识各种各样的人,就像这些戏里一样,他们有着各种各样的故事。他们每个都想登台诉说自己的故事,像这出戏一样,但是未必有人会倾听。"

我听了沉吟片刻,说:"也许因为这样,我才会收藏不同人的故事,但是后来,这样的收藏变成了一个约定,也是我始料未及的。"

秦雪晨看了看我,看上去欲问又止。

不知为何我又说起:"以前我跟小叶也常去看戏,她口味怪,总是喜欢去看先锋小剧场,国内愤怒青年也多,经常有那种重口味的戏,充满粗口,裸露,对社会不满的抱怨,当然也喜欢泼油漆或者是跳进一个大水缸等等,为表现激烈的情绪。"

"哈,我知道的,跟有些行为艺术作品类似,必要裸体,或者牵扯上生死,血淋淋或者赤裸裸,否则好像用力不够,不够冲击力一样。"秦雪晨说。

"是啊,我胃口不好,经常受不了。其实小叶也不喜欢看太激烈的戏,但是她经常怀着试试看的心情去看小剧场,结果经常碰到重口味,当然更惨的是闷到不得了的大闷戏,比重口味更可怕,重口味的话,你至少可以品评调侃一下,这个油漆泼得很有美感,那个水花溅得很高,这位演员身材不错之类……但是闷戏是简直挑不出话题来评论……不过那么多次里,也有个把次会遇到非常好的戏,我记得有两次,一次是《红舞鞋》,安徒生的童话,被一双红色舞鞋诱惑,穿着舞鞋跳得停不下来的女孩。那一出舞剧排得相当之好,从舞美,到表现手法,到演员,到舞蹈与音乐,一切臻于完美而感人至深。还有一次是《莎乐美》,王尔德的剧,巴比伦的公主爱上了先知,因为得不到他,她穿上七重纱为希律王跳舞,只为得到先知的头颅,吻他的嘴唇。那一出剧出名唯美,很难排好,而那一次真是惊艳。我记得当看到莎乐美跳起七重纱之舞,我整个人都寒毛倒竖——就是好成那个样子。而最后莎乐美吻着先知的头颅,说,爱的味道是苦的,那一刻整个舞台变成血色,而又在血色里,投影出白色的百合花,让我想起来比亚兹莱给莎乐美画的插画,呵,真是让人印象深刻。

"那一次我们看完戏,很久都说不出话来。我不知道为什么记得我们在夜里的北平城街头走了很久,就是不肯去坐公交车回家。我们在月光之下一直走,想着人们前仆后继,为爱而产生执念,古往今来,四海列国,普天之下,莫不如此。然后小叶忽然从兜里掏出来半条黑巧克力,剥开锡纸,给我一块,自己吃了剩下的一块。呵她就是有那么奇突。"

秦雪晨发一回呆,说道:"呵迟雨眠,是你自己迟钝吧,她应该是想到了莎乐美的那一句台词,爱的味道是苦的。大概她是想说,即使味道是苦的,也要两个人一起尝,但是说出来便矫情了,于是她与你分半块黑巧克力。"

我听了一怔,我曾以为我是最了解她的人,但是人与人之间隔了多么大的沟壑,我终于连这么明显的意思都没有听出来。

27. 雪　意

过几日便下了雪。

夜里睡不着,在公寓窗前,看外面一天一地的白色。天空是一种暧昧的紫色,大雪覆盖了目力所及的一切,而大如鹅毛的雪片还在缓慢而温柔地降落,天地之间有一种奇怪的红色,像在暗房里的光。

我握着一杯热巧克力,想起一句诗说:燕山雪花大如席,片片飘落轩辕台。

那是某年的冬天,从家里出来,与小叶相约去吃火锅,远远看到一个身影,穿黑色大衣与长靴,一条围巾遮住半张脸,帽子压得很低。她向后仰,倒在厚厚的大雪之上。

我记得她说,迟雨眠——不知道为什么她总是连名带姓叫我,你看天空。我就仰起头看天空,天空是北平特有的冬日天空,看上去暧昧不明,却又暗蓄风云涌动,不知道为什么,看到这样的天空会让人想起很多事,那些被虚掷的夜晚,那些得不到的人,遥不可及的理想,一去不回的年华,以及无法挽回的错误。

我猛然间便有荡气回肠的感觉,便拉住她的手,两人躺在雪上,天空如碗覆下,世界如此空旷,如此大而无当,而我们手拉手在雪地里,又冷又暖,虽然渺小,却感觉安全。

之后我们便手拉手去吃火锅,小叶说,北平冬日最适合火锅,黄澄澄铜锅,红彤彤热炭,白花花羊肉,听起来像小学生学三字颜色词,她不仅吃火锅,还要暖热了酒来喝,且要装模作样吟诗一首,道是:绿蚁新醅酒,红泥小火炉,晚来天欲雪,能饮一杯无。

我便嘲笑她,哪里有红泥炉,哪里有新醅酒,只有小饕两名,顺便勾她鼻子一下。

是那一夜,我们正在吃火锅,就看到邻桌来了数人,其中便有顾良夜。她上前与我招呼,我便介绍小叶给她,之后她便回去邻桌。

那是她们第一次见面,我介绍时只说,她是良人的妹妹,而小叶是我的女友。听起来是何等天青月白的关系,其时我并未察觉之下暗流涌动,也并未将那些破碎的片段记在心上——那一个吻,她穿走的一件白色衬衫,她有时莫测的眼神与话语,偶然的心动,以及后来小叶说起她时的犹豫。

后来我又多次遇到顾良夜。

在路上,或者是在杜康,我们总是遇到,她看上去总是漫不经心,看到我却眼睛亮一亮,与我打招呼。

不知道为什么,后来遇到她的时候我总是独自一人,于是我们一起喝一杯酒,或者吃一顿饭,也有时候去看一场电影。

于是我幻觉我是在与她约会,是否应感到忐忑不安,在何时该拖她的手或者何时该说些暧昧不明的话,何时应在夜风里有一个吻,甚至何时该干柴烈火,两人作一番快乐事。

很多年后,在新港,有时候闻到初开的玫瑰香,我也会想起顾良夜,想起我当时对她到底是怎样暧昧不清的一种情感。

并不像对小叶,像是冬日清晨水晶一样透明清冽的空气,那样干净明确的感情,而是微暖而甜,似有若无,有时候像哥们兄弟,有时候又无法不承认她身上具有女性的诱惑力,如果描述起来,就像她身上永远的玫瑰香气,我并非特别喜欢玫瑰,但是像所有软弱的男子一样,我无法抵挡美丽的女子。

《圣经》里说,不要让我遇见试探。而王尔德说,我能抵御一切除了试探。

是后来我终于知道,抵御不住的试探终有其代价,而暧昧不清的情感则格外伤人。

28. 乔 木

那一场雪大概是冬日最后一场雪。

雪后的新港格外入镜,皆因为哥特式的建筑物深沉肃杀,配合沉厚白雪,有中世纪凝重——十分好拍黑白照的。

我忽然想念起很多人,比如静流,如果他在,必然会在夜间出没,要拍下宁静妖异有如幻觉的雪夜,厚雪扑簌簌从树枝落下,整个世界银装素裹,是琉璃世界,雪上或可轻盈跳过鹿与兔,但不应有人,因为幻觉如此盛大,禁不住一根树枝压断的脆响。

我甚至想念并不熟悉的沈千山,想起她在每个面孔里都画下她的爱人。

那时日,我常常踏雪走到系里,然后是图书馆,然后是小饭馆,然后回家。积雪渐渐消融,便不再洁白,往往靴子踩在泥泞之中——是这种时候才明白雪靴的好处,东岸大雪之际,是有半身可以埋在雪中的时候的,扫雪车扫出一条道,除此之外便是雪墙,又洒了化雪盐,一条小路便积满淋漓的泥水。

有一天,我正坐在斯特林的大阅读室看书,暖气开得足,我正读《逻辑哲学论》。维特根斯坦是在枪林弹雨的一战战场上写出这本书,说起来有趣,据说维特根斯坦曾与希特勒是中学同学。维特根斯坦此人怀有浪漫主义热情,据说他是志愿入伍,在战场上写完此书,他又去奥地利山区当小学老师,后来还曾当过园丁助手,又一度成为建筑师,不得不说过着任意妄为的人生,令我十分羡慕。说起浪漫主义热情,我又想起拜伦,理想主义地一塌糊涂,跑到希腊去解放当地人民,并为此感染风寒而死。

正在胡思乱想,昏昏欲睡之际,手机响了,我去庭院里接电话,原来是女萝,她说她正在纽约出差,开完会之后有半天空闲,于是决定坐上 metronorth 杀到新港来找我玩,我立刻表示新港人民摇旗欢迎她,问她去接她时要不要带彩旗横幅。

赶到火车站时,远远已看到女萝的身影。她穿一身 satin 黑色套装,外套一件浅灰色大衣,却围着色彩别致几何图案的丝巾——这一身看似简单,其实黑色套装剪裁精致,浅灰色大衣一望即知是开司米,而那条丝巾,那著名的几何图案是 Pucci 的招牌式样。

我于是嘲笑女萝穿得人模人样,典型的需要见客的行业,不像我们这些蜗居乡下可以整天穿烂毛衣和雪靴的人。

"呵也亏你看得出,我也是迫不得已几乎要将整副身家穿在身上,所谓先敬罗衣后敬人,这种天气还要穿套装高跟鞋简直就是欺负人啊。话说,迟雨眠,你这眼光之毒到底是跟谁学的?一般只有 gay 才能看出来我这一身是穿掉了一个月的工资……"女萝也不甘示弱回击我。

走近我才看见,她耳上尚有一对黑色大溪地珍珠耳环,一身穿掉一个月的工资,怕是不止。

女萝又说:"工作压力如此之大,人生如此之无趣,天气如此之坏,满街人如此之面目可憎,除了穿好点吃好点还有什么乐趣。"

"你那位长得像波提切利画里面的金发儿呢?至少食之外还有色可以欣赏吧?"

"别提了,最后不也是分手。"女萝说道,一脸满不在乎。

女萝之装束十分不良于行,我们跳进一辆计程车,就扎到一间西班牙小馆子里吃 tapas,喝清爽的水果酒 sangria。

酒到第三杯,我们也叙过别后情形,那时窗外天色已晚。小馆子里有一面葡萄酒瓶墙,隔着墙与玻璃,能看见萧条雪地里偶有来往的人。

我想起上次见到女萝,我曾问她,你曾经说起的那个人,是否叫秦乔木。

当时她只回过头看窗外,特区萧索之清晨,我们相对无语。

酒酣耳热之际,女萝忽然提起:"是,那个人,就叫秦乔木。"一个延迟了半年的回答,让我想起曾看动画短片《星之声》,星际远航的女孩,给在地球的恋人发的短信,需要延迟八年才可到达,八光年之远的天狼星,以光速传递也须八年时间。

"那个人是我青梅竹马的朋友,我们两家是世交,大概是我爷爷与他外公曾经是某知名大学的同学,后来也一直有交往。曾有一度我父母迁到江南,而他们家在北平,但是我出生后又回到北平,两家一个在城南一个在城东,却常常坐好长时间的公车,保持着交往。这些我似乎没有跟你说过吧?"

"确实,你只告诉过我有这样一个人,但是没说你们如何认识。"

"人的记忆有时候真的很奇怪,那时候我才刚上小学吧,我的记忆力并非十分之好,很多事情我都记得模模糊糊,但是关于他的记忆一直清晰如水晶,好像与他相关的事,被剪辑连缀起来成为一部长片,而剩余很多事情被淡出与遗忘。小时候很多时刻像从蒙了雾的玻璃看进去,看不真切,而有关他的情节,雾气消散,配乐与画面都明丽起来,每个细节都栩栩如生。

"我尚且记得第一次见到他,我大概才七岁,我这个人,你也知道,有点过于早熟,七岁之时我就已经很难取悦,糖果与漂亮的衣服都不能使我如何开心。现在看那时候的老照片,上面一个小女孩,看着镜头总是带着怀疑的目光,即使笑里也有不开怀的成分在。那时候我父母带着我去他家,我别别扭扭穿上了出门的衣服,是一件特别粉嫩的小裙子,上面还有小蝴蝶结,那时候我已经近视,却还未配眼镜,因此看东西总有些模糊,经常要眯起眼睛来看才能看仔细,妈妈给我编了两个小辫子,我在镜子里左看右看,觉得自己每一处都不合时宜——我就是这么别扭地出了门,在公车上晃荡了一个多小时,到了他们家。

"呵,见到他时,我也是眯起来眼睛,要将他看仔细。那时候秦乔木是一个十分漂亮的小男孩,比我略高而瘦,皮肤白,眼角略微向上,显得十分清秀,一双眼睛如寒潭里面的围棋子,黑白分明,规规矩矩穿着格子衬衫与短裤,全身上下到处都是那么合适,我看到他便觉得自惭形秽,而他跑过来,拉着我的手,带我去看院子里的花草——拉着那样一个别扭的,扎着歪扭小辫子,眯着眼睛看人的,小女孩的手,去院子里玩。

"后来我想起来,不知道我喜欢他是因为他这样的一点好意呢,或者是因为倾慕他全身上下都是那么妥帖,又或者是因为别扭与早熟如我,其实希望成为他那样完美的少年。

"于是每次我都盼着父母带我去他家玩,或者他父母带他来我家玩——后者似乎很少发生,因为他父亲的腿有残疾,走动起来比较不便。我们在他家住的大院里,他带着我看各种花草,他知道很多罕见的花草的名字,或者是在草地上捉七星瓢虫,装到一个瓶子里,还有时候就躺在草地上,讲一些童话里的故事,或者刚看的小说里的人物经历。

"那时候我看了《哈克贝利费恩历险记》,也渴望讲粗话,住在河上的小舢板上,抽玉米轴做成的烟斗,以及经历各种奇遇,于是我们也拿着树上摘下来的叶子卷成烟斗的样子抽,并且在灌木丛里搭出简陋的小屋,我们躲在只能容纳两个人的,用树枝叶片茅草搭成的小屋里,假装外面有坏人走近,我只看到他一双眼睛亮晶晶的,黑白分明。

"现在想起来,很难不爱上他吧,在那个时候我的世界里,唯一色彩鲜艳的人物,我们分享一切喜悦与惆怅,在学校遇到的不快,偶尔看书看到一个好的故事,我们分享一个名字,他叫我乔,我也叫他乔,我们分享秘密,秘密的地点,秘密的小屋,某朵花在秘密的时刻会开放,秘密的喜恶——我不喜欢某某亲戚身上的气味,而他很讨厌某个阿姨每次见他都要摸他的脑袋。

"我每次都叫他,乔,听起来像'瞧',好像要让他看什么东西一样。而每次似乎都是他让我看什么东西,瞧,路边的二月兰,花坛里开放的银桂,院墙旁的海棠花与合欢花,一路而来的侧柏与小叶黄杨,四月份开放的鸢尾,五月份开放的槐花,每年来筑窝的燕子,在隐秘处会有知更鸟蛋——那是淡青色或者说松石色的蛋,有一种颜色叫知更鸟蛋色,多年后我买了辆甲壳虫车,就是那个颜色。

"后来有一次,我见他时吓了一跳,因为他一只眼下贴着绷带,原来他在玩双杠的时候摔了下来,杆子砸到了眼睛下面,从此他脸上便有一个疤。那时候还小,不知道怎么表达,我痛惜地摸着他的疤痕,似乎比他还在意,他倒是大大咧咧毫不放在心上。

"我学了素描,便让他当模特,我长时间地画他,他耐不住性子要动来动去,我就威逼利诱让他坐好。在几乎虚幻的午后阳光里,空气里尘埃不住抖动,而他的轮廓几乎镶嵌了金边,我着意捕捉他的每一个细节,神情,眉梢眼角的一点一滴,还有他眼睛下那个疤痕,想要将来不管在何处何时,都能凭借记忆画出他的样子——如果之前我只是当作童年一个玩伴喜欢他,依赖他,大概是那时候,这种感情已经发酵变为爱慕了吧。由于他眼睛下面的疤痕,令我有格外痛惜之情,似乎觉得我心目中完满的少年,烧得最好的钧窑瓷器一样的少年,如今有了一点裂痕,也因此更加需要珍惜——呵,真的很难解释我这种心情。

"我画了各种各样的他,以至于最后真的,我闭着眼睛也能画出他的轮廓,时至今日,我拿起铅笔,也能几笔勾勒出他的样子,我至今还保存着当年给他画的那些像,那个不耐烦的男孩的样子,以至于到了中学,严肃而清秀的少年,以至于大学,那个我所爱的人的样子。

"到了情窦初开之际,我已然明白我对于秦乔木是一种什么样的心情,我们的名字也奇怪,正好是女萝托乔木,因此连我们的父母都经常开我们玩笑,说这么好的一对孩子从小玩到大,不如将来结婚吧。那时候我总是害羞假装严肃,而他则是满不在乎地说怎么可能,乔是我妹妹呀。

"那时候我只以为,他也是觉得害羞才这么说。于是只是心里暗暗存着不为人知的爱念,等着我们一起长大。

"是上了大学的时候吧,我再也不是当年那样别扭的小女孩,我考上与他一样的大学,酒瓶底眼镜摘下来换了隐形,也着意打扮自己,想要成为与他相衬的少女。那时候我身边也有了追求者,我依然与他走得很近,两个人一起出没,很多人都以为我们是一对。

"那一天是我十八岁的生日,我上学早,其时是大一下学期,而他已然大二。我决定那一天向他表白,莫名我就相信,他必然会接受的吧,因为他也喜欢着我。我记得我穿一条白裙,仔细将头发梳好,在镜子里照,也觉得是临水照花影。他带着礼物来接我去吃饭,我们吃完饭,在湖边树下,我们并肩走着,湖面浮起一层淡淡水汽,垂柳枝条伸进湖水之中,几乎美得不似人境,其时我便拉住他,低声表白心迹。

"话一出口,不知为何我便觉得肉麻,正有悔意,我感觉到他的手臂忽然僵住了,慢慢转过身来,似乎很为难,他说他一直将我当作亲人与妹妹,最好的玩伴,最好的朋友,几乎是不分性别的,他诚然是喜欢我,但是是当作手足一般的喜欢,如果真的要他将我当作女子来喜欢,他感觉像爱上亲生妹妹一样,有错位感。

"那一刻我的心像乱麻一样,像墓地之上长出了荆棘,疯了一样地生长,覆盖了目力所及的一切,我蓦然想起了很多不相关的事,好像以前听到的童话里,公主在墓地里用蓖麻织成衣服,给自己受了诅咒变成天鹅的兄弟们穿,她的手被粗麻勒出血来,滴在地上。我觉得我身体里的血也被抽离,手与脚都很凉,视线也变得模糊。一切美景骤然退远,世界也与我疏离。

"我便动一动手指,确定自己还在现实之中,又狠狠掐自己一下。然后我抬头看着他的面孔,在月光下皎洁的如同少年的面孔,一双眼睛依然如围棋子一样黑白分明,眼睛下面依然有我熟悉的疤痕,眼睛里却充满着复杂的情绪——痛惜,不忍,爱怜,犹豫与无措,但是哪一种都不是我所渴望的深情,后来我也有数名男友或情人,他们看我时的眼光,是迷恋也好爱慕也罢,想来我从未见他用那样的眼光看我。

"那时我做了件奇怪的事,我伸手去摸他的脸,他眼睛下面小小的像除号一样的疤痕,是有这样一个人,你一直小心翼翼把他放在心上,日日夜夜地念起,又反反复复在记忆里,将所有属于他的片段仔细珍藏,将发黄的片段染色翻新,于是与他有关的一切都历久弥新。是有这样一个人,你熟悉而又陌生,却永远带着雨后空气一样的清新,你把他从小到大的影像都记熟,初见时是怎样的活泼生动,后来是怎样的清秀敏感,现在是如何的温柔宽厚,像是日日夜夜观察一株植物从小到大直到开放。我抚摸着他的脸,是有这样一个人,你用了极为长的时间,一边成长一边爱着他,在你眼中他像寒潭里的玉一样无暇,像雪中横斜的白梅一般疏朗,在你眼中他全无缺陷,是天造地设的爱人恰好被寻到,但是他唯一的缺陷便是他并不爱你。思虑到此,呵,我的一颗心便一下子空了,身子要像初夏夜里放的孔明灯一样飞起,我这一颗心因为爱他而变得苍老,既然他不要,也不能收回,我从此便是一个空心人。

"这之后我的记忆也有大段缺失,大概是不想记起,我不愿意记起我是怎样狼狈回家,又慢慢将伤口埋起来,让它在地下腐烂发酵。然而很久之后去看,我发现即使深深埋起来,它还是发了芽,生长出一棵如同当年我一样别扭的植物,呵,我居然会抱着不求回报的爱,像抱着一颗蔷薇的刺在心上。

"后来我也与他见面,我只要看到他便仍是开心,像最开始一样,我们一起做各种各样的事,谈天说地,吃饭喝酒,闲时去踏青,也一起看一场电影或戏剧。我并不再提那一天的事,他便也不提。

"我依然抱着虚妄的希望,但是他的目光依然像以前一样,清朗分明,没有复杂的情绪——那时候我才明白,那不是看着所爱的人的目光。

"后来我也有了男友,再后来又分手。恋爱也算谈过几回,其时也不算不享受,在英俊的男子臂弯里苏醒,或者是尽兴地与投合的人喝一场酒,听对方说起见闻也十分幽默。被爱之时享有特权,可以随意发小脾气,也被宠溺,无论是用物质如花朵巧克力与宝石,还是用感情如容忍我一切任意妄为。但是终究不似旧时对他那样了,你看,岂有豪情似旧时。"

29. 失　忆

女萝讲完这一段,似很累,我也并未打断。

"很多时候,在各种情形下我都似看到他,街角滑过他喜欢穿的风衣的影子,看到小男孩穿格子衬衫也是他,闻到一款熟悉的须后水味道也是他,在酒馆喝一杯龙舌兰也是他喜欢的,看一本书也想起他的话语,看一个电影也有他喜欢的演员。他似乎无处不在,后来我听到那首歌,说'茶没有喝光早变酸,从来未热恋已失恋,……你的衣裳今天我在穿,未留住你却仍然温暖'。我像是将关于他的一切当作衣裳穿着,以保持体温,这样才不至得了失爱之症,寒冷而死。

"可是我从未梦见他。我想起前段时间看到有人集句,当然大多都是万能下句,无论什么都是一句'一枝红杏出墙来',很有喜感,比如'停车坐爱枫林晚,一枝红杏出墙来',再有'两情若是久长时,一枝红杏出墙来',很反高潮,但是有一句集得却好,说是'夜深忽梦少年事,唯梦闲人不梦君'。"

女萝讲完,我们又沉默喝一回酒。我提议换个地方,便走到雪夜萧条的街上,扑面是寒冷清新的空气,路灯昏黄晕出一圈微末的光,女萝高跟鞋敲在泥泞石子路倒像在十九世纪的伦敦。我们快走几步到附近一家书店咖啡馆,要香甜的热巧克力来喝。

这时女萝心情也渐渐变好,说起话来口吻也轻松,她说:"呵,即使这样也没有来个殉情之类,我只是明白世间有求不得这回事。你看我也不是不享受人生的,尤其是发现物质享受确实能安慰受伤心灵之后。"她故意作个西子捧心状,我笑起来称是。

"物质享受虽然到头来也是一场空虚,但是有时候也是不可或缺啊,比如说天寒地冻,这时候如果有暖热壁炉,手边有陈年威士忌可喝,也可以在昏黄灯下回忆当年或者写写小说,这时候即使当年满是恨事,也是一种愉悦的悔恨。而即使老至耄耋,有柔软床铺,与热量奇高但是味道奇好的热巧克力喝,也觉得人生尚可维系吧。如果同样是失恋,我宁愿华美地在文德米尔湖畔可以看到水仙花的房子窗前忧思,而不是在简陋的小屋里发愁吧。"我说。

"你是否试过,因为关心某人过甚,关于他的一切消息你都愿意知道,而他所说的一切话你都忽然感兴趣?不管之前觉得多么无聊的事,都会认真听并记得清楚?我称之为中毒。"女萝说。

"我当然知道,"我苦笑道,"所谓记得绿罗裙,处处怜芳草,何止是她的消息,连跟她相像的人,与她有关的事,都会选择性注意起来。你可知道鸡尾酒会效应?在鸡尾酒会的嘈杂之间,大段对话可从耳边流过而毫不在意,可是如果远处有人提到自己的名字,就会一下子注意到。我就是这样。在书店会一下注意到她喜欢的某某作家出了新书,在餐单上会立刻看到她所爱的甜品,在街上看到穿白衬衫的短发少女就想到她,有时候看到一件衣服会想她能将它穿得多么好看,而衣香鬓影之间,如若有她曾用的那款香水,我会立刻觉得心酸眼热,以为回头便可看到她单薄的身影。"

女萝笑道:"那你我都算长情的人吧。我年前曾回国,自然又见到了秦乔木,他身边大约也换过几人,与我一样。其实我们只是青梅竹马,又非分手的恋人,见了面也不算多么尴尬,我有时想,果然是未曾热恋便失恋,我连一个肝肠寸断的立场亦没有。我们一起喝酒聊天之时,他提到一个人,叫做徐意迟。"

"徐意迟？我认识他的，他是一个很有趣的人。"我说，"我当时会问你那个人是否秦乔木，我知道秦乔木这个人，便是从徐意迟那里。我是觉得他感觉跟你说的那人很像，才问你是否你说的便是他。"

我并没有说出当时听到夜里女萝叫他的名字一事，女萝说，我从未梦见他，想来是她醒来时从不记得吧，得不到的，即使在梦里得到了，或许也要选择性遗忘，以免醒来格外惆怅。所谓觉来知是梦，不胜悲。

"我也猜想是这样，世界那么小，秦乔木提起徐意迟，描述起他的学校与年纪，我就想这么精彩的人在你们学校，你大概是认得的，结果一问果然，徐意迟也对秦乔木提起过你。"女萝说。

我于是向她说起当年与徐意迟的交集与他之种种，包括他提到选择性失忆，以及与秦乔木重新相识的经过。

女萝听了说："秦乔木也对我约略说过他的事，包括他与那块疤痕的关系。秦乔木似乎很在意徐意迟这个朋友，后来也一直保持着很好的关系，不过他说起一件关于徐意迟的事，说是既然你认得迟雨眠，不妨讲给他听。"

人与人之间关系真是奇妙，我从未曾想到可以得知徐意迟当年遗忘那件事的真面目，而且居然是从一个完全意想不到的来源，通过秦乔木然后又通过女萝。

"你还记得徐意迟当年钥匙链上有一个竹做的猴子么？"女萝开始转述秦乔木告诉她的故事。

"记得，他说他对那件东西有种奇怪的感觉，因此常常带在身边，希望什么时候能想起到底自己遗忘了什么，与那件东西有关。"

"结果真的，有一天他遇到了一个人，是朋友的朋友之类的吧，而那个人看到那个小猴子就变了脸色。后来徐意迟才知道，那个人当年曾有一个女朋友,喜欢用竹子做一些小动物来玩,而后来,那人要与她分手,她竟自杀而死了。

"而那时回忆再次如同江潮决堤一般汹涌回到徐意迟的脑海之中,他蓦然知道了为何他会将那一段相关的往事忘却。

"徐意迟小的时候,曾有一个远房表姐,大概比他大十岁,于是当他八九岁之际,她正好是十八九岁的年华。她对他很好,会跟他一起玩,借他书看,跟他讲一些没人说过的话,从不把他当作孩子对待。那个表姐喜欢用竹子做小动物,曾经用竹子做了这个小猴子,给徐意迟玩,那个猴子最初是用线穿着双手在一个弯曲的弹弓上,弹弓一弯就可以翻起筋斗来。"

"啊,难道他的那个表姐就是自杀的那个女孩子?"我心里一颤,顿时明白为什么这段往事会被忘记。

"是啊,我觉得从秦乔木的描述里,大概徐意迟是很倾慕他那位比他年长很多的表姐的。后来表姐有了恋人,偶尔也曾对徐意迟诉说,她的情绪如同过山车一般,随着她的恋人而起伏,时而高亢时而低迷,而到了最后,终于一个巨大的滑坡,过山车出了轨,她一颗心摔得血肉模糊。

"那时徐意迟还小,不太明白到底发生了什么事,只觉得对自己好的那位姐姐,越来越苍白,常有哭过的痕迹,虽然说话仍然很温柔,但总是神思不属。他不知道怎么安慰她好,只好更多地倾听她说那些他不懂的话。

"有一天,他又去找姐姐玩,拿着姐姐给他做的那个弹弓上的小猴子,走到姐姐家门口,只看见门是虚掩的,他推门进去,四处也没有看到人,那时候姐姐的父母都去上班了,应该只有姐姐在家。他忽然听见有滴滴答答的声音,像是滴水,他以为是水龙头没关好,便去卫生间查看。

"他推开卫生间的门,便看到令他全身血液如同抽空般的一幕——他喜欢的姐姐斜倚在老式浴缸旁,一只手臂垂落在浴缸里,正在滴滴答答向下滴血,而浴缸里全是鲜血。他止不住地尖叫起来,用手拉断了弹弓和猴子,弹弓落在地上,而他将猴子紧紧握在手心。邻居听到他的叫声过来察看,但是他的姐姐已经死去多时了,后来他父母来了,好不容易才能止住不断叫喊的他,将他带回家。他仍然死死攥着那个竹猴子。

"之后他大病一场,病好之后,却仿佛完全忘记了那件事。他父母小心翼翼查问,却发现他受刺激过深,将关于表姐的一切都忘记了。徐意迟说,这大概是他选择性失忆的由来,从那时起,他便开始执意忘记一切令他不快的事。而偶然还会有断片遗落,像那只小猴子,他多年后看到它,总感觉有什么重要的事与之相关——你看有些记忆,即使是逃也是逃不掉的。"

我长叹一口气,说:"真想不到原来是这样,也真想不到会是你来告诉我当年这件事的来龙去脉。"

"是啊,我也觉得人和人之间的关系真是千丝万缕,你知道那个听起来很不可思议的六度关系理论? 就是说世界上任何人与任何人之间只隔着六个人,A 与 B 可以是任意两个人,但是 A 认识 C,C 认识 D……G 认识 H,H 又认识 B,兜兜转转又回来了。"女萝说,"然后呢,徐意迟某次与秦乔木说起此事,又说起他认识一人叫迟雨眠,曾经问过他关于那只猴子的事,可惜后来他与迟雨眠也失去联系,如今也不能将这故事讲给他听。而秦乔木告诉我这件事时,才知我竟然认识你。你看,兜兜转转,竟然是我将这件事的谜底说与你听。"

30. 乡　愁

世界上到底有多少巧合？

就像女萝说的，兜兜转转一圈，谁都认得谁，谁是谁的心头好，而谁又爱的是谁，谁为了谁遍体鳞伤，而谁又毫不在意。感情也是有食物链的，有时这个食物链绵延很长，又有时不巧形成了回环，还有时候是一个金字塔形，人与人之间的关系，本来就错综复杂，世界上没有比人的感情更复杂的事情了。在食物链顶层的人，必然受伤害较少，但是也必然比较孤独——因为爱得浅些虽然受伤害少些，但是一生人未曾在爱之中没过顶，未曾因爱屏住过呼吸，未曾看到一个背影便喜悦，未曾在爱时看见闲花野草也开怀，未曾在失爱后连声色气味亦惊心，未曾多年后看到她名字那个字便浮起大片大片温柔的惆怅有如乡愁，总是遗憾。

多年前，当我还谁都未曾遇到之时，女萝和我有这样一段对话。

"你是否相信世界上有这样恰好的一个人，你想起他来莫名会心酸眼热，即使你得到了他他就在身边也一样。他不一定多美好多适合，但是他每一微小细节无论优点缺点你全部都喜欢，就好像很久之前你在雪地里躺下，躺出一个人形的印子，然后有一天你又遇到这个印子，与你契合得完美无缺，天衣无缝。你相信有这样一个人存在么？"女萝说。

"如果有这样一个人，我是否对她来说也是这样的一个人呢？这事儿投机性太大了，不适合我。按几率算，乘法定律，两件不相干的事儿,她爱上我,和我爱上她,如果各自是百分之一的几率,乘出来也有万分之一了,不靠谱。"我笑着说。

她沉吟一会儿:"你会不会因为太累了,随便就停下了,于是再也遇不到他,或者这一辈子就遇不到他,也不能爱上别的人。或者你由于相信有这样一个人存在,但是一直找不到他,所以任何时候都不能尽兴,笑的时候也要先将嘴角向下。或者你找到了他,然后失去了他,由于失去他而万念俱灰,而这一生再也感觉不到阳光的热度。你觉得你是哪一种?"

"我一定是平庸的那一种,就是最后结婚生子,从来也不会去想所谓绝对的人。你不觉得很残酷么? 如果你说的这种情况,在一个人已经有了伴侣的时候发生。什么叫做 love conquers all,又有什么理由去伤害另外的人? 我最讨厌那种以我们崇高的爱为理由不惜一切伤害别人的人了。呵,崇高的不顾一切的爱,多可笑。"

女萝忽然长叹一声,说:"呵是,你并不知道世界上有身不由己这样一回事,而有一种人,在内心深处会从尘土里燃起火焰,一不小心便会将自己焚毁。而这种事,它发生之前,你并不相信它会存在。"

那时候我并不相信要燃烧自己才能实现的爱,毕竟,谁又是要高温才能烧好的瓷器呢,我们在世间不过是一个又一个凡胎,未经烧制的陶土,没有女娲度一口真气。是在后来,小叶离开之后,我才知身不由己是怎么一回事,才知道有这样一个人在身边像雪后的清晨一样可遇而不可求,而所有可遇不可求的事,一生中发生第二次的几率才是接近不可能。而每当我想起她,便有温柔如雾气蒙上双眼,便有悔意如鸟群惊飞,我所有的惆怅都只有一个名字,叫叶阑珊,她就是我的乡愁。

31. 夜　别

有一天我在家中看书,泡了一杯碧螺春,从李渔《十二楼》看到张岱《陶庵梦忆》。

李渔其人有趣,写得出《闲情偶寄》,老来并有戏班与美貌伶人当红颜知己,小时候看《十二楼》《连城璧》是当咸湿故事看的,最好是雪夜读禁书。他在金陵的芥子园,有轩名字好,叫浮白轩,又有月榭,一副楹联很趣致,"有月即登台,无论春秋冬夏,是风皆入座,不分南北西东。"

而张岱其人亦相似,"少为纨绔子弟,极爱繁华。好精舍,好美婢,好娈童,好鲜衣,好美食,好骏马,好华灯,好烟火,好梨园,好鼓吹,好古董,好花鸟;兼以茶淫橘谑,书蠹诗魔。"旧时文人都是幸福的,有闲情兼以才情,便可将时间花在写戏本,泼墨写诗,对月对花,载歌载酒,研究何处泉水最适合泡何种茶,怎样伺花弄草,盛夏的荷花与冬日的白梅适合从哪一角度欣赏,配什么茶什么酒以及什么人,还有在雪夜载舟度重湖,去看一场雪,或者踏雪寻一个人。

然而六朝繁华七日散,我喜欢张岱也是因为他一生从繁华至苍凉,他也写,"想余生平,繁华靡丽,过眼皆空,五十年来,总成一梦。"

陶庵里我最喜欢《朱楚生》,昆山腔女戏朱楚生,"其孤意在眉,其深情在睫,其解意在烟视媚行",是我读过写美人最好的句子。又写她凝坐神驰,一往情深,泣如雨下,终以情死。寥寥数语,写尽一生。

又喜欢《湖心亭看雪》,雪夜不知归,独往湖心亭,水与天云与山同色一白,天地间人如芥子,而能恰遇痴人同道,浮三大白,是人生乐事。

那一年也是一个雪天——不知为何那一年的雪那么多,那是春天来临前最后一场雪。刚过午后雪就纷纷下来,像离别的蛋糕糖霜绵密甜美又伤感,我正坐在窗边与小叶喝一杯酒——酒是小叶带来花雕,她加桂花温热,味道绝佳,我们相对无语看窗外大雪将天地化作一色。

"前人写雪总是有好句,快下呢是晚来天欲雪,看雪呢要载雪过重湖,下雪呢是乱云低薄暮,急雪舞回风。有些又不是写雪,说塞北花,江南雪,其实是说世间好物不坚牢,而最动人一句是青山原不老,为雪白头。"小叶说,"写酒也好,有诗酒趁年华,也有遇酒且呵呵。而最好的又是写人,琴诗酒伴皆抛我,雪月花时最忆君。"

她凝视着窗外,又说:"这样的日子,总觉得有什么要发生,而又有什么事再不去做,就没有机会了。"

她那天话特别多,也是后来想起来,才明白她是为了掩饰逐渐失控的情绪。也是她已经作了一个决定。

小叶说:"我们去景山吧。"

我已经习惯她的心血来潮,我们便坐地铁去了城里。到了景山公园已经快关门,雪下得更大了,游人很少,小叶带着我快步爬上山顶,到了万春亭。

其时暮色四合,纷纷雪片将脚下的禁城淹没了,故宫的红墙在一片灰白之中有种萧条的美,街道之上来往的车灯将暮色划开,雪还是不停地下,雪花落在小叶的鼻子上,静静融化了。

小叶说:"作为一个北平长大的小孩子,小时候我们春游经常就是那些地方,北海,景山,故宫,天坛,乃至香山。我记得第一次爬上景山,到万春亭也是一个黄昏,夕阳西下。整个禁城在脚下铺展开来,视线可以去到极远,而故宫回环的红墙与重重累累的琉璃瓦在晚霞之中是多么美多么肃穆,几乎让人落泪。那时候脚下分明是川流不息的烦嚣尘世,我却有一种静谧至死的错觉。呵,那时候我就想,将来我一定要与我爱的人一道来看这美景,看夕阳下的禁城。"

她停了一会儿,说:"真可惜,下雪了,什么都看不清了。"

我们从景山出来,小叶又非要在厚雪中走,她穿着靴子冻得直跺脚,雪已没过小腿,我们一路走,一路发出咯吱咯吱的声音。

她轻轻哼一首歌,我听仔细了,她唱着:"当天整个城市那样轻快,沿路一起走半里长街",过一会儿又换了一首歌,熟悉的歌词说:"你是千堆雪,我是长街,怕日出一到,彼此瓦解"。

我们一路走到了故宫西北的角楼,护城河向两方绵延而去,那时角楼开了灯,层叠的屋檐与廊柱纷繁复杂,是照亮了的琉璃世界,在落雪之中像一个小小的幻境,倒映在护城河面上,美得不像话,又莫名有着风起云涌的错觉。

我想起某天午夜也是小叶要去看故宫,看了之后说,真美。可是那一天她什么也没有说。

是在回家路上,她才说了一句,雕栏玉砌应犹在。说完长叹了一口气。

然后她静静说:"迟雨眠,我要离开你了。"

很久以前我看过一本杂志,里面有一幅照片,粗糙石子地上爬了一地的紫色花藤,配了寥寥几句话,说,她走了,没有一句话也没有带走一件东西。

那时我脑海里莫名便浮现出那幅照片,小叶虽然在我面前,却似变得很远。

我回头又问她:"你说什么?"

那时我才发现背对着我的她在发抖,便想上前抱住她,她却将我推开。

雪下得好大,已经过了立春,那该死的雪却下个不停。

我还未回神,她已快步走了。

在一天一地的白色之间,我们渺小如同芥子,却不能彼此安慰,她越走越远,单薄的身影逐渐被一天一地的雪片所埋没。

我站在雪地里失了神,一句一句想起她说的话。

是啊,雕栏玉砌应犹在,只是朱颜改。

我的朝代也变换,从此到了失爱纪。

32. 崩　坏

事情是怎样发生的呢？

一切事情看似简单，也许都能追溯到很久之前。古时候人热爱以天上的异象来占卜要发生之事，在万事万物之间寻找联系，像是星辰坠落表示圣人的衰亡，而西边山头盛夏落了雪，东边国度便可能有战争之祸，而若什么奇珍异兽出现，可能是吉兆也可能是一个王朝衰落的开始。古人矢志不相信巧合与偶然，而是相信任何突兀的奇事背后都是对现世生活的隐喻。

所以事情是怎样发生的呢？一段感情的腐坏，像一棵树一朵花乃至一个王朝的衰败，可能是从最初就开始，命运一早埋下伏笔，可能是在一条快要干涸的河边，可能是那个夏天本就多雨，也可能是从头便留下了战火的隐患，而那些所谓的征兆，不过是反反复复提醒一个必然的结果。而感情像世间一切的好物一样，彩云易散琉璃脆。

事情就是那样发生。从最初便埋下危险的种子，我没有安全感，也无法给予她安全感。我任性爱自由，以为她也任性爱自由。我感情暧昧不明，要到她离开之际才懂得我深爱她。我个性优柔，无法轻易言爱。我以为她与一般女子不同，甚至可以与她讨论对别的女子的好感，但是我还是错了，由爱故生忧怖，希望占有对方的全部身心，希望不断得着印证，若无印证便要神驰心碎。

我一直在进行一场与自己的角力，忘记了她也是这场游戏里的一员。

而顾良夜只是一根导火线。

是那一段时间,我与顾良夜走得很近,小叶也听到一些传闻,她还故作轻松与我调笑,我却没有在意,对她坦白说我与良夜经常一起玩,我甚至漫不经心提到,你还记得我说过那年情人节我吻过一个女孩子?那就是顾良夜。当时小叶背着我坐在桌前,我看见她的背微微耸了一耸。她应了一声哦,什么也没有说。

而真正改变一切是在那一天吧,我与小叶相约去邻校看某出戏。

那一天不知道为什么小叶来晚了,我在邻校的礼堂门口等她,不期然又看到顾良夜——也是后来想起来,才觉得那一段时日我"巧遇"她过多了一些,她是故意出现在那里的吧。她上前与我说话,并熟络地挽住我的臂。

是那时小叶看到我们。

我并不觉得多尴尬,以为小叶并不在意。但是小叶却一直看着顾良夜——不是她的脸,而是她身上那一件白衬衫。

是小叶离开我之后,我才将一切想起——那一件白衬衫是良夜那一天晚上从我家穿走,我有无数件白衬衫,因此完全没有放在心上,但是细想来那件白衬衫领子处有点特别,有白色丝线绣出云纹,那是小叶送我的第一件礼物。

那一晚小叶话特别少,那出戏冗长莫名,枯燥至不可思议,而她竟然没有抱怨。我感到无聊,过去握她的手,只感到她手冷冰冰。

也是后来我再细想,另一些细节才渐渐清晰——良夜分明是故意穿那件白衬衫,而她也知我在等小叶。

可惜当时我一无所知,那些微小的情绪变化被我全盘忽略。

那之后,小叶的话开始越来越少,看着我之时常常欲言又止。

终于到了那个雪夜,她下定决心要离开我。

去景山之上看禁城,在她是为了了结一个心愿吧——与所爱的人一起,在山顶,看夕阳之下的故宫。心愿了结,她便转身离去。

呵,对待感情,小叶也未尝不是一个亮烈的人。她不愿意要我去解释,也不愿意纠缠于一段已经开始让她伤心与不安的感情之中,她不愿意臣服于爱而变得卑微。

后来她便去了德国。

我几次试图找到她,她却一直在躲着我。

直到她临走那一天,我终于辗转问到了她的航班号,便去机场追她。

我记得我苦苦求她不要走,而她问我,你知道什么叫做"他生未卜此生休"么?她离我那么近,但是我却不能以一个娴熟的姿势揽住她的肩头,也不能紧紧抱住她说我们再也不分开,我只能把她那一时的形象一个像素一个像素印在脑海里,好在后来无数夜里反复播放,她咬着嘴唇,眼睛里有喑哑的火,她的整个身体都在抗拒我,她说她不能不爱我,却也不能不离开我,她说爱我已令她失去自我,她已经没了顶,已经是死了一回的人。然后她问我:"迟雨眠,迟雨眠,你知道什么叫做'他生未卜此生休'么?"

我已憔悴至脱形,我看着她,觉得失去她是不可想象之事。我从未对她言爱,那时却说出口,我反复求她留下来。

是那时她与我立下约定,她说:"迟雨眠,此生我已经对你死了心。你不爱我,你也不爱你自己,你不懂得如何去爱人,你不在乎任何人,你甚至不在乎你自己。你对任何事任何人不能全情投入,你永远疏离。你不懂得直见性命这回事,你生命里只有大大小小暧昧不明。你害怕受伤害,因此从来不能全情付出。你的世界里常年落雪,就像你小时候那个雪天,你觉得世界上只有你一个人……如果有一天,在另外一生里,你能真正明白别人的喜怒哀乐,也许我们能回到从前吧。"

我便对她说:"记得么,记得我有收藏别人故事的习惯,我会努力去体会他们的喜怒哀乐,我会继续收藏下去,直到有一天,我收藏到足够的人,我会把他们的故事都讲给你听,你要等到这一天,好不好?"

她点头,转身上了飞机。

我们便是这样立下了约定。

33. 别　后

新港春意渐浓。

有一天,我像冬眠的熊一样,走出山洞,感受身体机制正在恢复到上一个秋天那样,血流汩汩充满了生机,声音颜色都变得鲜明,反应与记忆都在回复旧观。于是我抬头一看,看到树梢的紫玉兰正在含苞待放,路边的黄水仙正在次第开放,想起前人说:陌上花发,当缓缓归。

新学期开始了一段时间,是一个周末。

我抱了笔记本,去研究生院的庭院里,选了张长椅坐下。

在新歌特建筑的四周环绕下,这个庭院里满地绵绵的青草,灰色石头墙下,有层层花树包围,数棵白玉兰已经即将开败,而紫玉兰正在盛放,一树森森的紫色花朵,在青空之下层云般泼剌剌披将过去,我坐在树下看,觉得它们美得令人心生敬畏。

世间是有这样诸般好物的,它们按时盛放按时凋谢,并不是为了被人欣赏歌咏,它们存在的本身便是意义,它们与我们同时生存在这个世界上,便是一番好意。是后来的人看到花开花谢,始有称颂繁美的吟咏,乃至所谓物哀的矫情。

我拿出纸笔,用笔记本垫着开始写一封长信,写了一半,抬起头,便看见一朵紫玉兰缓缓落在地上。

于是我也免不了矫情地想,人类总以为自己可以掌握自己的命运,是过度骄傲呢,还是对自己能力的认识不足?

那一次,也是一个春日吧。是去国之前最后一个春天。

那时我已经上了研究生,正在为了一个交流项目奔走,那时候彼岸学校的接受信已经寄到,而最后的资金也要到位,还有最后一些手续需要确认。由于我的学籍问题,又由于汴大一些复杂的规定,我奔走于系内和学校教务之类的办公室之间,搞得焦头烂额。

那天我背着一书包各种各样的证明材料,被一个办公室踢皮球到另外一个办公室,走在学校的湖边,步履烦乱,心里烦恼重重。

也是猛地一抬头,我看见湖边的树上,枝叶正在抽芽,小而卷曲的嫩叶,像一个个秘而不宣的告白,湖边行过一棵棵的树,仿佛都在吐露初衷。

于是我也像是冬眠的熊一样,感官五觉渐渐随天气回暖,冰雪消融,四肢回复灵活,声音与颜色逐渐变得鲜明,终于感到迎面而来是微凉的酥风,而鼻端闻得青草香带着淡淡花香,湖水的腥味,眼前的色彩也渐次展开,从湖水的深碧,到天边淡淡一抹胭脂色。我又渐渐变得从容。

这时后面有人叫我,我回身看到一个人匆匆向我走来。

是久安。

那时我已经很久没有见过久安。

自从小叶离开之后,我跟很多人的关系都生疏了,很多之前我常去的地方,也很少再去。我不再去杜康,也很少去久安他们学校,我与久安已许久未见。

久安还是原来的样子,我本来以为看到一个很久没见的人,会有生疏感,却发现幻想的冰层在见到他的那一刻瓦解了。他还是清清爽爽站在风里,清朗的脸上带着温和的笑意,唯一的不同是头发长了,柔软地垂过眼睛让他看来有些莫测。他穿一件简简单单的白色 T – shirt 与黑色长裤还是无比好看,只 T – shirt 上用法文写着:假期或者死。

我忍不住笑,说:"你最近做什么项目做到想死?"

"最近为五斗米折腰越发严重了,资本家太无情了,整天在我们身上榨取剩余价值,最近还有个竞赛,我业余时间还得搞竞赛,简直生不如死,所以穿件 T-shirt 来泄愤,还不敢大摇大摆写中文或者英文,偷偷摸摸写个法文,希望看懂的人少一点,你看,多么猥琐。"

"人生么,就是从纯真到猥琐的过程。"我笑说。

久安拉着我向西门走:"话说我有多久没有看到你了?来来来,怎么咱们也要去喝一杯,最近我喝咖啡已经把胃喝到要穿孔,咱们去喝粥如何?"

于是我们就向校外一间粥铺走去,坐下要了海鲜白粥,白粥煮到米粒融化,有粉嫩的蟹肉棒和虾,白玉一样的滚刀切鱿鱼和鱼片,青翠的葱花和炸香的蒜粒,热腾腾一大碗上来,看着就觉胃里一暖。

"哗,我觉得我要被救赎了!"久安叫服务员,"再来一碟桂花糖藕!"

我学他语气:"老子嗜甜,要把损失的脑细胞都补回来,恶狠狠地吃,店家,再给上三斤面饼一斤牛肉!"

久安笑到死:"您丫怎么从小姐转到了郭靖?连面饼跟牛肉都出来了,还论斤……唉,话说中国食物真有救命之效,而且我还真长了一个南方胃,这下最近被咖啡摧残地胃给找补回来了。想当年我们在法国南部一个小地方圈起来做竞赛项目的时候,你想法国南部什么地方,按说美食多得足以打动一整个排的小资男女了吧,刚吃也确实觉得不错,后来我到了闻见芝士气味就想吐血的地步,真是没办法。"

"你什么时候去的法国南部?"

"刚毕业那会儿啊,说起来,自从毕业我好像就没见过你了,真是,之前你经常把杜康当家那样跑,之后就再也不来了,真是无情啊?"

我故意避而不谈,说:"真的,你毕业也这么些时候了,现在在做什么?"

"还不是给资本家做牛做马,去的那间事务所是上学时候就实习过的,一直也在跟他们做项目,毕业就直接过去了,然后还被拉到法国南部大村子里做一个竞赛项目——其中一个资本家在乡间的别墅,到镇子上唯一一个邮局都得开车二十分钟,你说狠不狠?"

"你们老板是法国人?那你还穿这个 T‑shirt,是为了专门示威么?"我笑。

"呵,今天老板不在。"久安眨眨眼,"唉,说是为五斗米折腰,毕竟也做了些自己喜欢做的事,但是后来发现五斗米跌得太厉害,而房价却涨到匪夷所思地步,太祖要是有灵,该颔首微笑了吧——终于达到赶英超美了,在物价上赶超。"

我笑到死,说:"自从我发现我每月研究生补贴连租一个公寓的厕所都不够,我就放弃抱怨了,再抱怨,就该说,等死,死国可乎了。"

久安夹一块糖藕,痛快喝一口白粥,然后假装作掐指算状,说:"嗯,这么说,我每月收入还不够买一个公寓的厕所,得了,我还是把钱存着出去玩好了,太伤自尊了。"

我们胡乱聊了些最近发生的事,市面上并没有什么新事,认识的人大半毕业后打了一份苦工,或者申请出国了,也有像我这样继续在学校读研,从新生一直读到"防火防盗防师兄"的那个大师兄。悲惨的遭遇倒是举世皆同,我们谈起学校里辗转认识的某某因为毕业找不到工作而跳了楼,我表示十分不理解,久安却说:"你不明白,是有抑郁症这么回事的,而且你觉得忍一时将来大好日子哗哗地来,但是人家说不定倒是更聪明,明白根本就没有'好日子在将来'这么一说。"

呵,我便说:"你何时变得如此悲观了?"

"不是悲观,"久安说,"不知道为什么有时候我会想起一句话,说,向上的路和向下的路并无不同。你明白么,就是我觉得其实你觉得不能理解的事,也许在那个人来说,确实是最好的选择。当然,我不是说我有自杀倾向或者鼓励自杀,我也觉得自杀真是亲者痛仇者快——你反正也整不到害你成这样的社会,只能让父母伤心,但是偶尔我也想,如果抛下一切,轻飘飘就这么走了,忽然我也有种松口气的感觉——你说我们这一代怎么了?好像物质生活比几十年前丰富了,也没有各种运动搞得人家破人亡,不会吃不饱饭,但是精神上似乎更加无所依托了,要从幸福感来说,说不定还不如几十年前那些人。"

"呵是,几十年前呢,也没有太大的贫富差距,大家各司其职,没有一种烧灼的欲望要向上爬,赚更多钱,过得更好,大家也有信仰——信仰的也许不是党派或者宗教,而是相信这个社会与生活的正当性,而不像现在,我们满满全是怀疑与浮躁,大家争先恐后向前赶,却不知道要追赶的是什么。也许是更多的金钱更高的地位,或者这种金钱地位带来的在一个不算稳定的社会一个并非战乱却依然动荡的时代里的安全感,但是这一路行来,大多数人却没有闲暇享受生活也没有闲暇思考自己真正想要的是什么,这一生是否有非做不可的事,同样是这样短暂的一生,是否应该做出什么令自己不悔的事,说矫情一点,就是令自己生命有意义的事。"我说,"啊,其实我一直认为生活本身就是其意义,但是到底只能活一辈子,不能浪费了是不是?如果你努力了一辈子得到了 A,却发现自己真正想要的是 B,这不就跟去错了渡口上错了船一样?还没有回头路。"

"那天我看了一个故事,说实在的,不知道是真是假,但是还挺感动的。就是说有个人在一个很小的海岛,穷尽一生的时间将那个海岛变成了一件他的作品,在珊瑚礁岛上造了一个迷宫,且从空中看,那个迷宫还是非常漂亮的一只展翅的鸟的形状——那个人有生之日没有人知道他做了这么一件事,估计是个很孤僻的人吧,直到他死了很久之后,才有人发现了他在岛上的作品——你看,他也并非是为了让人欣赏,每次想到这个故事,我就想,他心底到底是有怎样的欲望,才能一个人默默地搭建起那么复杂的迷宫,其完成就是目的本身,不是为了证明什么也不是为了炫耀。后来呢,他的尸体被发现的地方就是迷宫正中央,他一定是在要死去的时候,很满意地走到了迷宫中心,欣赏自己的作品。"

"这也要有钱有时间,"我笑说,"你看人家梭罗在湖边盖间自己的屋子,遵循一种最少化自然主义的原则,用的材料有些也是重复利用的,列了一张当时二十几美元的单子,但是你现在想在湖边盖间自己的屋子,先得有块地,哗,那就得是有钱人干得了的勾当了。在一个富足且福利好的国家,做很一般的职业,不需要受教育程度很高或者很辛苦,就能过一份自己想要的日子。而现在我们终究是在一个有阶级的社会,比几十年前的更加有阶级,有随随使可以买十几套公寓的,有我们这种抱怨一月工资买不了一个卫生间的,也有一个月工资不够我们一顿晚饭的,还有吃饱上学都办不到的,你说这能一样么。"

我们欷歔一阵。久安叫了一壶桂花乌龙茶,索性开始喝茶说话。

"说起来,我们都是走的规规矩矩的道路,一路从小学努力读书,上好的初中,然后考好的高中,考上最好的大学,然后毕业忽然发现,以为自己是顶尖儿的了,其实还是廉价劳动力。"

"呵,有人说了,一年牛津剑桥毕业的都有几千人,我们算什么,最可怕是上着大学就忘记了自己想要干什么了,顺顺当当找份专业对口的工作,将来顺顺当当背上房贷,娶了老婆。或者出了国,过着一房子一老婆俩孩子俩车一条大狗的生活。"我说,"不过,那已经算幸福生活了吧?最开始大家都以为自己很不凡,后来发现同样以为自己不凡的人成千上万。也许努力要做成某件事——不管那是件什么事——也许就是为了将自己区别于成千上万的人,意图从时代滚滚的洪流之中脱出。"

"是,也有一些人,他们满怀希望要做一件大事改变这个世界或者这个时代,改变更多人的命运,但是很多年后,发现他们也只是命运洪流里的一枚棋子。回头看去,该说是尴尬呢,还是因为他们实践了自己的理想,依然是可尊敬的呢?即使结果与他们设想的不同。"久安说。

"说来说去,世间并无新事,所以不要想怎么脱众而出,你做过的肯定都有人做过了,你看在荒岛上造迷宫其实早在希腊时代不就有了么?米诺索思迷宫,还有怪兽的……还是好好过日子吧。"我笑说,"不过我们真的知道自己想要什么么?"

"呃,您丫刚才提出的是世界难题好不好,"久安说,"我们从哪里来,我们是什么,我们到哪里去,以及,我们想要什么?"

我们喝一阵茶,这家粥馆颇为精致,用小小红木茶盘,一套小青瓷茶具,小茶壶茶海,矮矮的杯子与细长的闻杯,瓷色是发蓝的天青色,以前汝窑瓷那种颜色,热水是在紫砂的电热水壶里烧着的,人参乌龙里加了桂花,又有香味,又有回甘,喝完神清气爽,会恍然以为自己是在江南的夜晚,一树桂花下看着月亮。

"说起来,我们这些人也算星流云散了,"久安说着,不禁欷歔,"据说静流南下去了广州,给当地一家有名杂志拍摄照片,而徐意迟出国之后,千山毕业之后也出了国,似乎是去了法国,她并没有再跟我们联系。这样 Le sable mouvant 也自然就解散了。毕业之前我去了公司实习,也不再在杜康打工,原先的很多人也慢慢淡了联系。"

久安顿了顿,似乎在考虑是否应该说出来,"其实我一直觉得静流喜欢千山,但是你也知道千山对徐意迟是什么感情……当年徐意迟出国之时,我总觉得他们是发生了什么事,本来徐意迟是打算毕业之后在国内工作,或者至少等毕业再出国的。徐意迟这个人,虽然你很难不喜欢他,但是我也总觉得他有些疏离,他对千山虽然好,却似乎总有保留,不像千山对他,几乎是奋不顾身那样爱着他——千山看上去似乎冷淡,内里却燃着火焰,她不惜将自己烧毁,而对方却不能以相应的感情回报。千山有时候让我想起小美人鱼的故事,在天亮之前,她要得到王子的爱,否则便要化成海上的泡沫,而她宁愿自己变成泡沫,也不能以爱来杀伤对方。而徐意迟对她,几乎是温柔地将她的火焰阻隔在外,他并未身不由己也并非全情投入,总觉得他好像怀着遗憾,我想他是喜欢千山的,只不过喜欢得不够彻底,不足以逾越他内心的阴影。所以他们两个人长久维持的平衡也终有一天要打破,我想大概那已经发生了,并且令徐意迟出走,而千山也不知下落。静流是喜欢千山的,但是千山走后,他也离开了这里,不知道是因缘际会呢,还是有太多回忆的地方毕竟不太好开始新生活。"

我们便叹息一阵。

良人看着我,欲言又止,最后还是说:"良夜的事……我也大概能想得到一二,其实你跟千山一样,大概是想躲着我们吧,因为害怕解释发生了的事,千山因此出国毫无下落,而你则避免在我们常去的地方出没,也是一样道理。呵,其实你不必担心,原先那些人,也早就散了,那些我们常去的地方,估计也换了新人了。留下的不过是回忆。我记得李清照词里我觉得最凄凉一句是,如今憔悴,风鬟云鬓,怕见夜间出去,不如向帘儿底下,听人笑语。"

他顿一顿,又说:"良夜后来便去了香港,在某间设计公司,我想她过得也不坏,她不提那些事,我也不问。无论如何,你若不能原谅她,也希望你明白,从小我们的父母便分居,感情慢慢开始腐坏,而她目睹着曾经山盟海誓相濡以沫如胶似漆的爱侣,也渐渐变得恶言相向,或更可怕,是相对无言。她从小患着乏爱之症,因此需要很多的爱来填补,她天生带着杀伤力,要攫取与掠夺,并不在乎会伤害到什么人,也不在乎伤害自己……我其实心里对你们有着歉意,总觉得如果我能再关心良夜一点,一切就不会发生。"

"不是你的错,"我说,"该发生的一定会发生,是我的错,是我太过暧昧不明,是我将大家推至这一步,我也不怪顾良夜。"

良人又说:"最无辜的是小叶吧,你看她虽然看似对你十分放任,但是其实却很怕失去你,她大概是希望你对她的感情是完全出于自发,因此对你全无强迫,但是最后她才发现,她根本担负不起。"

小叶,她像是琉璃所作的一个人,却不小心负上了一套枷锁是以爱为名,而终于有一天,她承受不住那样的重量,一颗心变成了碎片,再也收拾不起来。是的,是我的错,是我将那一套华美的枷锁负在她身上,一点也没有注意她虽然表面依然完好,内里却在慢慢崩毁———一切的崩坏,都是从内部开始,而一切的杀伤,都假爱为名。

34. 收　藏

　　后来我想起小叶之时,有很多星星点点的记忆碎片,很平常的事都能让我心底泛起大片温柔的雾气,惆怅而湿润,像南国的雨天。

　　比如她喜欢连名带姓地叫我,迟雨眠,无论是在快乐的时候,悲伤的时候,无论是婉转还是高昂,无论是在相聚还是最后离别,她不单叫我的名,听起来却有异样的亲昵。

　　还比如她某天出去,回来眼睛亮晶晶,让我看她有何变化——我便仔细观察,她本就如少年的头发没有更短一点,身上穿的也是旧衬衫长裤,脸上清爽无妆,我摇摇头表示看不出来。她便狡黠一笑,指指耳后,呵,那里竟然有一个十字架文身,上面藤蔓纠缠,有一对字母是 YM。她从不单叫我的名,却把它文在了耳后。我心中感动莫名,知道有些事一生大概只能做一次,我揽过她将头埋在她耳后,以为从此我们便可天长地久。

　　呵,小叶,我写过很多人的故事,我并没有为你单独写一个故事,但是在每一个故事里,我都看见你。你是我永恒的主题,也是我隐秘的伤口,你是起因经过与结果。

　　那一年,小叶走后,我辗转打听到她去了海德堡大学。我想起小叶曾说德语由青年男子说来特别好听,我知海德堡大学曾有黑格尔,哈贝马斯与冯赫姆霍兹,位于内卡河畔,而海德堡城堡在山顶俯瞰老城,歌德也曾在城堡花园中散步。

　　我想小叶是会喜欢那样的气氛的吧,我留意着所有关于海德堡的消息,我手机里存着海德堡的阴晴与温度,我从一张张能找到的海德堡的照片之中,想象她每日是怎样走过那一座桥,怎样在天色阴霾之时在老城的石子路之上漫步,是怎样每日行经古老的图书馆,怎样在十字路口徘徊,怎样经过那些青铜的人像雕塑,怎样在湿冷的下雨天回家煮食一顿温热的晚饭,怎样在窗口喝酒望着雪落,而她是否会回想起曾有那么一段日子,我们也曾一起走过很多岁月,也曾以为快乐的日子永远过不完,也曾倾心相许温柔相待,最终却敌不过人心软弱与爱的凛冽,她是否也会想起我们曾有约定,在另外一生里也许还能回到从前的日子。

那以后我便努力实践我对小叶的承诺,开始收藏更多的人,努力要体会他们所经历的世间百味,理解是什么将他们变成现在这样的人,有着各种各样的怪癖,或者各种各样的执念。

那些年之间,我从汴大到了雅礼大学,从北平到了新港,从哲学读到明清文学,从二十一岁到了二十七岁。我遇到了很多人,又从他们的口中听到了很多人的故事。我遇见了喜欢铁锈气味因它代表旧爱气息的年轻德国男子;我收藏了喜欢有着稳定规则与秩序世界,被众多人爱慕却不能表白自己感情的建筑师;我遇见过每日纪录潮汐曲线,曾经失去生命里一切重要事物的灯塔看守人;我认识了喜欢收藏无常故事,一切都靠自己努力的孤儿;我听到了曾经是出色的女高音,却因为被未婚夫背叛而酗酒,隐居在新港的女歌手的故事;我听说了爱上许许多多的人的一部分,害怕离别的女人的故事……还有更多的人,更多的故事——有学习强迫症,总是不停记下各种无关紧要知识,如非洲野象数目和每个城市经纬度的女医生;有不停强调每样东西产地与年份,虚荣心强却出身贫寒的律师;有喜欢穿男装,用烟管抽烟,业余研究浮世绘里人物的女舞台布景设计师;有家里藏有丰富十九世纪古书,总觉得第三次世界大战会随时爆发的公寓管理员;有及时行乐,每晚换一个舞伴,却严格遵守犹太律法在周六不工作的英俊男子;有无法体会到现实生活真实感,只能从镜头去观察,也无法爱上现实人物的女摄影师;有每天拨打逝去母亲的手机号码,给不存在的语音信箱留言,天才而孤傲的物理系学生;有患有恐高症,却在最高的旋转餐厅向女友求婚时晕倒的运动员;有收集各式各样的婚礼蛋糕小人,摆满了一柜子,却一辈子没有结婚的老小姐;有得过躁郁症,曾跳进喷泉寻找一枚扔掉的戒指,爱说粗话的剧作家;有总是喜欢拍人背影,无法与人对视的、小时候曾被父亲抛弃的女图书管理员;有喜欢旋转木马、棉花糖、圣诞树上的玻璃天使,生活优渥却不能生育的妇人;有曾经得过暴食症,对蛋糕完全没有抵抗力,热爱绵软甜美一切事物的厨师;有与吉普赛人一起迁徙,走遍五洲四海,会做好吃的海鲜饭,却随身总是带着一个只存着一个号码的古旧手机的旅人;有研究动物集体跳海行为,二十年来每年春天都要去湖区看一个故人的学者……

这样多的人,这样多的收藏,每人都有不为人知,却各有其因的怪癖与执念,每一个人都有其独特的喜怒哀乐,每一个人的心都被看不见的线牵动,为微小的苦恼与喜悦所俘获。

呵,在这样的过程中,在幻觉的花越开越大之时,在整个世界不断重复的旧事之中,在所有人都以自身的苦恼与喜悦对抗漫长的时间,以肉身的脆弱承受精神的不安之际,我忽然觉得我那渺小的爱恨情仇已不再那么重要,也许有一天,我终于得以从心所欲,重新获得自由。也许有一天,我终于有机会能再找到你,对你诉说。

小叶,如果你还在德国,如果你还记得我们的约定,如果你耳后尚有文身写着我的名字——小叶,如果我们还能重新开始。

35. 转　机

过一阵便是春假。

雅礼的春假特别漫长,足足有两周。我并没有什么旅行计划,日日还在校园里游走,学生有大半回家或者去了海滩度假,整个校园空旷无比。

懒洋洋气氛让我想起汴大的暑假,知了一声声叫彻天穹,湖畔有卖冰棍与矿泉水小摊子,偶尔有参观校园的一团团人,被拉到各个景点周游一趟。萧条的校园里尚有少数学生留下,偶尔晃晃悠悠骑着自行车去图书馆自习,图书馆有生涩装修气味,而空调怎么开也不够劲,看书累了在桌子上趴着睡一觉,醒来仍然要出一身汗。食堂里仍旧是油腻腻气味,人却少了很多。林荫道下仍有穿着清凉的姑娘走过,而图书馆旁的篮球场,有不怕暑热的男生跳起来抢一个篮板球。一切动作都似慢了三拍,而前路似乎遥遥无期,发一场呆便可过掉一天。

春假的两周,我每天去老校园旁边一间面包店坐着,贪其有很多电源插口与无线网络,可以买一杯热伯爵茶,抱着笔记本上网,发呆,看人。面包店临街又有大窗,可看见漂亮的女孩子拿着刚从杂货店买的水果与花束走过,也可以看见隔壁酒吧演出的乐手,在下午排练之时背着电吉他匆匆走过,还有老教授慢吞吞走过十字街口,卖 burrito 的小贩百无聊赖地听着收音机,三五学生边聊天边走进隔壁的冰激凌店,要满满几勺各种口味的蛋卷冰激凌吃。

天气暖热,冰激凌很快便融化,顺着手指流下来。冰激凌流泪。

日子简直悠闲到没话讲,我每日里就看看书,在电脑上敲打几页论文,抬头发很长时间呆,在窗边看来往的人。饿了便买巧克力羊角包和热蛤蜊浓汤来吃,或者去隔壁要一个冰激凌。无聊之时便去街上闲逛两圈,或者去隔壁的图书馆借一本中文小说来看。天气晴好到无以复加,空气里满满是草长莺飞气息。

于是我经常叹口气,低头拿出纸张,继续写我那一封长信。太习惯用电脑写东西,已很久没有用纸笔写字,居然感到生疏,有时候一个字也要想半天才能写出。

就是这样时光飞逝。

春假过后,有一天塞帛打电话给我,约我一道去看美术系一个画展。

我们并肩走到美术系那幢造型奇特的楼里,画展是在地下一个巨大展厅,蜿蜒曲折,从一层到地下几层,有几道回环的楼梯。那个画展是一年级新生的年终作品展,当时第一天有一个 reception,提供香槟,各种 cheese 和水果,甚至还有各种口味 gelato。不知道为何塞帛认识那许多美术系学生,挨个熊抱兼打招呼,我便去一旁拿了香槟喝,一边比较各种 cheese 味道好坏,一边研究覆盆子与蓝莓哪种更适合配冰激凌。

待塞帛招呼完毕,我们便一人一杯香槟,又拎了两瓶啤酒,去慢慢看那些展出作品。

作品中有些是风格狂野的油画,大量或是阴霾或是激烈的色块之间,很奇突是一个个蒙着眼睛的人,名字很煽情地叫做 Love is blind,爱是盲目的,那一系列画分别表示初恋,热恋之中,无望的单恋,失恋后,不得已的分离,孤独的人,以及不被爱的人。有一个作品是用一张张的宝丽来快照组成,每一张是人身体的一部分,用快照拼成一个人,似乎那个人便是作者本人,他自拍了身体的各个部分。有一个装置作品,是一面镜子,旁边围着轻纱,下面扔了很多沾了各色化妆品的五颜六色的化妆棉,大约想用废弃物来表现一个女人的日常生活。还有一件陶瓷作品,是雨过天青色曲线轻快美丽的浪涛,名字叫 The distant sea,远海。而我最喜欢一个作品,是一系列摄影拼贴作品,在一系列老照片,各种各样的场景里,唯独一个个的人缺失了——在本应有人的地方,只有一个人形的缺口,在各种各样的生活中,唯独主角人物不在现场。

还有一组照片令我印象深刻,是一组废弃的游乐园照片,照片里是巨大而滑稽的塑料大象与恐龙,摇摇欲坠的摩天轮,破旧蒙尘的描金旋转木马,衰落的惊奇屋,与锈迹斑驳的过山车轨道。作者拍摄时以疏离的手法,选取低角度,用的似乎是孩子的视线,照片阴暗又华丽,有一种深深的而无法言喻的伤感。我忽然想起女萝曾经说起过,小时候她与秦乔木曾有一个秘密去处,便是一座行将拆毁的游乐园。他们曾偷偷进去玩耍,在那些衰败的游乐项目之间,他们爬上爬下,想象自己是文明毁灭后的幸存者,看着多年以前快乐的地点。她说那时游乐园快要死去,长草间旋转木马寂寞无比,那样的游乐园有一种巨大生物将死的悲哀,曾经承载无数快乐时光,而终将走向衰败与被遗忘的终结,像是大象在死前要寻找墓地,不被任何人发现自己的尸骨,有那样一种隐秘的悲哀。她后来想起来,是新奇而又伤感的,衰败与被遗忘,其实是每个人每件事的必然命运,也许是那样,她当时才觉得行将拆毁的游乐园有着那么大的吸引力。

我跟塞帛看完了展览,就跑到人少处去喝酒。我讲起当年在汗大喝大酒的时光,那些或让人捧腹或让人歔欷的校园传奇。大多是毕业时,散伙饭一顿接着一顿,大家喝酒也喝得格外狠。有时候高一两级的朋友毕业了,要去喝酒,到了自己毕业,也要喝酒,两三年内喝毕业酒就无数次,感觉好像不断在毕业,又不断在分离。散伙饭的酒喝出很多笑话来,比如有人在艺园二楼的餐馆喝到以井喷状技惊四座,被人拖走时将自己的呕吐物拖出一条长长痕迹,结果得外号叫艺园拖把……还有人喝醉之后抱住静园草坪的小树不肯走,被人强拉之时,就作角色扮演状与小树对话,几乎向小树求婚……也有人喝醉了到女生楼下表白,喊着,某某某我爱你,我对不起你,由于太声嘶力竭被女生们泼了一盆水,后来被保安拉走了,女生们就齐声喊,保安我爱你,我对不起你……我比较喜欢的故事有,我认识的某个学长,就要毕业前,要离开他喜欢了三年而从未表白的女孩子了,在湖边弹了一晚上的吉他,大家听着吉他喝了一箱啤酒,看着月亮什么也没有说。还有一个桥段后来用到了一出戏里,说的是一个女孩与一个男孩分手,男孩激动地将送给女孩的手表扔到了湖里,一边喊着,就让时间停留在这一刻吧,而女孩冷冷地说,其实那块表早就停了。

呵,我说,时间向来所向披靡,没有人可以不臣服在时间所带来的变迁与分离之下。

有一年,在一次聚会,我们也曾将各自的愿望写在纸条上,放入漂流瓶,约定五年之后打开,也将各自最悲伤的回忆写在纸条上,放入漂流瓶,让家在海边的同学带去放走。五年之后,有一半当时的人们又聚在了一起,打开了当年的漂流瓶,大家看着自己当时的愿望——有的竟然已经实现,有的已经全无意义,有的只觉幼稚无比——有的是与当时的女友一直走下去,五年后却早已分手,有的是找一份自己喜欢的工作,五年后却打着一份高薪但毫无满足感的工,有的是希望可以成为不一样的人,五年后却持续着自我厌恶。物是人非,当时的愿望被时间打磨,如同海水打磨卵石,一个五年接着一个五年,我们就这样长大然后变老。

我问塞帛:"你们在大学时代都干些什么?我们就是上课逃课,打游戏写论文,追女孩子喝酒,一边玩一边害怕时间过去了自己什么都没得到。"

"哈,你以为生活在什么地方不是一样的?我们也是那样,上课的时候疯狂上课,喝酒的时候尽情喝酒,假期背包旅行走遍整个欧洲大陆。"塞帛说。

"哈哈,那时候我有个朋友也喜欢到处跑,"我说,"她可以带一点钱,背着速写本和小提琴,跳上火车硬座就到各个地方去。她没钱了可以在当地打工,甚至当街拉琴来赚路费,她也曾经去了敦煌,在速写本上画了很多很多的飞天。"我说的是沈千山。

"呵真有趣的人。我们那时候也是很穷,但是又喜欢到处跑,曾有一度到了希腊,没有钱要露宿街头,我们就带着睡袋睡到沙滩上去,然后借公用淋浴房洗澡。那时候连船费都出不起,所以连希腊那些漂亮的岛都去不了。不过搭便车,我们也看遍了那些神庙的遗迹,包括希腊神话中总是求得神谕的德尔菲神庙。"

"你们在旅程里会有很多难忘的事,会遇到很多有趣的人吧。"我羡慕地说,我没有去过很多地方,实在由于情怀萧索,懒于运动,经常想到即使看到再美风景,身边没有那个人也是徒然,所以索性纵容自己的懒惰。

"呵真的,我确实有过不少奇遇,比如说曾经跟流浪的街头艺术家学一段口琴,还有被当地教堂的修士收留,他给我讲教堂地窖里有遗骨墓穴,我在他指导下修复15世纪的壁画赚了点路费,也会遇到各种各样奇怪或者难忘的人。比如有一次,我曾经在通宵的火车上遇到一个短发少女,她长相很清秀中性,一件白衬衫长裤也是好看的,她躺在座位上睡着,我不小心看到她耳后有一个奇怪的文身,是藤蔓纠缠十字架上两个字母,Y与M,我当时就想,这样的人背后是有怎样的故事呢。但是第二天我醒来,她已下了车,我们没有搭话也不知道姓名,像所有擦身而过的旅人一样。"

我听到塞帛的话,心跳蓦然加快,我小心翼翼地问清那少女的形貌与那个文身,又问那是何时,塞帛说是两年前在德国。

两年前,呵两年前,那时你还在德国,那现在你在何处呢?

我回到家,作了一个决定。

我从抽屉里拿出一打信纸,那是我一直在写的那封长信,这一封信断断续续写了近六年,是我写过最长时间的信。从分别之后,我就开始写这封信,遇到了什么人,那些人的故事,他们不为人知的隐痛与怪癖,还有什么时候云飞雪落想起了你,或者只是记录一些无关紧要的事,好比有一天出门,看到台阶上坐满了大大小小的冰人,或者有人在雪地里把校园里严肃的老头像用雪堆成自由女神。

写这封信时间长了,我有种感觉我将永远不会把它发出去。我们隔着时间,无尽的伤感,旧事,与一个约定,我知道如果不顾一切去找你,也许我能找到你,但是我害怕站在你面前,反而更清晰地感觉到失去了你——如果你拒绝我,或者更可怕的,如果你完全无视我,我该怎么办呢?不如我一直用各种方法想象你,这样我能更长久的保留你,像保留年深日久的一段回忆,声色光影都旧了,只有情怀还簇新。你是烟柱幻化成的虚像,不能碰触,一碰就要散了。

于是我更加长久的写这封信,六年了,我像等待冬眠结束的熊,总是不知道什么时候春天来临,总是害怕出了洞穴,外面还是冰天雪地。

现在我却忽然觉得是时候了,两年前,你在德国,耳后尚有我的名字如咒语,我们不会这么轻易地忘记对方。

我拿出那封长信,写了最后一段话。

"小叶,我终于完成了与你的约定,我收藏了这么多的人,他们每个人都各有故事,各有怪癖,各有心事,各有其伟大和失败,各有其求而不得。我终于明白,世间的事是多么无常,而人心又是多么的乱离,而这无常之间,我们相认并且爱上对方是多么偶然而不可强求,多么的难得,因此我要找回你,并且请求你,有生之年再也不要离开我。"

然后我将厚厚一叠信纸装进一个信封封好,写上小叶的名字,与在海德堡大学的系别,隔天寄了出去。

小叶,我在所有的故事里并未特别写你的故事,但是我在所有的故事里都看到你。

在《看不见的城市》里,马可·波罗为忽必烈讲述每一个城市的故事,而唯独不讲他的故乡威尼斯。他说:"我每次描述一个城市,其实都是在讲威尼斯的事。"

"记忆的形象一旦被词语固定下来就会消失了,"波罗说,"也许我不愿意讲述威尼斯是害怕失去它。也许,讲述别的城市的时候,我已经正点点滴滴失去它。"

36. 苏　瑾

信寄出后,有一段风平浪静的时光,我怀着莫名的情绪默默等待着,总觉得有什么事就在拐角处,也许,我只是善于自我欺哄。

而过了一段时间,我接到了一个电话,电话里声音有些陌生,对方讲了几句,我才记起他,是我在去华盛顿的火车上遇到的人,他叫苏瑾,是一个工程师,我们曾互留号码,我本以为像所有旅途上认识的人,我们会拍手无尘永远不会联系。

苏瑾对我说,过些日子他会来新港一趟,能不能见一面。我们约定了时间地点,到了时候,我便去火车站接他。

那时候已经是夏天,是个周末,天气有些沉闷,而天空却瓦蓝到不像话的程度,我怎么看都不是会发生奇迹的一天。

是早晨,我在路上买了咖啡喝,接到苏瑾后,顺手递给他一杯。

我带他在校园里漫步,从两间美术馆看起,两间美术馆都是路易斯康作品,我最喜欢 British arts 四楼的长窗,因为从宽大窗户可以看到老校园古老建筑物的过街天桥与墙面上的钟,景色如画被框在窗框之中,而另一面便是透纳那著名风景画,画面里于寂静里藏有风起云涌,像是有什么传奇事件随时要发生。又走过著名被建筑系同学称赞不已却被一般人唾弃为野兽派建筑的建筑系系楼,然后从雅礼著名的老校园钟塔,走到斯特林图书馆的小阅读室,又到了善本图书馆,有着透光大理石墙壁的图书馆,在阳光强烈的日子里,像是从鱼的肚皮里看出去,或者是从牛皮鼓之类的看出去,图书馆里藏有最早的古腾堡圣经。然后我们又去看了有着直插云霄尖塔的圣玛丽教堂,旁边的乐器收藏室,藏有各种有趣的古钢琴与羽管键琴,琉特琴与曼陀林,数把斯特拉底瓦里小提琴,还有奇奇怪怪的乐器,甚至有一把孔雀琴。

在校园里走了一上午,我们找了间泰国馆子坐下来吃饭,出了一身汗后,喝一杯浓郁的泰式奶茶最为惬意。

苏瑾说:"我还记得上次见到你,你说你收藏人,我当时觉得真奇突。这次我来找你,其实是有件事要告诉你。不过,在这之前,我想不如先把我的故事讲给你听吧。"

我点头说好,苏瑾便开始讲他的故事。

"我从小是一个非常内向腼腆的小孩,喜欢做的事情都是安静而需要耗费大量时间的事情,比如说画一张素描,或者看长篇小说之类,而我最大的爱好,是做船的模型,我会花很多很多小时,将木料切割为合适的大小,然后用胶水固定成为精致的帆船模型,也会买来军舰或潜艇的模型,将部件组装起来,再装上马达,放下水试航。这些事情实在是很枯燥的,但是我却觉得兴味无穷,连我的父母都惊叹于我的专注力,与忍耐力——我可以几个小时保持同一个姿态不断做一件事。

"虽说如此,我却一点都不喜欢海。我从小对不可知事物有着莫大的恐惧,这些事物包括宇宙,星空,以及海洋——它们太过浩大无边,是我无法用有限的经验解释的,我会长久地想象星空尽头有什么,最远的星星有多么遥远是我一生都无法到达的,而海洋有多么浩渺,一滴水里有成千上万的微生物,对于它们来说,那一滴水就是整个宇宙,而也许我们的宇宙在其他生物的眼中,也只是一滴水。后来我长大之后,我读了很多科学读物,发现即使智慧增长,知识加深,人们依然不能完全理解宇宙、星空以及海洋,人们试图用模型和假说来解释宇宙与星空,而很多假说未必能够验证,我经常想,也许我们从立论开始便错了,有些东西是无法解释,出离于人类理解层面的。于是我远离这些看上去虚无缥缈,只能用旁证建构的世界,就像一维世界里的一条虫无法理解三维世界,我只能避免那些困扰我的问题。后来,我成为工程师,每天专注于实用的问题,有一种好处就是,一个程序能运行便能运行,不能便不能,只有 0 或者 1 两种可能,这种说起来可笑的踏实性居然让我安心。

"长大以后我仍然不喜欢海,有一次跟着家人,勉强坐着船出了海,我居然掉进了水里,险些窒息而死。那之后,我更加害怕海洋。

"十二岁的时候,我发现我有先天性的心脏病。我不能太激动,也不能太兴奋,因此我高兴时不能太尽兴,不能动怒,也不能过度悲伤,我从此被迫与各种鲜明深沉的感情绝缘。很久之前我看过一部电影,里面一个女主角对另外一个说,今夜别太尽兴,否则明朝起来会觉得寂寞。我看后哑然,我连这样的机会也没有。我平静过掉每一天,并不太快乐,亦不痛苦,如果用画作来描述,我从来不是颜色激烈的野兽派,甚至不是油画,我是淡彩的水彩画,甚至是铅笔素描着了淡淡几乎发现不了的颜色,那就是我,淡如白开水。

"十八岁的时候,我遇到一个女孩,她是我所有语言能够描述美好的总和。我看到她出现在阳光下,背后好像文艺复兴时期油画里的天使有着光圈,她整个脸都焕发出一层淡淡光晕,呵,我就那样爱上了她。每次看到她,我都忍不住心跳加速,我要按住一颗心,以免它跳出来——以前是有这样一个故事吧,也许是聊斋还是子不语里,说起有人心惊动到跳出喉咙,便是这样的无法抑制。

"我与她在一起时,幸福到连天空好像都变成彩色,我终于有了颜色,每一天都像出生那一天,与她见面之时四周有号角吹响,彩带飘扬,爆米花也停留在空中,久久不下。呵,我们一起去游乐园,我只能坐旋转木马,而她却喜欢过山车,惊心动魄,一直冲到巅峰,冲至云端,又腾云驾雾一样冲下来,我看着她兴奋大叫,却不能陪伴她。

"后来很多时候我想,到底是因为她喜欢所有刺激的活动,无论是出海还是风帆,攀岩或者潜水,过山车还是蹦极跳,而我永远无法陪伴她,还是因为每次看到她我都心悸莫名,这样的爱令我的身体终于无法承受,才使我终于不得不离开她呢?

"你说是否很可笑,居然有一种爱,是让身体无法承受,而非痛苦将精神磨砺至薄如纸片,稍有风吹草动便要崩溃。我从此避免太过浓烈的感情,远离它们,像远离思考无法测度的宇宙、星空与海洋,它们出离于经验世界之外,我终于明白,对于它们的恐惧,来自于它们惊人的美,这种美具有摧毁性的力量,就好像让我的身体无法承受的爱意。"

"这就是我的故事,"苏瑾说,"因此到现在,我仍然是一个脚踏实地的经验主义者,我仍然写着非 0 即 1 的代码,我偶尔可以承受适度的愉悦,我可以享受阳光与微风,可以花费大量时间做一些精巧至令人屏息的模型,我可以喜欢我一团粉一样的小外甥,偶尔我有阴郁情绪持续半天或者一天,但是我仍然无法是颜色浓烈美丽的油画,我是水彩画褪了色,我无心力尽情去爱,也无胆魄因失去而痛彻心扉,我不思考宇宙有多么庞大,也不靠近海洋因它予我不善的记忆,我不接触过于美好的事物,它们惊心动魄令我无所适从,我的路途是平坦而无波折的,我也尽量满足于这样的情况。而你说我是否有遗憾呢,当然我遗憾在最好的年纪不能痛快地去做很多事,我甚至不能承担犯一次错,或者冒一次险,但是,这就是我的人生,是我选择平淡过下去的人生,未尝是不好的人生。"

苏瑾说完了他的故事。

"这次我找你,其实是因为我有一封来自于你的长信。"他说,然后拿出了那个我十分熟悉的信封,信封之上,写着小叶的名字。

37. 奇　迹

"你一定奇怪这封信怎么在我这里,我来告诉你事情的原委吧,说起来真是奇妙,世界上的事怎么能那么巧合,那么阴差阳错——我有一个好朋友,半年前去了海德堡大学读书。她姓易,名叫易兰生。有一日她在系里自己的信箱发现一封厚厚长信,她正奇怪是谁会发如此厚的手写邮件给她,细看却发现收信人并非自己,而是发给一位 Ye Lanshan,由于拼音与她的名字十分接近,又是手写体,再兼当时他们系里只有她一个东方人,姓字是这么短的两个字母,投递人就将信错放入了她的信箱。她回到系里,问是否曾经有这样一位 Ye Lanshan 在此读书,管理人员说两年前似乎有毕业生是这个姓字,但是早已毕业不知去向。

"兰生不知道怎么办好,因为觉得手写长信应是十分郑重之事,她好奇之下,就读了那封信。她读完信十分感动,便决定找到收信人。于是她辗转找到了两年前就在此上学的学生,问到了这位叶阑珊的消息——他们说,曾有这样一个女生与她同系上学,长得十分清秀,剪短发,喜欢独来独往,毕业之后,去了纽约一间公司。

"正好兰生在纽约同业界有一些熟人,便问起叶阑珊其人,熟人说,在某某公司,确然有这样一位叶小姐,她孑然一身,喜欢独来独往,因为常常作男生打扮,被女同事以为是 lesbian 而搭讪,后来才澄清误会,但是也成为业界一个口耳相传的小段子,那个熟人最初也是如此才知道有她这样一个人。熟人还告诉了兰生她的地址。

"那个熟人还说,他曾见叶小姐一面,记忆中她纤细精致如玻璃人,短发贴在头上,十分好看,而他印象最深的是,她的耳后,雪白皮肤上有一个文身,是十字架纠缠两个字母,离得远看不真切。

"兰生与我打电话,说起这段传奇故事,说起叶阑珊的名字趣致,而发信人名字也很怪,叫 Chi yumian,她说想不出是哪三个字。这时我便想不会这么巧吧,便问她发信人地址,知道是新港后,我便确信是你,因新港如此小地方,不可能巧到有两个你这样少见的名字的人。

"兰生本准备将长信寄给叶小姐,但是得知我竟然认识发信人,便决定让我将信交还给你,让你自己斟酌。

"我并未看这封信,但是从这封信的长度,收信人,与兰生看了信如此感动,我也能想见叶小姐对你是怎样重要。所以我把这封信还来给你,还有兰生查到的叶小姐的地址与联系方式。如果这么巧合的事都能发生,我想奇迹还是存在的吧,所以下面怎么做便看你自己了。"苏瑾说。

我看了看他递过来的地址,在纽约,很熟悉的街名,靠近大都会博物馆,每次去纽约,我几乎都会经过的地方。

两年以来,原来你就在离我如此近的地方。

苏瑾说的对,我的信渡过千山万水,跨越了两年的时间,寻找到了本已不在原处的你,而你一直与我只有咫尺之遥。从未想到,是一个在火车上一面之交的人带来你的消息,这样的巧合,如果有一步之差,都不可能发生——如果我未曾去华盛顿看女萝,如果我未曾在那一天在火车上遇到苏瑾并交谈,如果苏瑾没有一个好朋友在海德堡大学读书,如果她不叫易兰生,如果易兰生没有好奇看了那封信并为之感动,如果她没有找到知道小叶下落的学生,如果她未曾跟苏瑾讲起那封信以及寄信人的名字很奇怪,如果苏瑾忘记了我的名字或没有记我的号码——如果这不叫奇迹,也不知道该叫什么了。

　　小叶,奇迹终于在看似最平淡的一天里发生了。

38. 相 遇

离别苏瑾之后,我做了一件事。

我将长信又装进一个信封,写上苏瑾给我的地址,然后写上叶阑珊的名字,我仔细检查了几遍地址的拼写,虽然我一眼看去便能背下那个地址,又在拼音名字的旁边写上叶阑珊三个中文字,然后我封好信封,将信再度寄了出去。

几天以后,我估计信已寄到,便坐火车到了纽约,找到那个已经在我心头萦绕千百遍的地址。

我在街道之上等待,其时已是晚夏,天气温软如水,我从白天等到街灯初上,路边有大丛大丛不知名白花,散发出暴烈的香气,我看着人来人往,有从容有匆匆,每个人都有一段迷宫一样的故事隐藏在平淡外表之后,小叶你看,每个人未尝不是一个谜语呢,也许祖露谜底便是至为危险之事,但是我还是想尝试。都是人生,怎么是好,要自己决定不是么。

夜色稀薄,人烟渐少,偶尔有老人牵着小狗出来,树枝之上发出有一声没一声的鸟叫,渐渐下起小雨,极细的雨丝飘在空中,断了线一般,街灯昏黄照出湿淋淋街道。

我想起当年你曾给我一张卡片,是一张照片,一颗心形有两只手的靠枕,做拥抱状,孤零零躺在湿漉漉的街道之上,红得异样坚决。

我想起一句歌词:还记得街灯照出一脸黄……剪影的你轮廓太好看,凝住眼泪才敢细看。

于是我真的要努力凝住眼泪了,因为我看到了你,一个熟悉的单薄身影,依旧是穿着长风衣,短发,依旧是像无数次我等你的时候一样,踢着石子走在萧条的街道之上。

我远远地看着你,一直看着,你越走越近,然后你停住了,你也看到了我。

是的,这是我们的相遇,不管多少次也一样,我们又遇见了。

39. 收　藏

那以后，我仍然保持着收藏的习惯，世事变迁，有离散，有盛衰，日子有称意，亦有波折，只要全心享用，每一天都是小小奇迹。

其实像苏瑾曾经说过的，这么大的宇宙之中，渺小如芥子的我们都能遇见，便是最大的奇迹。

与过去不一样的是，我不再写长信，因我的所有都可以说给你听，或是离散或是盛衰，或者称意或者波折，我对你袒露所有谜底，而你仍旧是我的威尼斯，我在所有的故事里看到你，描述你，纪念你，并害怕失去你。

也许害怕失去也是人生一部分。

因此我不再畏惧所有的可能性，只要你在我身边，只要我能一直注视你。

40. 映 象

某一天,我曾在《国家地理》上看到一篇文章,是一位摄影师以小孔成像的方法,将玻璃窗遮住而留一个小孔,窗外景色便会倒影在黑暗房间的墙壁之上,形成非常奇幻的景象。他曾经在纽约的教室,教授摄影课之时做这样的实验,于是墙壁之上便倒映出纽约街头来往的人群。他也曾在威尼斯的公寓里,将总督府,圣马可广场连着海面的恢弘景象映在墙面之上,模仿着当年透视派大师卡纳勒托著名画作的视角,他还曾将金门桥倒影在工业化的水泥地板之上,将威尼斯大运河的河景映在一间画满浓郁热带丛林花草的墙壁之上——让人分不清哪一部分是墙壁上的画,哪一部分又是窗外风景奇异的幻影。

于是我便想,外部世界诚然,也许只是个人经验之倒影。

而他人,也许只是自己的倒影。

我们害怕看清别人,或者体念他们的喜怒哀乐,寻求他们的谜底,不过因为我们害怕看见自身的真相。

41.

过去的世代现在的人不纪念,现在的世代将来的人也不纪念,已有之事,后必再有,已行之事,后必再行,日光之下,并无新事。

图书在版编目（CIP）数据

幻相收藏家/何怡著.-上海：上海文艺出版社.2015.8
ISBN 978-7-5321-5697-9
Ⅰ.①幻… Ⅱ.①何… Ⅲ.①长篇小说-中国-当代
Ⅳ.①I247.5
中国版本图书馆CIP数据核字（2015）第167812号

责任编辑：林雅琳
封面设计：周伟伟

幻相收藏家
何　怡著
上海世纪出版集团
上海文艺出版社 出版
200020 上海绍兴路74号
上海世纪出版股份有限公司发行中心发行
200001 上海福建中路193号 www.ewen.co
上海鸿兆印务有限公司印刷
开本 787×1092　1/32　印张8　插页2　字数179,000
2015年8月第1版　2015年8月第1次印刷
ISBN 978-7-5321-5697-9/I·4539　　定价：25.00元

告读者　如发现本书有质量问题请与印刷厂质量科联系
T: 021-59241597